月照瓦屋

齐斌 著

UNITY PRESS 团结出版社

图书在版编目（C I P）数据

月照瓦屋 / 齐斌著 .—北京 : 团结出版社 , 2024.
10. —ISBN 978-7-5234-1050-9

Ⅰ . I267

中国国家版本馆 CIP 数据核字第 202462FT67 号

责任编辑：郭　强
封面设计：书香力扬

出　版：团结出版社
（北京市东城区东皇城根南街 84 号　邮编：100006）
电　话：（010）65228880　65244790
网　址：http://www.tjpress.com
E-mail：zb65244790@vip.163.com
经　销：全国新华书店
印　装：四川科德彩色数码科技有限公司

开　本：170mm × 240mm　16 开
印　张：19.5　　字　数：284 千字
版　次：2024 年 10 月　第 1 版　　印　次：2025 年 8 月　第 1 次印刷

书　号：978-7-5234-1050-9
定　价：68.00 元

传统与现代，如何让我们的心不再迷惘

王兆雷

我们每天生活在被海量信息包裹的世界里，如水中望月，雾里看花。各种信息干扰着心绪，从传统到现代，从历史到当代，从理想到现实，导致我们的心经常处于“散漫而无所归依”的状态。这不是一种理想的状态。

怎样让我们的心有所归依？孟子早在两千多年前就给出了答案，“善政得民财，善教得民心”。严格地讲，我们现在心中的迷茫和困惑，是因为忙于应付生活的拖累、执念于物质的追求，而忘记了初心。面对心中的困惑，总想去逃避，却也逃不掉。想宁静致远，却缺乏手段。于是就开始躺平，实际上这是逃避现实的一种乌托邦，在没有找到解决办法时，也是一种自我保护的无奈。但是，我们心中又总有所不甘，不甘于平庸，不甘于寂寞，不甘于躺平。如何摆脱这种纠结和无力感，需要我们涵养“道之所在，虽千万人，吾往矣”的坚毅。这就是儒家所强调的“正心、修身、齐家、治国、平天下”。正心是人生的一件大事，因为“心大则百物皆通，心小则百物皆病”。

孟子批评“饱食、暖衣、逸居而无教”这种社会现象是“近于禽兽”。孟子希望“五谷熟而民人育，人之有道也”，从而实现“得天下英才而教育之”。什么是教育？《礼记》中关于“教”是这样解释的：长善而救其失者也。《说文解字》中对“育”是这样解释的：养子使作善也。中华传统文化关于教育的论述，不是传授职业技能这么简单的事情。

学者，觉也；觉者，悟也。一代大医孙思邈在《大医精诚》中告诫我们：世有愚者，读方三年，便谓天下无病可治；及治病三年，乃知天下无方可用。这是大医精诚者的谆谆教诲，警示任何时候都不能有骄傲之心、浮躁之气。对自然、社会、人心了解得远远不够，是造成我们心中有所困惑的深层次原因。我们应该抱着敬畏之心去涵养和领悟守正创新之方法论。因为“吾有何病，圣人便有何药来医”，由此可见，传统与现代、守正与创新、迷茫与顿悟，全在我们自己的心要能觉悟和觉醒。

青年学者齐斌在寻求心的觉醒和觉悟方面用心耕耘，笔耕不辍，一边工作，一边思考，一边生活。在其作品《月照瓦屋》中有所顿悟，从原物、原事、原理、原情四个角度来寻找“学问之道无它，求其放心而已矣”的方法和路径。在此文集中，有些文章虽然达不到唐诗宋词之美，但也有如诗如画般的质感和美感，践行“汉魏风骨”的风范，在文学的道路上践行：可以兴，可以观，可以群，可以怨……多识于鸟兽草木之名。

文学寻求共鸣，艺术寻求寄托。阅读《月照瓦屋》可以愉悦人心，涵养性情；可以减少内耗，涵养正气。文章的价值在于能给读者提供让心觉醒的方向和方法，因为人同此心，心同此理。这也是一部作品是否成功的关键所在。

目录

CONTENTS

第一卷·原物

第二卷·原事

第三卷·原理

第四卷·原情

第一卷

原 物

山

降生于山的掌心，食寝于山的胸膛，行走于山的脊背，葬归于山的怀抱，山是一生走不出的宿命。

山是守护。战乱时举家避难，饥馑时撸袖开荒，打猎、采药，寻仙、问道，你找，它给你答案，你喊，它给你回应。

山是阻碍。道路弯弯曲曲，山脉重重叠叠，纵使神通广大，一旦被大山压住，也再难翻身。治水容易，治山难，水可导，山不可移，只能依形而行，顺势而为。

山是苦难。熔岩冷却，地壳凝固，一座座山峰隆隆升起，崛破原本平坦的时空，恒久矗立，让平地人的举手之劳变成了山里人的难以承受之重。绝胜风景入诗入画，但贫穷与落后亦是这美丽桃源之作的另一面。在大山里，没有容易的事，世事如烟，更是世事如山。

山，影响思想，塑造性格。

从大山里走出来，摆脱了纠缠几代人的宿命。眼前朝夕相处的山不见了，然而心里的山——父辈，却越发巍峨了。

托着我仰望星空、攀登高峰，又屡屡拽着我回归大地、观照现实，苦难而又异常坚韧的父辈。

年少时，对父辈所经历的难、吃过的苦不屑一顾。总以为，时代变了，那些老掉牙的故事早已时过境迁，忘不掉的旧伤疤只是刻舟求剑。吃苦与忍耐是低级的生存本能，唯有天才般的发明、艺术性的创作和纯粹的情感，才代表人生前进的方向，才值得歌颂和崇拜。

在红尘中跌跌撞撞，吃过亏、受过骗、流过泪、痛过心，有了换位思考的能力，才懂得卑微成就伟大，高山仰止、景行行止，仰之弥高、钻之弥坚，一山才放一山拦的道理。

虽然时代不同，条件不同，环境不同，很多事情不能复刻比较、评断优劣，但是，不同时代的人所感受到的外在压力、诱惑事物的渗透力、世界的推力、对受苦受累的斥力，是同一的。

挑战永远存在，既有横向的，也有纵向的。和父辈超时空较量的方式，不是比谁更抗饿、谁力气更大，而是能否战胜自己，而是在撑不下去的时候，能否再多撑一会儿、多忍一下。

常发现，对比的结果是：相同情况下，自己可能不如从前的他们；现实条件下，可能也做不好现在的自己。

任何时候，都要同时面对和处理两个客体，一个是外界事物，一个是自我意识。

自我意识，内心最深处的那个本我，是无法逃避、无所遁形、永远真实、时刻感知的。外界刺激传递到内心时，都瞬间产生一个不加过滤、不加审视地自发形成的判断，然后才通过道德、法律、意志和情感等各种观念的综合处理，表达为外在的言行。

在与本我的较量中，我很少获胜，难以像父辈一样依靠顽强的意志，去完成那些看似不可能完成的任务。

伟大是痛苦的累积，坚韧是品行的基础。没有血与汗的付出作为根基，即使幸运女神光临，也终会化为泡影消失。

假如选择安逸，不去攀登险峻的高山，未来，当后辈也如是嘲笑我今日所经历和所追求的一切时，那当不知该如何说。

水

水，孕育生命，洗涤万物。

人们亲近水，了解水，赞美水，学习水之道。

学水，要学习水之幻变。

水，简单的分子式，却有着无穷多的变化。小可掬于掌心，大可席卷尘寰，可降成雨，化成雾，凝成雪，结成冰，流淌地表，沉没地下，飘散天空，时而温柔，时而狂野，形态殊异，各展风骚。

学水，要学习水之温柔。

温柔不是答案，但和答案同样重要。和风细雨，能收万物生长之效；疾风骤雨，则有倒伏折断之虞。

人之初，亦温柔至极。哪怕轻如蛛丝的批评，也会在被感知到的那一刻让人面红耳赤、羞愧难当。久而久之，初心蒙尘，面皮变硬，自大亦自怜，排异亦排己。粗暴对待只能引起更强烈的抵触，些许温柔才能找到沟通的窍门。

学水，要学习水之自清。

水，循环于天地。水汽凝结成云，云落成雨，雨汇成河，河入江海，海风又升腾为水汽。始终保持运动的姿态，一路奔跑，一路沉淀，无论中途沾染多少渣滓、秽物，最终恢复纯净的真身。

人往高处走，水往低处流。长长的路，难免有坎坷，渡河是明心见性的契机，歧途本质上都是自己的选择。

相信别人时，希望对方报以真诚；全力的爱，希望被珍惜；做错事，希望被谅解、宽容；恼羞成怒，希望有人及时化解；沉沦黑暗，希望有人从光明中伸出援手。

每一件事，设身处地，反求诸己，在如染的世界，如水自澄，保持清明。

云

云是天空之城的风筝。水有无数种变形，都近在咫尺，唯独化作云时可望而不可即。

云，随心所欲，变化万千。

云和水相同，本身并无形状，但云比水更加变幻莫测。水仍会受到河岸、陆地的限制，云徜徉在无边无际的天空，不固定于任何地方，就像薛定谔的猫，你不知道它是生是死、是幻是灭。它总是不知不觉来到你的头顶，你稍稍移开目光，它就又不知飘到哪里去了。

云，分割阴阳，主宰一方。

云是天空的树，一朵云就是一片树荫凉地。炎炎夏日，忽而飘来一朵云，把太阳遮住，顶着烈日干活的人们顿感阴凉满坡、惬意加身。云走了，一切复归骄阳的统治，亮得目眩，热得头晕，无处可躲，又只能忍耐。

云，交织雷电，酝酿风雨。

云本是一粒粒微小的水滴和尘埃，但一经集合完成，巨大的身躯就蕴藏了撼天动地的力量。片刻之间，可以一改往日的恬淡，激烈地下起倾盆大雨，释放道道闪电，演绎自然界的瑰丽剧目。

少年时喜欢看云，是因为云代表漂泊。坐看流云带着天空从视线里飘过，辨识云的不同形状，猜测云飘往何处，幻想是否有人和自己一样默然观云，在云的变化中尽情释放自己的幻想。

后来喜欢看云，是因为云代表忧愁。许多个阴雨天，来到窗前，看云群堆积在天边，宛若挥之不去的忧伤。不期待云散天开，只是单纯感受一种雨前的忧愁。挚爱来去，喜欢之物拿起又放下，自己也像是无依的云，从这个世界飘摇而过。

再后来，从忧愁中走出来，反而真正理解了云。

云无踪，人有根；云无意，人有心。看云，最终不能沉浸于云烟过往，成为自己人生的过客。与云为友，要理解世界的不确定性，继而在充满变数的世界中寻找确定性。

风

物有两种，极少数可移动的，以及绝大多数不可移动的。

风是流动的气。风穿梭于天地，联通了诸多不可移动之物，让万物因此普遍联系起来。

风有着温柔的力量，推动着云走，擦拭星辰和蓝天，把蒲公英种子带到远方，把平地堆积成高原，把季节的讯息捎给行人，随不同际遇幻化成诗。

风不受约束、控制。任何一个角落，只要有缝隙，就能自由进出。

一旦形成，就脱离了它所产生的起点，不分昼夜，不分季节，永远流动。停留了，就不是风了，就成了热空气，就成了灰尘。

风，制造着氛围。温柔的风，浅浅的，吹拂脸庞，拨乱心弦。

风，抚慰着心情。难过时，到水岸边或高桥上，野风也和人一样漫无目的地游荡，邂逅时抚平卷起的伤口。

风，传递着讯息。风是理想的信使，那些去不了的地方，就由风把那里的景色和花香带来。

风走过，带来了活力。一呼一吸之间，有风自来，新的空气让人头脑变得灵活，有了一丝从庸俗中挣脱出来的可能。

风走过，留下了声音。风本无声，与树木、房屋相遇，也就有了声音，让人闭着眼睛也能看到万物的样子。

一切事物都带有风的痕迹，风在无形之中雕琢着一切。

沙

小时候，只把沙当作玩物。沙不仅埋藏着作物的根须，还是蛇虫鼠蚁的家园，喜欢在放学途中寻觅沙里筑巢的蚁狮，拿磁铁去吸沙里的黑色铁屑。

长大一点，始知沙是建筑原料，是每一栋大楼、每一座城市、每一种文明的奠基之物。

驻村期间，村里有条河，流经门前时，河道变宽，流速减缓，形成一段小小的堤坝。汛期过后，村上找来挖掘机和卡车，为河道清淤。清完淤沙，河床低了许多。次年春天，绿油油的碧波里，鱼儿蝌蚪繁衍生息，灰鸭白鹅自在悠游。但是，短短一个汛期，夏秋几场大水过后，谁知河道又被淤沙堆满了。

于是，真实地看到了沙的流动和循环。

水的循环很明显。河水自西向东，奔赴大海。

沙的循环不太容易被人感知。但其实，沙也每时每刻跟着风和水在运动。

细沙为砂，粗砂为砾，聚沙为石，积石成山。山又被风雨侵蚀成碎石，碎石流失，滚落河里，磨为砂砾。数以亿计的沙，填充河道，堆积地貌。

细小，微末，借助风和水的力量堆积，循环。沙的一生，充满了哲学意味。

人作为社会的一粒尘沙，同样要有一种无限磨砺但始终保持最小内核、循环堆积然而保持本心不变的生存哲学。

雨

雨是天地的常客，是与人类关系最密切、最易被感知的天象。一切事物的发展，时机都很重要，雨为这个道理提供了显而易见的例证。

早上四点，从梦中惊醒，听见窗外雨水飘打的声音。

八月中旬，连绵的秋雨压制了暑气，开启了夏与秋的轮换。从那时开始，一场秋雨一场寒，至今时今日，仍滴滴答答，淅淅沥沥。

喜欢看雨。天阴阴的，光线冷却，柔软如沙。雨水紧密地落下，被淋过的万物焕然一新。树叶在雨中变红，变黄，又随风而落，让多雾的季节更多雾，绚烂的山林更绚烂。雨水顺着低凹处流淌聚集，融合出河流的雏形，走过时不觉溅了一身，虽厌烦，却也喜欢。

比起看雨，更喜欢听雨。秋雨时节，雨不大不小。因为是雨天，很多事情都停滞了，可以找到借口不出去。听那雨声，感觉时间在律动。放空自己，怀念过去，任由惆怅和伤感占据心房，心情回归柔软、脆弱。

听雨，想的是落花落叶。以时节之美印证诗之浪漫，“夜来风雨声，花落知多少”“留得残荷听雨声”“明日落红应满地”。伴随着美好事物的陨落，在惋惜、留恋时，别有一份独特的哀伤美，比事物初生时的喜悦更长久。

听雨，想的是旅途旅人。“何当共剪西窗烛，却话巴山夜雨时。”有太多时候，是在旅途漂泊当中，告别家人，远离朋友，与他们过着截然不同的生活。疲倦的日子让人不断否定自己，质疑自己的选择。唯有雨是无远弗届、天地同一的超时空存在。唯此时，不想去看异地的风景，不想去直面困难，甘心做一只鸵鸟，沉沦、放弃、沉湎。

听雨，想的是过去未来。过去的一切在回忆时重现，回眸诸事，如行泥泞。大雨让人冷静，回忆让人温暖，冷热交替，来回思量，才感觉人生有了一些意义。

夜半时分，偶然醒来，无心起身，亦无处可去。雨声之于人，就像宇宙微波背景辐射之于地球。你心里充斥别的事情，雨就消失了。你心里毫无挂碍，雨就成为这深夜之主。

雪

冰霜雨雪，都遵循着和大自然的约定，应时赶赴人间。

雪是水的变形，但是和其他变形不同。干旱求雨，阴雨盼晴，冬季期待夏日，夏日盼望冬天——大多数期待都是反向的。世人唯独对雪的期待是正向的。越是隆冬腊月，天气越寒冷，越希望再冷一些，冷到能够形成雪的温度，冷到积雪可以为人驻留。

四时有景，景有四时。雪只在高寒之地出现，即使在北方，一场能满足所有期待的与雪的邂逅，也需要一些运气。

雨关联着生计，被一些人需要的同时，又被一些人讨厌。卖伞的想下雨，晒麦的想天晴。雪与生计无关，仅代表纯洁和浪漫，被人无差别地期盼着。

一场雪，把隆冬无趣的灰暗世界装扮成雪白的童话王国。晶莹的盐粒、洁白的羽毛、飘扬的柳絮，都可自比于一片雪花。但亿万雪花飞舞天地时，山川静止，树木沉默，虫蚁冬眠，道路掩埋，河流结冰，推动肃杀的寒气冻结封印绝大多数生命体，这份寓于寒风中的力量，令其他景致都黯然失色。

大雪纷飞时，人躲在屋内，烧一盆火，火堆里埋几个红薯，煨一罐羊肉汤，一年到头积攒了说不完的话。雪片越大，越想出去看看。不顾寒冷，随风起舞，捏雪球，堆雪人，打雪仗，摘下手套，写下白头到老、平安喜乐、万事顺遂的祝福。

或者，一个人在白茫茫的雪地里默然行走，踏出一串孤独的足迹。

抑或，几个好友相约，找一家火锅店，开着空调，点一桌子菜，待锅底烧开，趁热下些肉卷，热热闹闹，不醉不归。

下雪也标志着新春的临近。每一场雪，都会在年关时节加深对过年的期待。清除积雪，翻洗衣物，安排年事，待雪霁云销，气温回升，残雪的尽处即是春天。坚持到桃花盛开的时节，雪也就暂时离场了。

论起来，雪也称作花，倒不为过。雪不仅有花的形象，同样也是短暂、美好、浪漫的事物。

爱雪，也爱自己，爱他人。

夜

喜欢夜，是因为夜晚的明月星辰，银烛流萤。

日暮时分，地球自转半圈后，某一地点的人们看到太阳从霞光中隐退，天暗下来，形形色色的事物消失于眼前，大地上充斥着黑色的虚无。唯一的指引来自天上，一颗颗原本被太阳光辉所掩盖的星星，从遥远的宇宙投递来渺茫而坚定的星光，待月亮升起，星月光辉一同为渐冷的大地披上一层梦幻的透明纱衣。

没有了阳光的照射，暂停了源源的热能，光阴和黑暗轮换，万事万物跟着进入夜的节奏。白天的体验结束，人们哄着孩子进入梦乡，蝙蝠、猫头鹰、老鼠等伺机活动起来。在都市里，一盏盏灯在黑暗中开辟出一条条光之道路，工人、警察、医生、学生、诗人等各种人，在光的指引下继续前行。

是的，无论是学生时代，还是工作之后，太需要光，也太喜欢光。

有人喜欢入夜六点的路灯，有人喜欢饭后八点的电视剧，有人喜欢晚上十点的夜宵，有人喜欢零点整的告白，有人喜欢半夜一点的咖啡，有人喜欢凌晨三点的花开，有人喜欢凌晨四点的日出——我都喜欢，但是不止这些，还有明月星辰、银烛流萤，这些发光的事物。

夜晚的光，微弱，但奋不顾身。小时候，农村的夜晚是漆黑的。灯泡、手电筒与无尽的黑暗相比实在微弱，只能勉强照亮一点点空间。但是，每一点光，只要眼睛可见，都是一份希望。也只需要一点光，就能划开无尽黑暗，打破绝望对世界的垄断。

夜越深，人越静，地球再自转半圈——几小时后，星月的统治结束。光明与黑暗重新轮换，被遮挡的太阳再度出现，群星又谦逊地隐退起来。

喜欢夜，也是因为夜间的楼台花影，渔火钟声。

夜晚之景比白天之景，多了些想象的余地，也增添了些浪漫的空间。

风声像雨声，听久了，又都像树叶声。红色烛火摇曳舞动，跟着读书的人一起呼吸。属于夜晚的花，还需要天明再验证。时间宛如一条河，自己在上游折柳相送，河流自会帮忙送到下游的渡口。

夜，不会被轻易定义。熬夜就像是喝药，一口喝完，苦得想全部倒掉。忍着就这么一口口地嘬着，在期盼、不甘心中等到了最后。虽然，熬夜也许没有特别的意义，不会真的一夜暴富、一夜成名、一夜好转，但只要你想，也许就会有奇迹。

夜，可以轻松隐藏。只管取悦自己，做在别人面前想做而不敢做的事情。可以像傻瓜一样，试试能不能穿墙而过，疯狂奔跑摆脱影子的纠缠，也可以自比古代的有志君王，甲夜视事，乙夜观书。无论做什么，都是对的。

夜，万里如一，千古攸同。可以相信，此刻我看到的，正是此刻他所看到的，也是千百年前他们所看到的。当所见一致，所感也会趋于同一——古能知今，今能知古，我能知他，他能知我，相互理解，不再孤独。

喜欢夜，还是因为夜里的简单纯粹，淡泊宁静。

白天，光阴如箭，轻快得浮躁；世界如炬，繁华得炫目。太多时候，被时光追赶，被物欲迷惑，想停停不下来，想静静不下心。

原始的夜晚，无声无色，是感知自己的最好机会。

经常的，上半夜的嘈杂被下半夜的沉寂代替，世界安静下来。当眼珠上的传感器不再传输光子，当大脑的神经元不再处理电流，当双手双脚不再向外界探索，当五脏六腑进入休整，整副身体熟悉了周身方寸之地，所有感觉的对象就都转向了自己本身。

这时，夜像一面镜子，反映着人的活动。你安静，什么都不做，它就静悄悄地让你轻松入眠；你焦躁，它就呈现并放大你的焦躁，让你愈发不安、心惊胆寒；你专心思考，它就屏蔽一切噪音，让你忘记时间，全然飘荡在思维的海洋；你心痛悲伤，它就随你的泪水钻进伤口，让你更感无助和冰凉。

昼寄人以信念和力量，夜抚去疲惫和伤痕。这不是什么魔力，而是坚持本身的力量，休息本身的力量。就此而言，睡觉和熬夜都一样，你拿夜晚去做加法，就会得到加数，你拿夜晚去做减法，就会得到减数。

认识夜，珍惜夜，在夜晚，让自己的身体和心灵变得更好。

树

身边的平凡事物，若细心剖开，加以端详，内中亦多有令人惊叹的学问。树即其中之一。

树是最完美的存在：地底庞大的根须，地面平静的枝干，向天空自由生长。不折腰屈节，即便电闪雷鸣、狂风暴雨，依然挺拔。参透一切，却始终不言，安静沉默，有着不动声色的力量。

树木是身边最广泛的存在。小孩子爱动，也爱动物，比如猫狗、鸡鸭、猪羊。就算喜欢树，也是喜欢攀爬，摘果子，掏鸟窝，而非喜欢树的品格。

到了一定的年龄，安静下来，懂得了沉默是金的道理，才会喜欢树。无论是传统的岁寒三友，还是时尚的香樟梧桐，总能在某种树里找到一丝属于自己的浪漫。

树和人一样，需要生长，会经历幼稚、成熟、衰老和死亡。

与树为友，努力往下扎根，才能更好地往上生长。

草

小草生长在周围，是氧气的制造者、食物链的基础。

少年时代，如小草般卑微的情意和淡淡的失落，既是青春的真实体验，也是为自己编织的梦境牢笼。

在这种梦境里，来到河畔，起一间木屋。河水与柳树交叉缠绵，在黑色的岩石上留下半湿润的潮水线。青青水草拥在脚边，躺在柔软的草地上，水雾升起，看山水倒置，听虫鸟唱生命的赞歌。

长大后，不那么关注初生的事物了。更知道，每个人都渴望成为明星，但大多数人注定是平凡之辈。不会像明星一样，时时刻刻生活在镁光灯之下，被人讨论、追捧。而会像小草一样，没有花香，没有树高，无人知晓。

默默生长，将承受的光照变成一抹绿意回馈世界。这抹绿意虽小，但无可替代。这可能不是人生全部的答案，但是却是人生答案的一部分。

叶

花开时节，大家都在赏花、晒花。

大地回春，万物复苏，树根一如既往往地底扎根，绿叶也在努力光合作用，小鸟、蜜蜂、蚯蚓都开始劳作，但只有花受到赞美。

古往今来，送给花的礼赞太多了。这种鲜艳、易逝的事物，在生活中留下了美好的记忆。而如绿叶般平凡，四季常青，看或不看都在那里，悄无声息，总是被人习惯性遗忘。

进化史上，在以花为代表的种子植物诞生前，藻类、蕨类通过光合作用制造了地球上的氧气，为后面的演化准备了必要条件，这段历史同样鲜为人知。

绿叶总是被遗忘得太多了！但不要害怕，当花朵回归泥土，当生灵万物呼吸，当炎炎夏日到来，绿叶一直都在，一直都被记得！

麦穗

小麦是标准的庄稼。

许多农作物只活跃于温热时节，不等天寒就枝叶凋零，好比玉米、水稻，蔬菜、水果，都挑选温热适宜的季节生长。

小麦不然。当其他作物纷纷走完生命历程，走向落幕，所剩下无人搭理的秋冬岁月，小麦欣然接受。

生长中的小麦，大部分时间都低调沉默，保持着谦逊的姿态。直到夏天，当万紫千红香消玉殒，猛然一看，麦田已是沃野千里。苗株昂扬挺拔，麦穗紧凑饱满，播种时留下的间距都已经被稠密的枝叶填充，脚都放不下去。

五一过后，麦苗相继变黄，布谷鸟催促着人们快些收割。待麦子黄了七八分，一家老小来到地里，一手持镰，一手把麦，将麦子齐根割掉，压茬而过。待堆了一些，男人腾出空来，一摞摞抱到一起，捆成圆形，蹲在地上，背上肩，踩着重重的脚步下山。

麦捆归家，尽快选择一个晴日，半晌午，铺开在地上，翻来覆去晾晒。家鸡不时光顾，装满嗉囊子，饱餐一顿，须得照看吆喝。下午四五点，晒得差不多了，拿连枷反复捶打，脱粒后，放进风车里鼓风吹糠。一切妥当，每一粒粮食归仓，时间早已入夜。脸被汗水反复腌洇，细碎的麦芒也沾在身上。收了农具，赶忙冲洗，随便弄点吃的，睡一觉，又继续第二天的劳作。

种植不易，但是没有完全彻底的丰收。总会有或多或少的麦子，因为种子、气候等因素，麦穗干瘪，甚或霉变。也总会有麦穗中途遗失，麦粒散落到地上，难以拾起。于是，农忙过后，闲不下来的人们，也常来到收获后的狼藉的田里，捡拾遗漏的麦穗。

但是，比起经历辛苦而得到了丰收，更有一种赌博式的圆满，让人疯狂追逐。

走在人生的麦田里，上天赐予每人一个美好的愿望和一次选择的机会，可以在麦田中挑选并带走自认为最大最饱满的一株麦穗。

有的人，早早做下选择，但走到后面却发现了更大更饱满的，于是不禁懊悔；也有的人，满心幻想，心怀侥幸地一再错过，最终同样遗憾。

相遇的时机和发生的地点前后错开，所喜欢的和正确的矛盾分离，一旦走过后，印证的良机不再，留给人终生思考的未解之谜。

青绿

最近，属于春天的季节已经悄然过去。

春之神很不容易。接手的是冬天的冰霜、荒芜，一切从头开始，却在短时间内创造了瞩目的业绩——花开了，叶绿了，万物生机勃发。付出艰辛努力，也收获人们的喜爱和赞美——四季皆有好景，然而世上大多数诗都是送给春天的。

夏天和春天像年龄相仿的俩兄弟，相似又不同。

在春天已创造的基础上，夏天的工作则轻松很多。

夏天的任务很单一——生长。只要春天把花开好了，把种子种下去了，夏天就不会令人失望。就算是遇到干旱、洪涝，夏天永远会是那个样子——一片绿。

是的，一片绿。

不是路边的格桑花、三叶草，也不是小区里的香樟、冬青，更不是农家院子里的葡萄、多肉。

是山野上一望无际的绿。

那片绿由无数的不知名的野生植物构成，是每一棵树的颜色、每一棵草的颜色的总和，永远活在视野中，却永远不能抵达。

它就在那，无须操心，但你知道它在生长。它没什么用，但是，当你眼睛酸涩，或者心情烦闷，出来看一眼它，就缓解了很多。

人生没有那么多精彩的瞬间，不必追逐当世界舞台的主角。像那片绿一样，学习，积累，成长，做好自己。

五行

世界的本原以及事物的本质，是每一种学说都要回答的基本问题。

传统文化中，世间万物按照性质，被分成金、木、水、火、土五种。五种元素联系转化，相生相克，对立统一。

土是一切的根基。地球是岩石星球，这一特质决定了一切存在的可能。土把人和世界的联系在一起，人必须站在土上。

木是能量的载体。草类是最低级的植物，但是一切高级的都建立在低级的基础上。通过木材取暖，转化自然能量；通过烹制食用，吸收营养，构建人的身体。

水是世界的桥梁。水在身体里流动、循环，推动新陈代谢。水在天地之间流动、循环，推动万物生息。

金是土的升级。金从土里淬炼，淬炼出来纯净的金，是土的精华，百倍坚硬的土。

火是转化的熔炉。火焚烧一切，通过火的作用，不同元素、不同物质相互转化，推动物质形式的循环。

如今，许多曾支配人们数千年的思想，都纷纷向现代科学俯首称臣。但是，科学微观层面的解释，往往在回到宏观层面、生活层面时，其精确性的优点并不显著，于是依然给传统文化留下了可填补的空间。

其实，对于普通人来说，适用性比精准性更重要。好比尽管 π 有无穷个小数位数，但记住 3. 14 就够了。取其精华，为我所用，这不是科学论，却是行之有效的方法论。

干旱

种地期盼风调雨顺，但旱涝交替统治着岁时。

干旱是腠理之病。这虽然是个大问题，但具体到某一天、某一个地方，外表看起来也许不足为虑，不似心腹之患即时病发。

在城市，钢筋水泥耐受高温。相比于植物的用水需求，生活用水、生产用水是压倒性的。巨大水厂舒缓了干旱的灾难性，人对干旱的少数感知是间接性的停水。

但农村则不同。农村人口分散，农业用水需求是压倒性的。根系再发达，也抵不过蒸发，浇水只能缓解。最终收成依然靠天帮忙，这是无法改变的必然。

农业创造的即时价值无法和工业相比，有时让人习惯性地忽视。

过去几年，与河流、庄稼、土地作伴，汛与旱有时交替，有时并存，感觉总在等待之中。每次干旱来临时，便开始了漫长的忍耐，想方设法削减对水的需求，努力促成水在空间方位的流通。

其实人生也是逐渐损失水分的旅程，初始的善意、爱意如涓涓细流，有时尚未滋润心田，就在半途蒸发。

人心是感情之源，也是智慧之源、能量之源。干涸的心田长不出善良的花朵，心灵的干旱比外界的干旱更可怕，莫让暴躁、恶劣充斥己身，成为相交时他人的天灾。

自然之事归上天，心灵之事归自己。天救之外，也要自救。

风雨

温室的植物，有科技和人力的加持，生来什么都不用管，只用生长。

一朵蒲公英有几十粒花籽，一颗松果有一百多粒松子，一个向日葵花盘有 1400 颗以上的种子。这些种子在脱离了母体后，有的掉进犄角旮旯，有的被吹到悬崖峭壁，有的被飞禽走兽吞食。每一颗种子都渴望生长在肥沃的田野，享受农夫的除草、浇沃、修剪，远离和野草抢夺营养的生活。

嫩苗只有经历风雨，才能长成参天大树。

人也一样。人生几多风雨，每经历一事，立场就稳固了一些，思想就现实了一些，见识就丰富了一些。

什么都经历了，好的与坏的，开心的与伤心的，尝遍酸甜苦辣，人生就有了资本、辈分、尊严，就能给很多问题一个自己的答案，给出一个自己之于世界的最优解，而不是一味去拿别人的答案和自己的相比较。

被保护在温柔乡里，最后都要自己再冲出来。反而是那些风吹雨淋的日子，教会人在雨天寻找一个屋顶，天晴建设自己的无惧风雨的港湾。

千磨万击，千锤百炼，最终才能站得住，立得稳，成为顶天立地之人。

秋水

记不清这场雨下了多久了，停停歇歇，人都要发霉了。

晚上，在路灯照射下，潇潇秋雨密密麻麻，击打在地面上，反弹溅起水花。成股的雨水注入溪流，溪流流向大河，河水汇入江水，江水以海为期，奔涌向前。

秋水时至，百川灌河。上游水急，下游水宽。各地不同程度的洪灾，展现出大自然磅礴、无情的力量。可怜的人类，终生生活在某一段流域，无法感受全貌，更不得见百川归海的场面。

河是文明的摇篮，是大地的血管，是人们生活的一部分。

河也是水循环最长的征途，看似自由，实则处处受限。太阳烘烤它，山石阻碍它，沙土吞并它，树木吸收它，寒风冰冻它。但它始终向前，可以截断，不可改变向前的趋势。

人生也是一条河。在这时节，点滴思绪如同雨水打湿心田。体会一段心情，如同守护一段河堤。十年又十年，遇见不同的人，经历不同的事情，心灵变得丰满，胸怀变得宽广。

社会也是一条河。一个阶段时兴的东西，很快就又落伍，消没在浪花中了。三教九流，世间百态，各在名利场显身手，推动社会嬗变，更迭，前进。

江河之流，不可量数。人在天地，如石在山中，沧海一粟。有所追求虽好，但不要执着于短暂路途中的个人看法，不然就见笑于大方之家了。

马

许多感觉熟悉的东西，其实十分罕见。人所熟悉的不是它的本体，而是知识所形成的虚拟理念。

虽住山里，野生虎、豹却也难得一见，即便是家养的牛、驴，也很少见到。

对马的印象，主要是来自书本、影视。但见没见过，骑没骑过，并不重要，也不妨碍讨论它。毕竟，理念和本体一样重要。马的形象深入人心，文化认同特殊而强烈，早已成为那种罕见但熟悉的事物。

马是出行的工具。马载着主人奔跑颠沛、奋斗不息，人的方向就是马的方向，共赴前程的过程是同一的。

马是自由的，不必一直圈在某处；但又受缰绳的牵引，是不自由的。

有时候，人生也有一种缰绳，牵引着人向前。奋斗的过程中，因为有目标，虽然旅途辛苦，最终未必能按时抵达，但心里踏实，不怕山高路远。

一路走来，马到成功、前程似锦的祝福，早已随学业结束而淡忘。破除了自以为，不再把自己想象成一匹日行千里的骐骥，只甘心做一匹永远在路上的驽马。不看太远的远方，只看脚下的道路，一步一个脚印地往前。

前程似锦只是祝福语。可以感受祝福，感受被爱，但不能只活在祝福、被爱当中。不要追求骑马的快意，而要习惯马途的艰辛。

没有一日千里，只有日拱一卒。

酒

与美食、美景相比，酒又苦又辣，很难说有愉悦感，因而可算是一种另类的享受。

饮酒是乐事。酒自口鼻流入肺腑，能让人缓解疼痛，忘记忧愁，暂得于己，快然自足。由事由情所起，亦能助兴、成事。周公酒肴不撤，制礼作乐；高祖怡然小醉，斩蛇于旅；太白酩酊狂醉，写就仙章。

醉酒是丑事。一旦失去控制，精神涣散，意识迷乱，或喋喋不休，或暗自傻笑，或脱衣解带，或呕吐当场，如《抱朴子·酒戒》所言，“怨色丑音所由而发也”“其为祸败，不可胜载”。

喝酒的人，常常只追解脱的一面。以为，挥笔所写的文字，灿若星辰，光耀年华，自心里流淌，与才华相映。以为，畅快所吐的心声，为事最难、情最痛、最不可忘、最真性情的经历，感天动地，至死不悔。

不喝酒的人，常常只看到丑陋的一面。觥筹交错间，是肉眼可见的醉意加深。人，东倒西歪。东西，满地狼藉。醒后，自顾自难受。

喝酒，多半并非别人硬劝，而是自己想喝。想喝，多半醉翁之意不在酒。

酒是连接想象和现实的桥梁。有的人，习惯以直接的方式认识和处理问题，认为山就是山，水就是水，真诚就是真诚，虚伪就是虚伪。有的人，习惯于复杂化处理问题，卸下盔甲、褪去伪装很难，总在等待最合适的契机、最圆满的机会。

其实，事还是那些事，人还是那些人。拉近关系的，不是酒，而是心灵本身的距离。勇敢说出的，也不是酒的力量，而是自身的突破。只有那些没有良药可医的疾痛，才值得付诸酒以消解。

平常的生活，平常的人，饮酒，不喜酒，不醉酒。

茶

任何文化都是在其生产链条基础上建立起来的。好的文化必须包括对幸福和痛苦两种感觉的阐释，以同时对应人生的两种处境。从这个角度而言，茶苦中带甜，苦后回甘，是文化的一种理想载体。

家乡人种茶、采茶，三十四年了。

在同一空间、同一时期存在的其他产业，有的随市场波动，时种时不种、时赔时赚；有的只能在局部做大，存在于一乡一里；有的徒有其表，竞争力不强。唯有一片小小的茶叶，发展壮大了起来。

茶不是稀罕物，对大多数人而言，也是可有可无。但是自唐代饮茶之风兴起以来，这个超级 IP 即使立足于“可有”的这一点点，也积累了极其丰富的情趣，十分辽阔的商机。成千上万的农民，通过种茶增加了收入。

我的童年也是伴随着采茶过来的。

小时候经常去采茶，有时是学校组织，有时是自己周末去茶厂采。难得不用上学，采茶简直是莫大的享受。但往往茶叶没有采多少，却忙着寻觅山间的小蒜，寻找茶树里的蓝色鸟蛋。

茶叶长销、畅销，后来，不仅茶厂种，家家户户也都跟着种。清明后，每次周末、五一，都心心念念地回家采茶。在茶叶地里，一边采茶，一边和家人谈家常，说说笑笑，思考人生，经常有很多别样的感悟。

最开始，作为种植者，只能感受到茶叶市场价格的波动。当别人问我，茶有什么作用，毛尖为什么贵，你们那里的茶好不好，和名茶相比如何……

我总是回答不上来。

后来，接触了许多经营者和从业者，了解了价格背后那只“看不见的手”，才懂得一个产业的扎根并不容易。很多产业，本身没有竞争力，随着推行者的更换和政策的改变很快烟消云散。当地的农民，附近的市场，已经用事实证明了茶的好坏。

在生产链的底端，大多数人并不能创造或者引领独特的文化潮流，反而会不自觉地被文化潮流所卷入，成为其载体的一种表现。

这不是一个和饮茶一般安逸悠然的故事，而是一个“看似寻常最奇崛，成如容易却艰辛”的过程。

药

生老病死，并称为人生大事。其中，病贯穿于生、老、死之中，独自造就许多悲欢离合。

身体是细胞和病毒相争的战场。宏观层面，医者可以触及；微观层面，就要借助于药物去调理。药和身体机能相辅相成，强弱互补。忍受病痛是一个漫长过程，无论服药还是手术治疗，都首先增加了痛苦。

每个阶段，身体机能不同，对健康的认识和需求不同，对药的认识和接受程度不同。

出生时，婴儿自带强免疫力。婴儿期后，免疫力消退，容易生病，虽然抗拒药，却不得不服从于父母的安排。青年以后，有了自主选择权，便排斥药，不爱喝药。中年时，习惯于透支身体，过度劳累，虽疾病增多，但韧性、耐力强，病来时习惯于硬抗。年老了，身体抵挡不住病痛侵袭，变得惜命，奉药为宝，家里满是瓶瓶罐罐。当药物无效，就寄希望于超自然力量，有了现代医疗技术后，又寄希望于科技甚至是黑科技。

不懂医学的人，往往通过生病才了解身体，出了问题才知道健康的重要性。但许多时候，即便知道了，还是会选择牺牲健康。因为，当人 无所有时，唯有不顾性命、大胆冒险、透支身体，方能在穷途末路挣得奋力一搏的机会。

归根结底，自然是最根本的治疗方法。食补比药更重要，治未病胜过任何灵丹妙药，万物有用、趋利避害就是药本身。

窗

门是沉重的责任，窗是自由的权利。拿着门钥匙，就要早到、晚走，操心安全。有一扇窗，就比别人多了一些欣赏风景、拥抱诗意的机会。

中学时，按成绩排座位。每次月考后，学生全被叫到门外，列好队，挨个进去，自己选座位。学习越好，选择越多。

进了教室，我总是选择靠窗的座位。有的人，擅长与他人相处，在事务中找到乐趣，因此有无窗户无关紧要。而有的人，内心紧锁，只擅长和自己相处，容易憋得慌，需要有一扇透气的窗户。我属于后者。

贴着墙，外面是悬空的，自门口到座位有一段长长的距离，远离老师的监视，躲在人群的最深处，时刻拥有一份可学可玩、可躲可现的自由。

拥有了窗户，也就拥有了完整的天空。

透过窗，跟着经历四季轮回。这份喜欢为平常的窗增添了珍贵之处。当被教室里嘈杂的笑声和浊气淹没，我就把窗户开到最大，完全沉浸在外界当中，聆听灌木丛里的虫鸣蝉唱，感受无缘由的美好。

但对着窗外发呆，一不留神被老师抓住，批评，也因此成为学生生涯的“第一课”。

不上学后，没有固定座位了，但还是延续以前的习惯，喜欢靠窗的位置。

在家里，喜欢坐在窗前，写累了，就看看外面。头脑昏了，就打开窗，吹吹风。

每次坐车，早早地来到车站，买票，上车，在车窗旁坐下。汽车发动，一幕幕熟悉的景色闪过，透过窗，看外面的山，山上的树，不知不觉摇摇晃晃地入睡。

如今，一切的喜欢都淡了。多少次，来到曾经在窗内遥望的向往之地，但是感觉很平淡。

窗是房子的眼，透过眼可以看到外面世界。但其实，透过窗所看到的，也只是坐井观天，是世界的一小部分。偌大世界，只能置身其中去感受。想真正了解，需要读书，需要经历。

但是，一静一动，一内一外，二律背反，相反相成。在窗内待久了，还是情不自禁向往着窗外。就当是矫情的习惯吧，这种喜爱无法抹除，也不必抹除。

票

喜欢收集票，小时候的布票、粮票、邮票，长大后买书的发票、坐车的车票、看电影的电影票……

小小的一张纸，记录了何时何地做了何事。每一张票，都是在某一个时间点，世界为我打出的一张专属标签，盖上了独特的印戳。

票等价于钱，但比钱价值更丰富。钱使用后，便流转了，从自己手中消失了。票使用后，存根部分留存于手中，于是有了钱和物的双重印记。

漫长岁月，一张张票时时刻刻提醒着我是谁，从哪里来，到哪里去，路过了哪一站。时间无法挽留，但票让时间以一种永久形态陈列于记忆展厅，永远有实实在在拥有过的感觉。

竹

人生总在寻常之物中体会爱与被爱。

竹是生活的伴侣，常见，易得。爷爷是篾匠，一切和竹有关的记忆都以他为源头。

梅兰竹菊，君子所爱。竹是雅趣高洁之物，无性繁殖，花开即死，柔而有劲，四季常青，富有生命力和气节。

我对竹，是先有一份亲身的认识，然后才懂得其文化中的形象；先有了感情，之后才在漫长的人生中，去体认，去格物致知。

这份感情，来自童年时爷爷教我辨认斑竹和水竹，来自拿着竹枪到处玩耍，来自每次过年前砍竹子打扬尘、缠鞭炮，来自看到父亲没事时也随手编了筐子。

爷爷去世后，篾活的营生便很少再见。但是竹林如旧生长，让我追忆、思考。

年轻时候，篾匠红火、稳定，他靠做篾活走天涯。晚年，时代潮流改变，也没力气再出门奔波，篾活沦为农活的附庸。

爷爷在时，总是想着，牵挂着。爷爷不在，虽然一扇生死之门把距离拉得越来越远，但是这段距离提供了人生最亲近、最真实、情理兼具的一份样本，一把我学习和超越的标尺。

在这份追忆里，不附会任何主题，只原原本本地回忆他的人生。

不禁想，在被市场、时代抛弃的时候，一个人能做些什么？他的人生是否因为坚持而错过了转机？

这些年的经历，让我看清了一件事：我和爷爷一样，都是极固执的人。执着而沉溺，经常忽略了其他的人、其他的事。

于是发现，亲人的爱让人持续幸福，无形之中也让人沉沦。习惯被爱，而不擅长、不敢主动去爱，对人对己十分狭隘，无形之中造成了一些缺憾。

才想到，这份爱之传承，终究以自己的认识为框架而受限，未能更多地了解他的生平、他的喜怒哀乐，但是已经错失了解的机会。

往事已矣，来者可追。人生是一个全面的、持续的过程，理解和不理解、幸福和不幸福之间只有毫厘的区别。要从一个人、一件事、一份爱中走出来，毋我，毋意，才能及早懂得应懂得的，及时去爱应爱的，广泛去做应做的。这不是竹的本身，也不是我和爷爷可能会讨论的话题，却是我对待竹以及一切所爱事物的方式。

桥

依山傍水，是自古以来人们的居住选择。

水，贯通上下，却隔断左右。于是，桥应运而生。

桥，连通两岸，是山和水的折中，是陆路和水路的交汇。有水则有桥，水大桥大，水小桥小。

印象中最早的桥，是置于河中的大石块堆叠而成。

河道屡经冲刷，十分宽阔，滩涂无人整饬，长满水草，而真正的河流不过中间的三四米宽。过桥前，需要蓄一下力，步子跨大，敏捷地踩上去，才能顺利通过。小孩腿短，往往逡巡于河边，反复试探，结果稍一犹豫，便失足踩进水里。

水大一点，河距拉长，水流淹没石墩，冲击的力量如野兽袭来，石墩摇摇晃晃。这时过桥危险，不如脱下鞋子，卷起裤脚，估摸着从河里蹚过去。

水再大一点，石墩抵挡不住冲劲，被浪卷走，桥便不复存在。人只能望河兴叹，退回家，等待水退。

走出家乡，走过大千世界，才领略了桥真正的姿态。

有时是长桥卧波，弯弯的脊背驼着两岸的行人，眺望远处江水和山林，感慨逝者如斯，不舍昼夜。有时是高桥迤逦，凭栏而立，迎面吹来自由的气息，辽阔麦田随风翻涌，疾驰车轮碾碎小我。有时也是无河的天桥，熙熙攘攘的人群穿梭于街道，像一群蚂蚁；车辆首尾相接，像一条河，一格一格地流动。

有了桥，就有了立足之地，才能站在水上，欣赏水川、风月之美，看河流运行于山的掌心，云和月时而亲密、时而远离。亦可以参与进来，载来一个音箱，挂在桥身，放着音乐，吼着歌；坐在水泥路牙上，刷手机；支个摊子，席地而坐，吃着瓜子，喝着啤酒，聊着天儿。

修桥、修路，俱为功德。桥建在河流的浅处，却长在人性的高处。有了桥，外出的人，就能够走完最后一程，在水之畔回到家。

船可以代替桥驮人过河，但船始终是船，会跟着水一起漂走。唯有桥，代表岁月安稳，任水流不息，让人平静。

人生也需要桥梁。往昔与现在，现在与未来，他人和自己之间，需要有桥梁来贯通，连接桥两端的异域风光、高低落差。

墙

墙是房子的主体，是最坚实的依靠，面前背后，无处不在。但是，人们对地面、屋顶的关注、花费的心思，比墙多多了。

小时候，住在土房里，冬暖夏凉。条件简陋，但不妨碍拥有美丽的心灵。

墙外，棕色的土墙墙皮露出掺杂的麦秆，和瓦片组成联盟，遮挡风霜雨雪。房顶是星月，如此漫不经心，如此无视一切，永恒地闪烁渺茫的光。

墙内，杂物多，灯泡暗，照不清角角落落。在暗光下做各种手势，观察墙上手影的变化。墙角的阴湿滋生了昆虫、老鼠，于是又养了猫，并把被褥、杂物经常拿出去晾晒。来回的斗争，让土房变得富有生机。

装饰墙是一种乐趣。抹上一层石灰，墙变白了。小孩喜欢用木炭涂鸦，学生喜欢贴明星歌星，过年还要年复一年地张贴年画。最瞩目的永远是奖状，一面墙贴完，再贴另一面，墙无声地记录了学习的真谛——好与坏，编不了，逃不掉，自有结果来审判。

依靠墙，也讨厌墙。挡住风雨的同时，世界也被堵堵高墙环绕封闭，让人感觉到不自在。

很多无形的墙，屡屡将人困住，一边破除，一边又生长。

知道了围城的妙喻后，对墙不那么耿耿于怀了。世界到处都是墙，都是壁垒。黄泥是墙，贫困更是墙，对于贫困的恐惧和偏见还是墙。翻过了这一座墙，还有另外一面墙等着，不如安于墙内，过属于自己的安稳日子。

影

阴影，是黑暗的一种形态。

自小怕黑。关了灯，睡在床上，月亮仅在半夜行进到高处时倾洒一片光，屋内大多数时候沦陷于黑暗，深浅不一的阴影将事物蒙上未知的恐怖，丝毫不敢多看、多动。

惧怕阴影里跳出恐怖的妖魔，将人撕扯拧断、生吞活剥；惧怕内心潜藏的黑暗被勾出，遮蔽理智之光，做出疯狂之举；惧怕影子突然有了意识，反客为主、杀人夺舍。

读了书，方知光明来自光，但黑暗不是来自黑。闭眼所感觉到的黑暗，只是没了信息后的虚无。宇宙本没有光，光是从虚无里扯出来的一把火，当世界被光照亮时，黑暗这才随之诞生。

对阴影的恐惧，源自思想的扭曲变形。

影子看似和人同步，但本质上一者为因，一者为果。

无法逃脱的阴影，是无法逃脱的叛逆意识和宿命的象征。阴影本身没有质量，比风更轻，比水更无形，随着投射的载体不同而变形，有时在身后，有时在前面，挥之不去，永远追随。

人心有两面，一面光明，一面黑暗。善和恶，在人性的战场上对峙、胶着，拉锯、相斗。角力最深时，觉得身体里藏着两个自己，分不清自己是光明中的一隅阴影，还是黑暗中偶然闪现的一丝光明。

阴影不可消灭。站在光里，就会有阴影。每一束光在照亮一片空间时，都会投下一个影子。行大道，走正途就好。

尘

灰尘是家养的泥土。

土木结构的房子容易落灰。灰尘从屋脊、椽子缝里掉下来，从泥巴地面上飘起来，从门窗外飞进来，敷在电视机、衣柜、桌子上，薄的、细的叫灰，厚的、重的叫尘。

天天洗，日日清，仍然时时有，难以收拾干净。

比起家里的灰尘，心灵的灰尘不容易察觉。

心灵的灰尘，也是心养的尘土。那些泪花中遗留的水渍，那些欢笑后留存的张狂，那些黑暗处泄露的荫翳，那些痛苦中铭刻的伤痕，一天天产生，一层层堆积，遮盖了原来澄澈清明的灵台。

看惯弱肉强食，失去了同情之心；习惯高声大嗓，忘记了文明安静；长期浮光掠影，再难专注用心。现在开心大笑的时候，也许曾是自己最想痛哭的瞬间。从前直觉所厌恶的东西，最后纷纷被吸纳、接受、整合为自己的一部分。

时时勤拂拭，勿使惹尘埃。人生很多微小的事情，天天做，不具备惊天动地的意义，却是一日三餐、生活起居的必备。

一屋不扫，何以扫天下。扫天下靠的是智谋、实力，但智谋的施展、实力的增长所需要的耐心、细心，和收拾屋子本质是一种东西。

本来无一物，何处惹尘埃。知其之难，所以另辟蹊径，不仅扫除灰尘，更把生长灰尘的杂念一同扫掉，这大概就是人所难及但值得追求境界吧。

灯

小时候，家家户户用的都是煤油灯。比马灯简陋，没有灯罩，仅用一个墨水瓶装上煤油，拿一根粗麻绳做灯芯。灯光昏暗，聊胜于无，屋里角落仍是黑乎乎的。

除了煤油灯，也点蜡烛。但蜡比煤油贵，红蜡又比白蜡贵，变幻的烛光除多了几分诗意，同样十分不便。点灯要钱，光线又差，于是常听一句话，“白天游四方，晚上点灯补裤裆”，用来骂不会算计、浪费时间的人。

后来，陆续通了电，煤油灯慢慢被各种电灯取代。起初是钨丝灯，十瓦到一百瓦不等，手拉式开关，安装在门口，一根细绳缀着，进门时摸黑拉一下，一不小心绳子就被扯断了。用电高峰期时，电压不稳，忽高忽低，灯丝经常烧坏。后来，电网更密，电压更稳，电力更强，于是各家陆续更换了白炽灯、节能灯，也更加明亮、更有高级感。

在昏暗的灯光里生活了许久，忘了哪一年，好久不回家，忽然发现家里换了灯泡——明亮亮的。明亮的灯光特别适合翻找东西，打开柜子、抽屉，小时候的物件一样样翻滚出来，记忆好像也被擦亮了。

现如今，到处都是灯，不分昼夜地亮着。强烈的色彩圈划了待售之物，光力过剩，形成污染，内心于是更渴望自然真实的日光和黑夜。

其实不只是灯，很多事情都一样。越是短缺，越是伴随了很多特殊的情结；愈是富足，不再恐惧，不再期待，因而变得十分单调。见惯的人，会以为世界本来就是这样，但回想过去会发现平淡中的意义，而这种意义，只有经历过才能懂得吧。

锁

家最先教人上锁。因为家是封闭的，只向其成员敞开。每个成员都有不同的作息，不上锁，就会有外人闯入；不锁上，就不能远离。

集体生活也培养了上锁的习惯。很多事物都有锁的功能，笔记本、文具盒、衣柜、箱子，乃至电脑、手机、各种 App。每一次失窃，更能刺激人养成落锁的习惯。

有三种例外情况，让人潜意识改变对锁的认知。

一、总处于被保护当中。绝对的照顾会彻底融化一个人的防备心。周围破坏性的因素被排除了，潜意识习惯被尊重和照顾，总是有依靠思想。

二、多子女的家庭。没有专属的主权空间，总会有人打乱你的计划，抢夺你的玩具，丢掉你的爱物，打破你的底线。慢慢地，也就放弃了把一切锁住的想法。

三、戴惯了枷锁。一切限制从内心开始，内心有了无形的锁，就像困在玻璃瓶里的虫子，起初拼命挣扎、碰撞、流血，一次次失败后，最终放弃反抗，再也不想尝试飞出去。

防盗门越来越高级，但人们越觉得不够安全。

最大的锁，是内心。最大的限制，是思想。最难的转弯，是念头。过度的封闭，反而让一些想留住的东西失之交臂，放开才能让生活之花在困难和绝境处盛开。

锁很麻烦，但也很重要。适当的锁是界限感，既保护自己，也尊重别人。不是绝对的封闭，也不是绝对的开放，在自己获得安全感的同时，让别人感觉到安全和舒适，这才是锁的意义。

山药

山药既是食物，也是药材。

作为药材，山药味甘、性凉而润，古人用入汤剂，以作温补，治诸虚百损，疗五劳七伤。《本草纲目》记载，山药益肾气，健脾胃，止泻痢，化痰涎，润皮毛。

但作为食物，山药更显可贵。清代李渔《闲情偶寄》记载了食用方法，与如今大致相同：山药孤行并用，无所不宜，并油盐酱醋不设，亦能自呈其美，乃蔬食之通材也。意即：单吃好，和其他食物合烹也好，可咸可甜，不拘一格。

做人当如山药。一个人时，单打独斗，能抗能上。集体当中，亦可打辅助、当绿叶，不执着个人喜好，不强调主观意见。

除了工作，人之日常，何尝不亦如此。物有可观，必有可乐，何须营营汲汲，舍近求远。

月季

最近，到处都是盛开的月季。因为这花开，繁忙的季节仿佛舒缓了很多。

日前回家一趟，发现如今养花的人多了。我不是栽花者，但在这个季节，也由衷感受到花开的喜悦。

小时候，农村养花的没有这么多。

花没有专属的地方。门前的场地虽然宽阔，却是春天码柴火的专用，夏天晒麦子的专场，秋天堆秸秆的专属，冬天剥桐子的专地。花这种无用的点缀，要让位于农活大事。虽然农村人爱种花，但能长出来的却很少。大多死的死，活的活，没有成器的样子。

夙愿难以实现，算是一种遗憾。

来到城里，更加没有条件了，却经常想种花。

害怕养不活，买了几盆多肉。姐姐来玩，也会带些植物来。爸爸干活时，问人家要了一包泥土，刚好都能用得上。一时间，阳台增加了绿色，充满了期望，成为没事流连的好地方。

后来几年，经常很忙，许久不回家，回家也倒头就睡。

近在咫尺，阳台的花草却只能自生自灭。一次回家，发现花盆的土已经干得结块，连耐旱的多肉也死了。为此，伤心了许久。心想，我终究是没有赏花的福气。

奇妙的是，不知谁把它们从阳台挪到阴凉地。又忙了一段时间，忽然间发现一盆盆花草又都活了，叶子生机勃勃，根部发了许多的小绿芽。

过去几年，发生了许多事情，物是人非事事休，我也变了许多。但仍有许多不变的，或者已经无法改变的，被埋藏在浇花看花的日子里。

人生大概也是这样，条件不足时，尽力去做，心中十分渴求，但未必能得到结果；未如那般精心，但条件足够，因缘际会，小小的努力，却可以得到收获。除了养花，人的健康、寿命，学业、工作，爱情、婚姻，大多也是这样。

如花事琐碎，对错交叉，好坏兼得，阅尽如意和不如意，遗憾却不过分遗憾，失去却终有所得，幸福长存，善心长在，也许就是好的吧。

荆棘

人生路，若选择的是平坦大道，则少有坎坷阻碍。但若选择的是小路，则不免翻山越岭，时不时遇到荆棘。

家乡里，荆棘多生长在土壤贫瘠的山地上。它们扎根在浅浅的土层，自石块缝隙中长出，根茎暴露在外面，叶子碎小。各条枝蔓像散开的烟花，像章鱼的触手，哪里环境好就往哪里长，经常长成连绵的刺架，阻断道路。

荆棘，像藤蔓一样柔弱，无法与大树相提并论，一折便断，畏惧霜雪。但是，又比藤蔓坚硬，虽也伏地而生，终究有些骨气，自撑自持。

浑身的刺，是一种防备的姿态，警告鸟兽勿以之为食。农民干活，行人路过，也不得不敬而远之，如不小心划在腿上，扎进掌中，那份疼痛让人一时难忘。

但世上从无固若金汤的防御，在绝对的进攻面前，任何自卫都形同虚设。有时候，人们一气之下将其烧光，砍倒，本为防御的刺，反倒招来灾祸。

人人都渴望成为环境中的顶级强者。谁都愿做那松柏、杨柳，享受世人的热情礼赞，若不是土壤贫瘠，负载不了，又有谁愿意做荆棘，死守深山，无缘红尘，任人砍伐，弃于路旁。

但生为弱者，并不意味着自暴自弃。在人迹罕至的深山、荒岭，荆棘仍然是自然进化的强力防卫，在一个局部生态中具有统治力。荆棘凭借浑身是刺之躯，和百年大树争夺阳光、养分，何尝不是一种值得学习的生存之道。

樱桃

樱桃红了，不管到了谁家，都摘一些请你尝尝。

新鲜的樱桃，还带着绿叶，拿盆子装着。最先挑红彤彤、颗粒饱满的，继而一般红的、个头大的，最后仅剩颗粒小、青黄的、未熟透的，舍不得扔，也塞进嘴里。一粒粒吃起来，一吃就放不下。一盆吃完，意识到过量，牙已经开始酸了。

过了一会，又觉得不酸了，还不够满足，就直接来到樱桃树下。人不在时，小鸟飞进树丛觅食，好多樱桃被啄得只剩一半。撵走它们，拽下一枝长得最好的，摘一粒，吃一粒。这个枝头吃完了，再换另一枝接着吃。

抱着整棵树，放开肚皮吃，是童年的梦想。那时候，因为上学，总是和喜欢的事情错开。

——好不容易盼到樱桃熟了，周末回来时候樱桃已经没了。

——追了好久的电视剧，到了大结局，却不得不去学校上课。

后来的人生，经常也在弥补这种缺憾。每次樱桃熟了，就想爬上树，一次吃个痛快。但是，其实也吃不了多少。拥有了整棵树，也只是吃了一小会儿就满足了。

其实，成熟的喜欢，不是一次性满足、暴饮暴食。而是，有一棵自己的树，年复一年，细水长流。

就像爱一个人，不在于天崩地裂，死去活来。而在于，你在，我在，时常感到幸运与幸福，这就好！

泡桐

窗外有一棵泡桐树。泡桐挨着房子，这个季节，知了栖息在树上，每天不知疲倦地叫着。泡桐枝繁叶茂，既遮蔽了光线，又提供了一片绿荫，房间暗暗的，凉凉的，倒也正好。

泡桐在农村比较常见。春天繁花似锦，夏天绿树成荫。都是桐树，比不上梧桐的名气，比不上桐子树的实用。材质软，经常用来做家具的边角料；叶子大，经常用来掩盖种窝。

也许是因为远离市中心，地处偏僻，距山较近，这里的路边，经常有一些大树。

我指的是真正的树。像冬青、月季之类，是依附在市政工程上的点缀，不算是真正的树木，死了再补，只为好看。真正的树，要有树的风采，能长到合围粗，楼房高，让建筑、道路为之让路。

它们像在农村里一样，愿意长在屋前，是家的庇护，是大地的地标。它们长期生长于此，已经成为城市历史的一部分。相比起来，我们这些来来往往的旅人，才是过客。

在城市里，拥有一套百万豪宅可以奋斗而实现，但是拥有一棵自己的树、一块自己的地很难。树和窗外的蓝天、河道的江水一样，成为很多人可遇而不可求的心情的一种寄托。我们流连于公园、景区，都是对这种心情的弥补。

当然，树对这些一无所知。假使知道，树可能也不会在意。

城市生活本就不易，对于树而言也是如此。好与不好，既挣得一片地，有了一丝空间，就只管昂扬生长，做好自己！

蜜蜂

最近，经常在路边看到养蜂人。

草牙既青出，蜂声亦暖游。春暖花开，旺季来临，许多养蜂人辗转来到城郊，追花夺蜜。一个个蜂箱摆在路边，那蜜蜂小小的，飞来飞去，进进出出，忙忙碌碌。养蜂人时不时从帐篷里出来，穿着防蜂服进行作业。

“蜂来富，燕来贵”，蜜蜂象征着财气。在老家，偶有分家的蜂群落在门前，人们便爬上树，用笊篱把它们拢下来，装在圆桶里，放在楼上养着。到了冬天，打开桶盖，分离、加工，制成浓稠馥香的土蜂蜜。

蜜蜂集卑微和勤劳于一体，劳命一生，却被养蜂人轻松收割，像极了芸芸众生。据说一只蜜蜂寿命只有二十来天，一天飞行一百多公里，采不到半克蜂蜜。同时，还要遭受胡蜂、人类的侵袭，或被咬死，一旦蜇人，不久自己也会殒命，躯壳被抛弃在蜂房外。

但是，有时候，我反而觉得，比起蜜蜂的按部就班，养蜂人的来回奔波更加辛苦，何尝不是“为谁辛苦为谁甜”。

明知人生之苦，却不得不过好这苦涩的一生，希望用十年、二十年、一辈子乃至几代人的时间，去改变命运，这可能就是每个人所养的蜂吧。

第二卷

原事

耕耘

农业是一部百科全书，是人一生最好的教材。

即使城里长大的孩子，没干过农活，也会在农耕文明古老国度的历史文化中耳濡目染地懂得春耕秋收的道理。但是，三年出一个庄稼汉，即使在农村长大的孩子，想很快把种庄稼的学问都弄懂，亦难矣。

小时候，做事只有三分钟热情。姐弟中我干活最晚，也最少。父母把我带到地里，总是待不住。太阳是死敌，天一热，就没劲了；拿着锄头挥舞几下，就撂下了，吵着要提前回家。

庄稼生长的全周期，每个环节都看过、干过，却不甚关心。多数时候，我只是个看客，是种地的门外汉。但是，习惯成自然，少小习得的就是天性。亲近大地，也经常去感悟大地；不干农活了，却常记起种庄稼。

经常地，用自然之气冲淡身上的利欲之心，不被贪婪和欲念所蒙蔽。

一天有日夜之分，日夜各有六个时辰。成熟有先有后，小麦可以越冬，而玉米只生长在夏秋。草籽的发芽是偶然，几万粒才一把，一把兴许才成活几棵；庄稼种子充满了必然，每一粒应当发芽，每一棵幼苗都应当长大。但不要把自己当作花田主角，而要把自己当作山间野草，永远做好一分耕耘、一分收获，甚至有时一无所获的心理准备。

经常地，对比农民稼穑的辛苦，反思自身的安逸和懒惰。

早上，城里人按掉闹钟，准备再睡十分钟，农民已经把饭煮在锅里，插空扫地、喂鸡。农忙时节，饿着肚子熬到晌午一两点下坡回家，不是背一捆柴，就是顺便从菜地摘一把菜，从不打空手。白天干地里的活，只有晚上或者阴雨天，才抽空做家务，洗衣，缝补，整理。永远在忙，知道忙碌不一定能带来理想结果，但不会停下。

经常地，像一粒种子一样，追溯源头，追寻初心，追问人生的本质。

根茎枝叶花，事物总在流动和变化。越想摆脱，越不能摆脱；越不想摆脱，却越在远离。亲戚的总和，就是人世间。而我，时而远离，时而靠近。靠近的时候，我是儿子、侄子、兄长；远离的时候，我是投到地球上的一束光，眨眼间在宇宙中出现、消失。在这眨眼间，许多想法来不及全部实现，许多行动不能改变既定结局。

可能只能像农民一样，知道世间没有奇迹，没有特别的精彩，自己不在世界的中心。福田也罢，薄田也罢，不断耕耘，不停努力，才能在注定的忙碌中挣得一丝安闲机会，于片刻间得见人生美好真谛吧。

锄草

庄稼的一生中，要经历三四次锄草。

种子是幸福的。播撒前，土地已经为之翻过，规划了舒适的生长区，一出生就能安心发芽、生长。

种子发芽，原先翻过的土地上随风飘来的草籽也跟着长大。野草从犄角旮旯、石头缝隙中长出来，野蛮生长，抢夺养分，而庄稼苗儿却和婴儿一样，脆弱，易受威胁。这时，必须趁着大好晴天，拿起锄头，彻底地将野草清除，丢远远的，在烈日下暴晒，防止遇雨复活。

幼苗阶段后，庄稼已如少年，不知不觉茁壮了、结实了，不再害怕小的磕碰。农田慢慢稠密起来，如遇风调雨顺，长势更日日可见。但相同水肥条件，野草却长得更快，不能偷懒，否则一不留神，野草就比庄稼还高了。

经历一百多天的生长，幼苗完全长开，形成庄严的领地，牢牢占据自己的一席之地。站在田里放眼望去，碧浪万顷，随风翻动，偶有几棵长大的野草，已不足为惧，拔掉便是。

野火烧不尽，春风吹又生。小时候经常想，为什么庄稼没有野草那么顽强的生命力。野草无人照顾，草籽随风飘荡，沾一点土就能存活，下一场雨就窜很高。相比起来，庄稼真的太脆弱了。

后来，才渐渐明白，野草的生命力重在生长，它们将大部分能量给了枝叶，籽的重量是微不足道的。而庄稼的生命力重在果实，它们以一粒种子为起点，倾尽全力结出硕果，重心不同，终点不同，所以不能像野草一样不择手段地生存，不能把太多的精力放在枝叶上。

人生亦应如此，守护庄稼，勤于锄草，当好自己心田的农夫。

收获

收获是喜事。且不论收成好坏，划算与否，在这个季节，单是看到满田的庄稼，就有一种从心底涌出的喜悦。

收获更是累事，是沉重的体力活。所收获的，与此前背了多少斤的种子，施了多少次的水肥，扯了多少筐的野草，翻了多少次的土地，以及所赶的路、所出的力、所流的汗并不等重。

印象最深的是割麦。麦穗将熟未熟之际，担心着变天，大热天里，弯腰割麦，一趟趟背回。到家后，挥舞连枷，脱粒，去壳。细小的麦芒和碎屑沾在身上，汗流浃背，却不敢拿手去擦。

掰玉米和割麦子类似，却没那么急迫。玉米棒变黄后，抽个日子，一家老少同上阵，拿着袋子，背着背篓，钻进玉米林里，掰一个、装一个。玉米叶像刀片一样锋利，划得胳膊生疼，冷不防碰到洋辣子，痒人半天。玉米棒占地方，打称，收获起来很快，得借助架子车、拖拉机、三轮车等工具才好拉回去。坐在一袋袋玉米上，颠簸着回家，满车的实物收获量让人心情愉快，浑然不觉身上擦伤了、磕碰了。

相比而言，摘花生就轻松许多。花生长在地下，不那么怕雨水。连绵秋雨时节，周末回家，总少不了下地摘花生。手上活，不重，可以一边摘，一边聊天，饿了就剥开生吃。一袋袋花生上秤前，双手已经把秋天的分量掂量清了。

最真切地体会到收获的沉甸，是在挖红薯的时候。红薯比玉米更大，更沉。踩在黄泥地里，扒开连片的叶子，找到根部所在。小心翼翼地避开可能的茎块，从侧面迂回地开挖。长长的红薯掂在手里，很好把玩，装进背篓，却跟石头一样沉重。靠着路边，歇好几回，才能成功背回家。

收回家的作物，晾晒好，有的储藏起来，有的打成油、粉，有的等价钱好卖给贩子。收成好，种一年庄稼可以吃三年；收成不好，连来年的种子都不够。

打工潮兴起之前，做庄稼是农村唯一的出路，漫山遍野都是地，男女老少都干活。如今，种地的多是老年人。人力、物力越来越贵，账越算越亏，地越种越少，很少再看到粮食满屋、堆积如山的情景了。

其实，生活没有什么亏与不亏，因为本就没有什么选择，必须有此等的付出。就像家乡的老人们一边抱怨，还是一边多元化种植。如果把不现实的想法当实际，把潜在的可能当机会而忽视成本，心中的天平就打破平衡了。

收获的时候，有片刻的喜悦，但更多的是平静。而这片刻的喜悦和长久的平静，就是一切付出最好的回报。

砍柴

农村生活，就是以家为中心，把外界的东西加以驯服、整理，搬回家中，以便随时取用的过程。草搬回家，就是粮食、蔬菜；树搬回家，就是木材、柴火。

开门七件事，柴米油盐酱醋茶。柴是一个单独的命题，是第一位的，是生活、生存所需能量的来源。

柴的主体是在冬天完成的。冬腊月间，农活少了，男人别着柴刀，踏进山林，寻觅合适的树，砍柴，背柴。

砍柴在白天。树叶凋零，常年堆积，表面蓬松而底下潮湿，看不见地表，每踏一步都要小心翼翼。一路上山，越过荆棘，爬过石包，擦伤、割伤也要忍下疼痛，将砍下的树连同枯枝、残枝，一捆一捆，整理整齐。

背柴在晚上。路熟，借着星光月光，一趟趟地盘回家，堆在门前。湿柴沉重，背不动了，就在途中找个斜坡，靠着歇一会儿。但是不能放地上，沉甸甸的一大捆柴，放下了，就很难再独自起身了。

砍柴不易，空闲时间难寻，累就只累一次，砍就多砍一些。全部盘回，先从中挑一些好的，单独留下，作为木材，预备以后盖房用；品质残次的，弯弯曲曲、疙疙瘩瘩的，就锯成一截一截，再逐个剖开，堆码起来。

大人砍柴，小孩也参与。寒假里，没事做了，就背上背篓捡柴。暗淡的树林鲜有生机，踩在落叶上，翻起一种朽木的气味。看到残枝，便捡起来，理一理，整齐地插放在背篓里。说着笑着，惊动藏在丛中的鸟兽，便舍柴追逐而去，更增添了欢乐。

近些年，煤气、电力慢慢在农村增多。但是，科技只是辅助，柴火更能和农村生活相协调。到了饭点，家家户户还是和古时候一样，烟囱升起袅袅炊烟，飘出的饭香也一如从前。

才参加工作时，很多人问我吃饭怎么解决。记得爷爷说，有了灶，就不一样了。言下之意，就是一个家了，哪怕这个家里暂时只有自己一人。后来，我也像其他年轻人一样，按照想象中的方式，做饭，看书，学习，工作，重构生活图景，原本纯净的理想被烟火所染，直至逐渐成为如今的自己。

理想需要经受人间烟火的熏陶。最浪漫、最理想主义的诗里，写的是喂马劈柴、周游世界这种最寻常的事情。回首往事，忆苦思甜，也算是一个人的浪漫吧。

种菜

菜地，是妇女和小孩最常去的地方。

男的也去，但把更多的力气用在了重活上。播种，锄草，浇水，施肥，搭架，驱虫，摘菜等较为轻便的活，大多交给了妇女。

小孩去菜地，是因为好玩、好吃。植物生长，应时而变，本身就是一个有趣的自然过程。攞着篮子走在盛夏的菜园，把西红柿、黄瓜、豆角、茄子等蔬菜一样摘一些，不用洗，拿起便吃，即时的满足感让简单的采摘充满了快乐。菜拿回家，即吃即洗，吃不完的，晒成一把把干菜，腌成一坛坛咸菜，留待青黄不接的菜荒时节。

种菜深入中国人的基因。许多人身处城市，还是保持种菜的习惯。若有可能，开一块荒地；没有也不要紧，找个泡沫箱子，填上土，买包菜籽，按时下种。虽长不大，却也能挂果。把籽掏出来，和上小灰，保存到来年，就可以循环起来。

在家的老人，不种庄稼了，却经营着菜地。经常摘一大篮子菜，择得干干净净，摆得整整齐齐，放进蛇皮袋里。或自己坐车，或等一个便车，来到城里，儿子一份，女儿一份。或者，等儿女回来时，将平时舍不得的，连吃带送，塞进后备厢。

很多东西，收获一刻的喜悦，抵过中途所有的辛劳和失望，让人痴迷，并甘之如饴。

养花是爱美，种菜是爱闲。把平时零散的付出规整回收为最后的成果，从中体会田园之味、收获之乐。这既是种菜的乐趣，也是人生的乐趣。

喂猪

农村关系，既是乡邻之间人与人的关系，也是一家之内人与物的关系。

家是会意字，上面指房，下面指猪。没有房不成为家，养了猪才有油腥。猪承接着富庶的希望，为贫困的日子增加了些许甜头，为生活琐事增加了联动协调的融合剂。

猪是牵挂。养了猪，就出不了远门。人要吃，猪也要吃，一顿都少不了。猪是期待。一年开始，就盘算着早点逮一个猪崽。猪是操心。猪不肥，要想办法改善猪食；病了，赶忙找兽医；下了崽，更得用心照看。

以前，只有杀猪才能吃得上新鲜猪肉。到了腊月，查好日子，提前搬来猪桶，搭起架子。一大锅沸水烧好，七八个男人把猪从圈里拖出来，按在门板上，按序放血、去毛、砍肉、腌制、晾晒。各家各户相互帮忙，热闹地吃完杀猪饭，结束了又赶去下一家。猪肉晾好，油肉分离后，墙上挂着，瓮里腌着，油里泡着。舍不得吃的，放到夏天就发霉、生虫了。

如今，物流的速度追上了食物变质的速度，保存手段的更新也让保质期没有了意义。人们习惯了买肉，连农村喂猪的都少了。

种粮喂猪的执念没了，相应的习惯也改变了，不用固守一处，在家可走，外出可留。

当然，消失的不仅是家畜这一类故事。社会的变迁反映到人和物的关系上，那种用心培养、缓慢收获的事物，终究是越来越少了。

淘地

田和地不同。

一望无际的成片土地叫“田”，零星的碎片式土地只能叫“地”。

家在山中，山上高低起伏、沟壑纵横，没有大面积的地；山下河谷沙滩，年复一年被洪水冲刷，纵有些许平地，又被一家一户分割，各自修建了房屋、圈舍、道路。只有翻过数个山头，走出山的环绕，来到大河流域，才能看到成片的田。

人口自然增长，少数良田越分越细，最终各家耕地零散，小的一两分，大的七八分。也因此，从小脑中几乎没有亩、顷的形象概念。

生活在人多地少的永恒矛盾当中，在那个出不了门的时代，地不够，就得去淘。

夏季过后，水患消退，带着镰刀、锄头来到河边。大人割掉水草后，一锄一锄翻耕沙地。小孩蹲在地里，将前面淘出的砂石装进粪箕，一筐筐抬出去。砂石地土质差，好在离家近，便于浇水施肥，种点蔬菜，或者麦子、玉米，都能长得不错。山上的地土层浅薄，紧挨荒林，草籽飘飞，庄稼常遭鸟兽糟蹋，只能种些豆子之类的杂粮。

小时候，见大人日复一日地种地、开荒，却还是摆脱不了贫困，十分不解，好奇为何不走出宿命的魔圈，到外打工，开辟更有前途的人生。

其实，生在小农经济时代，终日干的是琐碎的农活，终生过的是勤而穷的人生，不富足，也不会富足，没有万事如意、花开富贵，只能借坡下驴、因时因地而为。牵绊太多，顾虑太多，不可能真正摒弃穷根，一往无前。

懂得了世情，就懂得人的选择，懂得了命运的演化。在宿命的魔力之外，更看到了耕耘人生。

每年辛苦淘地，但是来年夏季的一场大水，可能又将付出的心血卷走。一两年停止打理，山上开垦的新地，就又被野草吞噬，归于荒林。但这些都是必须去做的事。

条件不好，只能去创造条件。至于创造的结果好不好，就像淘的地一样，只能不断拿勤劳去维持。人生，没有一劳永逸，只能不断奋斗。

种树

管子云：一树一获者，谷也。一树十获者，木也。

种一棵树，收获的远不止树本身。

路人到树下避暑，收获了阴凉；小孩爬上树逮知了，收获了乐趣；鸡到林下觅食，收获了食物；小鸟在枝上筑巢，收获了家园；树砍了，还能收获木材、木柴。

树并不好种。

门前有块空地，左邻右舍经常从那走路。印象里，父亲在那里种过梨、樱桃、李子等。走过路过，我都习惯性避让一下。但是，每次刚长出柔嫩的枝条，就被人磕磕碰碰地弄断，没有一棵能够长大。

父亲不仅在门口种，也在山里种。山上风大，树断了，就齐根锯断，嫁接上新的。树长大挂果，父亲每次干活回家，都会摘几个带给我。后来，每到八九月间，就会习惯性地想起来，家乡某处有一棵结满了果实的树在等我。

有一段时间，我也想种一棵树。

在网上做任务，能量攒够，兑换了一棵沙棘。植树节时，去山上种树，挖坑，放苗，填土，浇水，踩实。但是，感觉都不是真正属于自己的树。久而久之，竟对种树有了执念。

其实，种树也好，一切经历也好，所创造的结果，远不足以回报过程中的付出。我只是想，亲眼看看一天天长大的树，以及不同阶段的自己，把懵懂时经历但不理解的事情重温一次，以另外一种方式填补缺憾。

未来有一天，我一定要做一个真正的种树者，种一棵真正的树。

割漆

八月是割漆的好时候。

漆树属高山落叶乔木，是一种古老的经济树木。先民很早就开始种植漆树，《诗经》中有“阪有漆，隰有栗”“树之榛栗，椅桐梓漆，爰伐琴瑟”等诗句。割漆的历史传承至今，已有几千年了。

家乡漆树多，男人勤快，不出门打工的，就在家里割漆。

割漆是辛苦活。炎炎夏季，天还没亮，割漆人就攞着漆篓，爬上山坡，一头钻进漆树林。漆树林大多是野生林，平常无人管理，山高坡陡，刺架纵横。野猪、野鸡听到脚步声，扑腾一下窜出，经常吓人一跳。

割漆要从高往低割。割漆人手脚并用，爬上树干，倚着枝丫，用漆刀在树皮上割开一条倒八字形的口子，把蚌壳做的漆茧平扎进去。白色生漆从口子边缘直奔而下，流进漆茧里，过一会儿变成红色，又过一会儿变成黑褐色，一点一滴，弥足珍贵。

盛夏时节，知了高居枝头，领唱着欢歌，割漆人哼着小曲，协奏出收获的旋律。所有的漆茧撒出去，漆液静静地流淌，割漆人习惯于找一块平地躺着，吃点干粮，打个小盹。热得招架不住了，就去山沟里扒一个小池塘，洗把脸，找一些野黄瓜、野葡萄解渴。或者，爬上山顶，转到山的那边，和其他割漆人聊聊天。

约莫漆液流尽，便开始收口。收漆要自下而上，一个一个地把漆茧取出，将漆液刮进漆筒里。如果下雨，俗称“打雨招”，还必须先把表层的水滗掉，那就更费时费力了。

收了漆茧，回到家，经常是两三点。午饭已过，脱下厚衣服，洗个脸，从锅里盛一碗剩饭，这才踏踏实实地坐下来。

吃罢饭，找个亮堂的地方，把大漆桶拿来，打开桶盖，揭开漆膜，小心地把漆筒墩在桶沿上，用小刷子将采割的生漆倒进去，连残留在筒壁上的都刮得干干净净。

漆收好了，磨漆刀，刮漆茧，用粗粝的砂石磨洗手上的漆痕。再稍微歇一会，待气温下降，就接着去地里干活。

三伏炎蒸汗如雨，百里千刀一斤漆。伏天一过，天气转凉，生漆产量日减，每次只有二三两的时候，割漆就结束了。

古语说，好漆清如油，照见美人头。摇起虎斑色，挑动钓鱼钩。漆季结束，附近的商人主动上门收购，漆下武汉，进长江，经常被用来刷船。也有懂行情的私人，寻摸着找来，买点好漆回去，漆寿木、衣柜、木盆。漆过的家具木纹清晰，色泽清莹，手感平滑，过多少年都依旧光亮如新。

记得小时候，外公是割漆的好手，每年都挑着一挑子漆去县城卖。如今，市面上生漆家具越来越少，农村割漆的场景已不多见。

清代诗人施闰章写过一首《漆树叹》：斫取凝脂似泪珠，青柯才好叶先枯。一生膏血供人尽，涓滴还留自润无。从不顾惜自己，从无任何保留，流血流汗，无私奉献，这既是漆树的一生，也是父辈精神的写照。

盖房

房子是家的物质形态。它关系着家的外延，大人有什么邻居，小孩会遇到什么同伴；关系着人的记忆，对冬日的太阳是否有执念，对暗处的角落是否有阴影。

房子是预期的表现形式。房子是民生中的民生，必须中的必须，不是人生追求，却是实现所有追求的根基。也因此，人们愿意无视经济规律，情愿把有条件的、相对期限的房子，视为永恒价值来追求，并为此长期承担债务负担。

盖房包含着最基本的隐喻——人生任何事情，都要提前制定蓝图，从下根基着手，先完成主体结构，再完善密封，最后加以装饰。

盖房要遵循固定标准。按照步骤、规格，地基要水平，柱子要垂直，间隙要小，椽子要结实。一点差错，问题和危险就会随之而来。

盖房要综合内外因素。考虑最长远和最细微的可能，风水，阳光，位置，一切因素都会被漫长的时间所放大，一经底定，无法更改。

盖房要接受有得有失。房子不仅是住在当下，也是住在未来。它给所有的好与不好画了一个圈，限定了一个范围，人像住在围城里一样，时刻生活在奋斗和享受、眼前和未来、乐观和悲观、完美和缺憾的冲突当中。

有了形而下的房，才有形而上的家。形而下是短暂的、说得完的，形而上是永恒的、说不完的。这就是家的魅力。

针线

每家都有一个针线包，有的是布的，像包袱，有的是篾的，像盆。针线包内，收纳着各种针线活工具，针、线、布尺、锥子、剪刀、钳子、顶针，等等。

小时候，家里已经很少再买布制衣，衣物都是成品。但是，脚上的布鞋、靴子，上学用的书包、沙包，以及缝缝补补，都要用到针线。

腊月间，全年的农活忙完，妇女们喜欢坐到外面，怀里抱着针线，一边晒太阳，一边一针一线为家人缝制衣物。

最麻烦的当属做鞋。预先翻出原来留的破旧衣服、床单，一件件拆掉，把布片一层层铺在地上，压紧，糊好，晒干。做鞋时再拿出来，照着鞋样裁剪好，用麻绳一针针穿结实。缝鞋底时，先用锥子钻个细洞，再引导针线进去。一样样费力做完，最后拼接到一起。新鞋总是挤脚，有的使劲拉扯，才能跟上脚，有的实在挤不进去，就找个脚小的先撑大，再穿不进去，就只好给其他人了。

衣不如新，人不如故。针线活很费力，缝制出来的衣物，虽实用，却不及买来的款式好看。但无论好不好看，最初的一段岁月，就在针线所给的温暖中度过了。

今日，家长给孩子做手工比做针线更常见，小孩收集卡片胜过翻针线包里的小玩意，有的甚至从没见过针线包。旧东西慢慢都消失了。一两岁的幼儿穿百家衣，除此之外，人生不再接纳旧东西，坏了就丢弃了。

细想发现，人一丝不挂地来到世上，衣物是父母的第一份爱。离开这个世界时，衣物是亲人的最后一份礼物。漫长的人生，有了衣物，才有了温暖与体面。而密密的针线，就是这份爱最好的注脚。

喂鱼

我家附近有一座公园，公园池塘里有一群鱼，我经常去投喂。

将馒头、面包撕成小块，丢进水里，不一会儿，鱼群聚集过来，翻滚，争夺，平静的池水如煮沸了一般。

小鱼最先来。舍不得多喂，揪成米粒大小丢过去。大鱼跟着来了，揪成指甲盖那么大，大鱼一口就吞了。

小孩好奇地围观，我掰一些，让他们也喂。他们照着丢进去，见鱼儿吞下食物，比自己吃了还要高兴。

夏季喂鱼的人多。有时鱼吃饱了，便懒得理我，也不过来，只在池中央潜着。馒头屑缓缓沉下去，它们也视若无睹。冬天鱼少，不仅大鱼潜藏在池中央、石头下、桥下，连原本活泛在池边的小鱼也都不见了。

一个春天，万物复苏，照旧来到公园。可是等到桃花都谢了，还是没有鱼出现。

鱼不见了，这是个问题。于是我在各种场合寻找机会喂鱼。酒店、超市、学校、朋友家，很多地方都都会找到鱼。没有面包，就把米饭捏成团，丢进去。鱼不挑食，也吃。看见别人钓鱼，我也喜欢站在旁边看，等待着鱼儿咬钩、跃出水面的一刻。

后来几年，我还是经常一个人去公园，但总找不到鱼，很好奇鱼去哪里了。

有一次，到一个学校参观。天空一片蔚蓝，一群鸽子蹲在楼顶发呆。过了一会，鸽子歇好了，成群从天空飞过，我赶忙拿起手机拍照。

身边一位老师介绍说：这些鸽子就是装饰。人们都以为这是同一群，其实不是。鸽子经常变少，需要不断补充新的。哪天不买了，这装饰也就没了。

忽然间，我想到，鱼儿之于池塘，正像鸽子之于高楼，都是一种装饰。也许是公园管理方不再投放鱼儿，我这种小乐趣也就没有了。

我又想到，鱼儿为人们带来了乐趣，而人们驻足其间，观鱼喂鱼，装饰了公园的风景，何尝不也是一种“鱼儿”。

知道了这一点，遗憾变淡了许多。但更多时候，我还是希望能够继续喂鱼。鱼出现的原因也许是非自然的，但享受喂鱼的乐趣是真实的。小半个吃剩的馍，一块钱的小面包，就能让人快乐半天。

就像很多事情，原因不重要，重要的是过程和结果。一味执着于最初，太可怕，也太沉重。对了就坚持，不对就调整，无从评价，无须评价。

打工

农村的一切，虽然不像城市橱柜里的商品，直观标注了等价的金钱，却也同样有等量汗水的代价。小孩自小懂得这个道理，因此，对一切有代价的东西都保持距离。争取之前，容易产生后退感和畏惧感；得到之后，容易产生自得感和愧疚感。不敢大胆争取，极易退却放弃，又不安于小满，这种叠加的矛盾心情以及迫不及待想跳出束缚的冲动，是学生时代普遍的情感底色。

小时候，起初家乡打工的人并不多，挣钱的办法除了种地，就是种更多的地。九十年代后，人们不再固守农村，走出庄稼地，带上路费，离开家乡，如潮流般地涌到城市打工。

每次过年回家，不知道他们在哪里，做什么，吃什么，遇到哪些人，无论东西南北，无论哪种职业，只统称为打工。他们慷慨地向亲戚分发礼物，言行之中沾染着当地的习惯，透露着外界的精彩，令封闭的农村洋溢着新鲜的气息，令自小困于大山的我羡慕不已。

大概同时，受到这种潮流影响，有的同学在求学之路受挫，看不到希望时，便自毁机杼，也投入了辍学打工的潮流。人生就此转折，各自奔向不同的前程。偶尔再见，常常已是物是人非。

毕业后，早已习惯就业市场的人山人海，反而感觉打工的潮流没有了原先生猛的意味。许多矛盾从生存层面下降到了生活层面，不复当初尖锐。人和城市的鸿沟，人和工作的关系，早已随着物质的丰富而填平了许多，因此更能回顾和正视曾经心中的冲动。

一日三餐，人最大的变化是补充了精神。力气用完，睡一觉，第二天就又有了。商品的本质是劳动力，劳动力来自这种自然现象。

同样的劳动力，在市场中可以创造不同的价值。打工比种庄稼利索、划算，没有中间经营管理漫长的等待，也没有做庄稼、做家务的烦琐。一个看似自由却烦琐，一个看似束缚却轻松，这既是干活的差别，也是生活的差别。两者相比，各是一座走不出的围城。以为靠努力打拼能打破恶性循环，其实不过是从一个牢笼走向了另一个牢笼，把一种角度的羡慕换成另外一种角度的羡慕。

打工未必都顺利。有时，不仅受到欺骗，挣不到钱，花光费用，铩羽而归，甚至遭遇意外，一去不返。仅有少数的人，在机遇的加持下，凭借韧性和头脑屹立于时代的潮流，最终彻底告别农村，成为城市的一员。大多数人仿佛消解在城市里，作为一种符号而存在。许多年后，留下的只是潜意识难以改变的口音、习惯，早已成为城市久远前的过客。

年少时，曾经一度为父辈年轻时放弃打拼、错失机会而遗憾。自己融入社会后，想起父辈的经历，不再以成功作为人生评判的唯一标准。在反复摔打和蹂躏中，一切都在改变。慢慢地，不再执着于如何去评价，更在意的是如何去理解。

环境塑造人，越是穷僻，缺乏就业机会、发财门道，越寄希望于通过学习之路改变命运。人与人的差别不在于知识，而在于经历，以及环境中不可复制的东西。世界不是力量的世界，硬碰只会头破血流，实力撑不到野心实现的那刻，最终依然会接受求不得的东西，转而放弃、忘却。

每个人都有远大的目标，这是理想；每代人都有自己的使命，这是现实。理想需要条件，使命需要接受。所稀缺的不是改变世界的决心，而是脚踏实地的努力。

如今人们主打的努力差，和以前人们主打的工资差，于真正的改变都不足够。一代代向前，有的人走得快，有的人走得慢。无论从事什么，让本应失去的失去，让不应失去的留下，人生便没有遗憾之说。

夜行

夏日的夜，绵长而醇厚。吃完饭，还早，到外面走走。

穿过大街，循着一条昏暗的林间小路向前。旁边不时有人成群结队走过，少男少女迎着风、骑着车，留风中一缕余香。年轻的夫妇牵着小娃儿，在路的边边角角进行探索。虽然人多，但是并不麻烦，随时可以一头扎进黑暗里，不想见的人不见，不想听的事不听，沉溺自我，放纵片刻。

走到一段山路，拾级而上，路灯把影子拉长，台阶又将拉人影分割成一段一段。半途，膝盖很酸，却看到周围行人纷纷超过自己，奔向山顶。于是也给自己加油，快速向前，连上不止。速度变快，消耗加大，在支撑不下去时继续支撑，终于来到山顶。

不做停留，围着塔转圈。灯光遍照塔身，棱角更加分明。风从重山之外吹来，将闷热空气一扫而光。山上，人无比接近星光。山下，市区灯光璀璨，也如星河万里。

在这星河万里间，寻找一个身影。从前，虽道路艰难，巴山夜雨，山重水复，但是相信鸿雁传书，蜀道闻铃，终会到达终点。现在，锦书不知丢在何处，铃声早已和雨声一同消失。

不过，人和人的相逢，总会留下难以完全磨灭的印记。上山所见的，下山还会再见到。忘却不能忘却的，正如挽留不可挽留的，都不可能。所以，不和记忆对抗，不和执念较劲，不和规律相违，不和缺陷去拼。

记住的东西有意义，那是永恒存于人生苦海里的淡水岛。忘却的东西也有意义，让人更好更从容。于夜中温柔了自己一把，心里多了一点笃定，想到这里，便快步返回了。

行走

才上学时，四岁多的自己，每天往返家校四趟。两三里的路，看着不远，却经常喊腿疼。睡前，母亲把一个碗倒扣过来，将白酒在碗底点燃、烧烫，带着火焰抹在膝盖上。血液循环加速，疼痛稍缓，次日继续上学。

六年级时，老师经常增加晚自习来考试。秋冬晚上，考试过后，一群小孩借着星光，穿过黑暗的小路结伴回家。朝路旁任何多余的一瞥，都足以让人产生一万种恐怖的联想，越想越怕，越怕越想，不由地加速跑回去。

初中，在镇上的中学住宿，二十里的路，要走两个多小时。一路走，不时遇到同学。年少的一切展望，一切感受，都在行走中化成了无尽的倾诉。

到了高中，到城里上学，路更远了。但是，水泥路开始往农村延伸，班车路线随之固定下来，家里也接送多了。忙碌的学习生涯里，时间被分割得细碎，虽无须行走，却开始想逃离束缚；逃离不得，便在行走中寻求慰藉。青春之路所遇到的一切，像一首首美丽的诗篇，我是那个边走边写的记录人。

大学里，人变得很懒，很少走路。走路大多是在寻路，城市的路走得人很累。当然，也是因为有比走路更有趣的东西。有趣的灵魂，一直都在路上。

真正喜欢行走，是工作后的事情了。

开心的时候，坐不住，行走。难过的时候，想解压，也行走。从北到南，从西到东，春天看花，夏天乘凉，秋天观月，冬天踏雪。

需要记忆，得走；需要忘怀，得走。慢走时，可以随意地想。快走时，就什么都想不了了。

行走让身体得到锻炼，也让心灵暂时解脱。于是，走着走着，有些事就想起来了；走着走着，有些人就忘了。

心学

古代文人，往往是儒释道多种思想杂糅。

比如讲人的内心，佛道两家以随缘为主，“明心、乐心、安心、死心”。而儒家态度就积极多了，讲究“正心”，家国大事，皆从正心诚意开始，顺从中有抗争，谦逊中有傲骨。

受不同文化影响，人们往往既乐观，又悲观，既积极，又消极。这看起来很矛盾，但是又很真实。

人到一定时候，就要面对一个如何评价自己，自我控制，自我发展的问题。

传承上下五千年的“已知之理”，接受并分析现代社会的驳杂信息，受自我认知、人生经历的影响所塑造，深入反省、缓慢体悟出的诸事杂解，就是每个人的“心学”。

“心学”的目标，是帮助分辨、处理每件事背后，自己和他人、自我和本我、过去和未来的关系。

做的一切事，都直接或者间接服务于这个终极人生目标。读的一切书，听的一切道理，见的一切故事，都会成为心学的基础。

“心学”是学问，一切学问都必须力行。学习如打谱，终日勤勉，亦不能尽达杀活之机。力行如对弈，腼面而行，却能洞悉谱外之理。

近来，在原先判断的基础上，对许多事物的看法都有了变化。但还是在儒释道三种思想之间来回横挑，时而上进，时而躺平，时而随缘，离一份真正踏实可靠的“心学”还相差甚远。

心里想的是“未来不期，已过不留”，行动上却是“仰面贪看鸟，回头错应人”，更还有忿懥、恐惧，总是好乐、忧患，不够果决、积极。

不断地实践和探索中，发现在习以为常的观念里，基础性、常识性、一捅即破、一搬即动的基础性错误有很多。有时候也反思，哪些错误可以让人在事过之后仍然坦然，哪些错误让人觉得真是一种失去和遗憾。

如何与自己相处，如何贯通现实和未来，是人生路上自问得最频繁的一个问题。沉湎于将失未失，与所爱若即若离，仅有的一点决心被消磨，在不明确的当下浪费了太多的时光。

想到这，失去之物发出了催人奋进的讯号。在被迫失去的当下，与现实和解，与过去的自己挥别。

睡眠

人生约有三分之一时间在睡眠中度过。睡眠既是耗损一天精力后，身体修复、重蓄能量的过程，也是积累一天负荷后，意识停转、压力归零的过程。

正如人人都会笑，但遇到难事、苦事、伤心事时笑一下，不过多忧惧的乐观精神却是一种稀少的品质。人人都会睡觉，但该怎样就怎样，不惋惜于今天的不圆满，不为明天的挑战而发愁，躺下便入梦的好睡眠，这种与生俱来的基本能力对很多人而言也是奢望。

睡眠最好的是婴儿期。长大后，好睡眠总会因为各种原因求而不得。

或者，白天忙不完，很多事便延伸到了晚上，继续熬着夜，读着书，干着活。或者，累了一天，身心疲惫，却不满于时间全为外界所支配，不甘心沦为工作的奴隶，于是强行透支精力，沉迷娱乐。或者，轻松无事，一切准备就绪，却久久没有睡意，明明什么都没想，琐碎之事自行浮现，虽星星点点，却疙疙瘩瘩，解不开，弄不平。

于是，大半生里，带着强烈的渴睡欲望，却逐渐习惯了亚健康，和失眠、疼痛共处。

许多影视剧、小说作品把睡梦当作人物命运的转折，设计失忆、复活、一夜暴富、穿越时空等桥段。现实中，人无法面对难题，无力渡过难关，有时只好寄希望于睡一觉，希望一觉醒来，问题自然消解。

但是，世界有奇迹而无魔法。梦中事给人启迪，让人豁然开朗；梦中人一颦一笑，让人如回当年。凡此种种，不是梦的力量，是心的力量。

做梦

越早期出现的事物，对人的影响越大。

小时候，基于白天的经历，涉河捉鱼、山谷滑翔、教室上课等场景，长时间支配我的梦境。

走过少不更事的年龄，这种梦的占比就少了。日常压力渗透到潜意识层面，仍然频繁地做梦，屡屡梦到洪水滔天、世界冰封、悬崖绝壁、兵荒马乱等超现实存在。不停地梦，又不停地醒。人像是睡了，又像是没睡。

有人在意梦的预见性，通过解梦预测未来。有人在意梦的反射性，通过梦解析当下。而我在意梦的真实性，通过梦来追寻最本能最原初的感受和想法。

白天，被世间万物的千姿百态所吸引，心智迷失于尘网，缺乏契机回归简单、回归初心。唯有睡梦中，欲望之潮随着意识的模糊而消退，人赤裸裸地回到起点，梦成为重见自己的契机。怕黑，怕高，怕蛇，喜欢逮鱼，捡硬币，一切梦境的背后，都还有一个不变的自己。

人生需要做梦，把我们固定在从前，不随变化而改变初心，始终做原来的、真实的自己。

亲人

大体来说，人与人的关系，可以分成血缘关系和社会关系。社会关系的本质是事际关系，应事而生，事过而散。血缘关系可以均等细分，直至四分之一、八分之一等，共同的称谓为亲戚，最核心的为亲人。

亲人是备忘录，提醒人过去的岁月是如何过去的，高山是如何成为高山的。

外公不在的这些年，姨们还会经常说，“往日爸在的时候……”爷爷不在，除了每年上坟，父亲时不时也会想起来，说，“往日……”

于是沉睡的记忆被激活，过去的样子又从脑子里蹦出来。

亲人是双面镜，既能看到他们，又能看到自己。

春江水暖鸭先知，亲人是一江春水，能最先感觉到变化。他们从几十年的长维度去看一个人，远比这个人从短期内的自我感觉出发更加精准。男孩胖了，女孩瘦了，挑担酒量不如前几年，连襟有了新的爱好，种种自己看不出来的变化，却在他们眼中分外明显。

二孩政策刚落地的那几年，涌现过一波潮流。有个长辈解释，“给孩子留一个亲人”。撇开育儿成本而言，留个亲人比一切都更宝贵。

没有人能完完整整陪着自己过一生，但是与生俱来的兄弟姐妹可以，血缘相续的亲人可以。桃之夭夭，灼灼其华。春节此时，各家团聚，真心祝愿：兄弟既具，和乐且孺。妻子好合，如鼓琴瑟。

饿

对饿的体验，既贯穿于人类的历史中，也贯穿在个人的一生中。生老病死，都对应着饿的体验。

身体总的进食与消化平衡、自律程度、精神状况，影响着对饿的感觉判断。

小时候，饿总是如影随形。不是饥饿，没东西吃，而是单纯的、痒痒的饿，不够吃、吃不饱、吃不好。每每吃着碗里的，还要盯着锅里的，自己没吃完，不准别人吃。

除此之外，还藏着一个小愿望——长大后开一家餐厅。按照自己的品位装饰成喜欢的样子，店内播放着舒缓的音乐，墙上张贴着电影海报、员工合影和顾客涂鸦，不在乎赚多少钱，当客人询问放的哪首歌时，我就和他做朋友。

长大后，饿不作为问题而存在了，也不想费心地开餐厅。重活少，消耗低，总是进食过多，时刻注意热量平衡。这时候，反而怀念饿的感觉。

虽然没有车厘子自由、金枪鱼自由，但是有米饭自由、面条自由、茶叶蛋自由。每一次满足口腹之欲，都会反思是否对等付出、是否理所应得。如果答案是否定的，那么就饿着，以保持理性，提醒自己还有未完成之事。

负面体验的深度往往高于正面体验，轻微的不满足反而是有效的驱动。在这种驱动下，才能掌握平衡，回归正确的循环。

疼痛

自身的痛苦，别人无法感同身受。到极限处，承受不了了，有的人不惜放弃生命，也要了结痛苦。

对于博爱、睿智的人来说，世人的疼痛虽不相通，却殊堪悲悯。所以，汉文帝制诏，废除肉刑，释迦牟尼舍弃王子身份，出家修道。

小时候，每逢天气有变，村里老人经常说："膝盖疼，要下雨了。"当时觉得未卜先知，很是神奇，后来想起来，却很心酸。

那个时候，小病靠抗，大病靠养，绝症靠命，条件不好的只能弄点单方，条件好了才引到医生处开药。健康像月圆，很少，常是椭圆、近圆，甚至半月、残月。在大人眼中，疼痛是与快乐、幸福并存的一种体验，无法完全免除。一路走来，大风大浪、刀山火海都过了，睡不着觉、整天腿麻、突然晕倒、干活磕碰，此类小小的疼痛不值一提。最多，吃一粒止疼片，该怎么样还得怎么样，哪怕多喊一声都显得矫情，邻居会笑话的。

现在看来，疼痛不仅是亚健康，而且是疾病的症状，更是一种疾病本身。而且，人们对疼痛的耐受力普遍小了，既要治疗，还要调理，更要预防。变化的本质，不在于认知的进步，而在于生活水平的提高。以前的人不痛，不是不知道，只是无力治疗，就忍耐着，淡看它。

伴随着劳动强度、风险程度的降低，撕心裂肺的疼痛也离人越来越远。许多影视作品里的表现都失真了，让真正经历过的人感到可笑。

与身体的疼痛不同，心灵的疼痛里有人生的真谛。

舒适让人沉沦，疼痛让人清醒。年轻时，总会遇到一些人生难关，工作失业，生意赔损，家人别离，感情不顺，愿望未遂，等等。看得越清晰，越现实，越疼痛；看得越淡薄，越麻木，反而越容易度过。

这时候，总有人开出各种“止疼片”，放弃抵抗，接受现实，转移目标，沉迷玩乐。但心灵最深处，却不愿屈服，想死磕到底。

因为，那些当时让人难以承受的，那些过后仍一提就痛的，才是真正所爱的事物。

感受疼痛有利于更好地理解幸福。如果什么疼痛都不能承受，遇到难关就另择他途，人生倒是顺利，但也未必真正圆满幸福。

时间

得益于记忆的首尾强化效应，未经世事前，我的时间是按照天来计算的。每一天都很清晰，睡前闭上眼，能记起当天发生了什么，一周之内有什么，当月有哪些事情。也清楚地记得时间赋予的每个第一次：第一次犯错，第一次感到委屈，第一次自以为是，第一次体验成功，第一次试图总结过去、展望未来。

进入社会，时间不像上学时是线性的，从幼儿园到小学、中学、大学，顺序明确，连贯向前。人生大事也没有钉死的顺序，大体和时间呈正相关，但一个事件和另一个事件穿插，甚或几个事件交叉，需要不停地综合地去想、去经历，去寻找方向和位置。

中间，经历了迷惘和痛苦。时间如此之慢，重复堆叠，加剧了这种感受。心情，和蒙蒙细雨一样，遍洒周身事物。丝毫看不到时光的踪迹，更无计于时间缓慢的变化，不想做有记忆的人，想要忘却，想要连同时间本体一起忘记。

后来，也经历了忙碌和麻木。在命运引导下，看了很多的书，吃了很多的苦，人生也朝着应当的方向前行。忘却，悄悄地发生着。许多事情，连时间都一起模糊了。

再后来，停顿下来，发现时间如此之快。对着每一年的年历，脑子一片空白，不仅没有明确的时间线，甚至没有时间面。所能记住的寥寥无几，自己依然一无所有，发现时光被抽空而痛苦。就好像努力上学，拼命追赶，按时做作业，但毕业时，仍发现自己什么也不会，只能交上一张白卷。

去年以来，时间推移，就像以前一样，岁月又偷偷没收了我的许多记忆。

但是，随着人清闲下来，时间流速也慢了很多。按计划去写文章，身处回忆之旅当中，细想人生的前因后果，是非对错。但无论想什么，写什么，到最后，总是在和自己斗争，期望写得更好一些；和时间斗争，希望能够多写一点。

身处边缘，所以变化来得平稳，让人有了更多的时间去犹豫和徘徊。在反复的失败当中，我也开始重新理解时间了。

时间不属于个人，生命是时间的载体。时间是相对的，你快，它就快；你慢，它就慢。时间也是绝对的，它有恒定的流速，是一切的刻度。

人生任何一段时光，都不能忘却或抛弃。时间是制胜的法宝，哪怕多想脱离那个阶段，逃离身边的事物，最终都要借助于时间的力量，而不是逃离时间的力量。你消极于时光，别人却在发奋努力，这样，你残缺的时光，却成为别人超越进步的加速期。

把时间当功课来修，将所有的事情置于统一的时间尺度下去考虑，倾尽一生，将一件件事情做好、做精。

主

天地之间，物各有主。

城市生活，一切以钱为度量衡，一片菜叶都有其代价，清风明月很多时候也要一张门票，或者一个无遮的高楼。因而，人们时刻追求一种绝对的支配权。

农村天地广袤，自给自足，有主的多，无主的更多。

有主，未必绝对。虽然拥有路、地乃至空间的使用权，但并不能限制别人走过。自家的鸡跑到别人家下蛋，邻家猫狗在吃饭时来到跟前徘徊，如此种种，拦不住，避不开。和人争吵，一时气愤，不从他家门口前走，但终究免不了生老病死的相见和纠缠。

无主，万物自来自去。燕子在房梁高处做窝，看见它进出，觉得很欢喜。老鼠暗处偷粮，无法消灭干净。爷爷常说，老鼠也有一分粮呢。蜜蜂、喜鹊筑巢，于人而言是一场意外的邂逅，亦无须确权。

有主无主，都属于自然。一切结果，都是命中注定。人是世界的过客，孩子也只是借父母来到世上。收成是否如愿，鸡鸭下不下蛋，猪一窝生几只崽，人会得什么病，有多长的寿命，都由上天安排。生活来得随意，潜移默化让人心境更宽。

那些无主的事物，上天默许，如何取用，全在于人。勤快的人，随时可以抄起镰刀，打猪草、采金银花、割漆、剥树皮、捡桐子，虽不足以致富，但能够增收。

天地之间，物各有主，主是自然。

客

有很多美好词语，字面并未标注背后的辛酸，好客即其中之一。

物质贫乏年代，家里来客，既喜且愁。不持家的男人，总想更多展现诚意，好好招待一番。巧妇难为无米之炊，持家的女人捉襟见肘，两人不免起争执。客人默契于此，快到吃饭时间，总会自觉离开，不添麻烦。

如今物质丰富，饭菜好做，主人好当，客人却不好找。家庭生活越来越私密，朋友聚会不轻易在家，大多放在外面，只是消费者、食客。做客的概念慢慢淡了。有时人情往来频繁，终日赶场、转场，连吃饭都变成不得已而为的事情。

人和人的交往，首要原则是对等。礼尚往来的习俗，都建立在经济利益之上，吃了一顿，就要还一顿。所以以前请客总有缘由，多是较大的事情，纯粹为了聚而聚、为了感情而谈感情的很少。

亲友之间，适当的聚，能化解分离之苦。菜肴是手段，诚意是目的。会饮从来不是单纯的吃喝，都被附加了社交意义，食物会随着场合、人数、事由、主客身份的变化而变化。

安土重迁，渴望安稳，是多数人刻入骨髓的追求。但生活与生存经常是一对矛盾体，正如需要和被需要、爱和被爱之间，不是完全同一的、对称的。经常，还需要离开故土，成为闯荡他乡的客人。

有时，自己是主人，招待来客。有时，是客人，等待无名之主的安排。离开主场时，生活诸多不便，人人都希望被热情招待、不受歧视。

最好的关系是随意，但随意建立在高度自觉自律的基础上。反过来，于是对等考虑，既有当主人的担当，也有当客人的自觉。

除了社交含义的客人，也常想起生命意义上的客人。

人是恒星的灰烬，意识是此身之客。我们宛如量子场中偶然激发形成的一颗粒子，短暂的生命是从虚空里借来的，瞬间又归还虚空。也像是云水僧、远行客，处于永远羁旅当中，仅在人间某处驻留片刻，敲开一扇门，讨一碗饭吃，要一碗水喝，罢了又匆匆离开。

世间万物，也皆是眼、鼻、口、心的客人。身体有其自然衰老的规律，不以意志为转移。一旦遭受疾病、意外，身体残缺，意识就被困于躯体中，成为走不出去的囚徒。

或许正如那对联：谁非过客？花是主人。

生日

纪念日有两种，一种是公共的，一种是自己专属的。前者很多，后者很少。人生在世，唯一一种全然属于自己的纪念日是生日。忌日当然也算，然而已经与自己无关。

呱呱坠地，来到这个世界，在一方山水里落下根，从此浩瀚宇宙多了一条时间线。生日给了每个人一个不可更易的起点，把人的历史源头钉死。它决定了所认识的人，拥有的姓氏，童年的家庭，幼时的生活。往后很多事情的答案，都要追溯回这一天，这个时辰，这个地点。

生日也为每个人提供了有别于通用标准时的另一种计时法，以自己为年轮的中心，每个人经历的幸福、困厄，所得到的问题和解，便有了不同。

大多数生日，像吴刚伐桂，都平淡地过去了。只是在逢十、本命年等一个个特殊节点，才勾起对身世和命运的深思。

回忆起来，岁时难得，天真难得，真心难得，时过境迁总是多过念念不忘。转头去看，最好的年华里并不一定会发生最好的事情。人，仍然在中途。很多事情远去，不知道怎么办，本能地想去挽留，而命运已经将人推向远方。

人生如此不易，因此，才需要时时注入能量，吃一口甜甜的蛋糕，把苦涩中和。

生和死往往相连，自然界里尤为常见。人类亦然，两条生命捆在一起过鬼门关，甚至有时到了死生相易的地步。

以前，生不容易，养容易。现在，似乎生容易，养变得不容易。但无论哪一种，漫漫人生，都是一送再送、相送至一方的终点才肯罢休。

回顾起点，乃至终点，这个节日里，从来不单单只有自己。

芳流

忘了从什么时候开始，每年除夕夜，父亲都要带我上坟送灯。

七座坟里，埋着我没见过的祖先。有的只是一座土包，有的树以石碑，简单刻着姓名、生卒年月，亦无从知晓生平。每次磕头祭奠时，父亲都追忆往昔，念念有词，回忆一番。

穷富、美丑，平凡、辉煌，都被死亡无情地平等勾销。所拥有的一切，都化作灰烬随之而去。

起初对此并不关注，只是跟着行礼。直到有一年，突然想，父辈在时，还有人能讲得清楚，如果我记不住，怎么给以后的人讲呢。

生老病死，都是人生大事。但事与事不同，成家、乔迁、添丁等红事，可以视情托人表达心意；至于白事，一定要亲自到场，送别此人在尘世的最后一程。

离别之际，以“我”的意识为中心的星辰停止旋转、发光，坠入永恒黑暗的深渊。尽管还有一些遗留的光芒，但事实上，不能自我表达，不能更改过去，有关此人的一切都成了间接的、回忆式的了。

人死灯灭，唯有树碑以纪念。品格高尚，令人神往，流传后世，谓之芳流。其中，祖辈之事，更让人分外亲切，引为榜样，沉思生平。

虽然墓碑上铭刻着流芳百世，但莫说百世，仅两三代，这个人的一切便会被淡忘。真正记得的，只有其儿女。然而对于晚辈而言，未共同经历其完整的生命历程，可沟通的时间短，往往不及完全了解，斯人已逝。一半大的回忆和追念，其实是在身后。

常想，人为何最宝贵，不单因为一切文明都是人所创造，还因为一切历史都来自人的记忆。书本知识再多，但远不是历史的本来面目。存在于老一辈人脑中日益模糊的图景，才是一切的由来。

大到宇宙星辰，小到蝼蚁草芥，都要经历死亡的过程，如沙子回归天地。

向死而生的路上，有时半路受挫消沉，陷入极端，会质疑和否定一切的意义。人是什么？我是谁？活着是为了什么？形神俱灭，纵使真的流芳后世，对于死去的人而言又有什么意义呢？

如果质疑一切，活着这件事，就和亲情、事业、爱情、生活等其他经历一样，变得毫无意义。但是，如果认可人生有意义，那么芳流之重要，甚至可以超出个人生命、当时处境，成为贯穿一生的引航明灯。

人的一生，大多是求而无应、失不复得的一生。虽难，却要迎难而上；有死，却应九死无悔。所谓幸福，只是偶然的惊喜、额外的发现、幸运的嘉奖。

把生命看作生前最宝贵的东西，就也要把芳流看作身后最重要之事。任何时候，都可以从这一代开始，用新的方式，过新的生活。

在多大程度上希望被人记住，我们就要多大程度地努力去记住别人。

南北

秦岭—淮河，是中国南北的地理分界线。

按道理，家乡位于秦岭南麓，属于南方，但又不完全是。山是北方的秦岭，水是南方的丹江，吃的是北方面，说的是南方的蛮子话。长久以来，这种界限上的模糊，让人难有清晰的归属感。

工作后，去了很多地方，发现南和北并不绝对。不同地域，不同风俗，不同思维，这些不仅贯穿于一国、一省、一市，也贯穿在小小的一县一城、一乡一里之中。都在一县之内，试马种茶，富水种香菇，白浪种水稻，十里坪养冷水鱼，每个地方都有自己的特色。

也感觉到，家乡和南方有很大的差别。同时，一县脱离不了一市、一省，因而被归到北方或更为合理。既归北方，就关注着秦岭的雪山，关中的小麦，延安的高原，榆林的风沙，以及更北的山西的大槐树，内蒙古的沙漠，东北的雪原。

到底是南是北，这个问题与其说有了答案，毋宁说懂得了中和与妥协。不单纯以气候、地理论南北，而要以人的经济、精神、风俗来论南北。

一个不南不北、亦南亦北的地方，也刚刚好。

人生，也不是那么泾渭分明。每个人身上所展现的差异，比一座山脉的阴阳两侧、一条河流的东西两岸大多了。共存，相容，和而不同，才是恰当的地域观、时空观。

束发

人的底层世界观一旦形成，就难以改变。

青年时代，受到影视剧影响，以长发为美。荧屏上女生长发飘飘，男生温柔俊美，这些形象与心中的理念融合在一起，形成了审美的直观说明。

然而对个性与外在美的追求都是有代价的。学业紧张，校规严格，经常在接受检查时，被老师命令理成短发。但越是如此，叛逆心越强。后来，有了机会，终于还是留了长发，一切向着个性、自我的方向发展。

乱糟糟的长发，实际上离明星精心塑造的完美形象有着天壤之别。但缺乏客观审视的能力，便将两者混淆等同，留下了许多今日看起来幼稚的照片。

虽然禀性难移，但生活方式会变，世界观会改变，思想观念会改变，错误的、不合时宜的东西也可以得到纠正。

从影视剧中走出来，接触了更多真实的人，方觉得阳刚之气，乃至灵气、骨气、痞气，都至关重要。

接受了别的设定，自我定位调整，于是许多观念随之改变。不仅头发，奋斗路上，小小的爱好都一一地遏制、消失。很多时候，不再单纯地去追逐喜爱之物，按捺性子，忍过那个劲，自然就不再留恋。

《项脊轩志》中写道，“余自束发读书轩中”。束发即束心的开始。天性所导向的，是自然、轻松、自由。而人世间的一切成绩，包括灵感、才华，都要在刻苦奋斗中去实现，甚至需要逆境挫折的磨炼。为自己保留的自留地、舒适区、温柔乡越多，则现实中战胜困难的可能越小。

树木要接受修剪，河流要选择方向。从顺从天性到约束天性，直至天性和理性合一，这是树木成长、河流壮大、个人强大的必由之路。

练字

写一手好字，是一直以来的心愿。

练字，思想上无半点疑虑。买了笔墨纸砚，闲暇时找个宽敞的地方，收拾干净，铺开纸张，放好胳膊，找一篇诗文，润上墨，缓缓地一字一字写下来。说不清楚喜欢的是字，还是诗文，还是轻松的时光。

练字，结果上却经常失败。做不到持续潜心临摹，日复一日坚持。偶然忙碌起来，便弃之不顾，束之高阁，久而久之书案生尘，技艺就又倒退了。

许多人练字，不是为了当书法家，只要求过年时手写的“福”“鸡鸭成群”“槽头兴旺”不过于丑陋即可。就像是陶渊明种地、林逋养鹤，不是简单的热爱，而是某种寄托从内心到生活的转移。

检视生平时，偶然看到练字时拍下的照片，“君子处事，执着而不沉溺”“谦谦君子，温润如玉”“庐山烟雨浙江潮，未到千般恨不消。及至到头无别事，庐山烟雨浙江潮”。其中一张，墨迹还没干，宛如片刻前写就，宛如执笔的还是片刻前的自己。

喜欢的事物蒙尘，不知心灵更沾染几多尘埃，一下子被时光之箭射中内心，不胜唏嘘，不禁心痛。

写作

身边有许多喜欢写东西的人，我也算是其中之一。

一路走来，当其他人陆续放弃了这种年少时的爱好，不再将思想清晰地诉诸笔尖，不再把胸臆热忱地化为动人故事，我却持续记录，写作至今。

文无第一，武无第二，文章没有绝对的好坏之分。但差距是客观存在的，体现为技艺是否精纯，思想是否开阔，逻辑是否清晰，语言是否精准，特质是否明显。

天赋很重要，但仅凭天赋登上孤峰，写作奇文，创造奇迹的少之又少。对大多数人而言，写作是终生孜孜以求的事业、持久有力的兴趣，而不是一时快乐的激情、意外的幸运。追求共鸣但孤芳自赏，追求名誉但保持清醒，这才是常态。

合格的作者，要能够接受正视这一规律，让判断力同感受力一同进步，艺术性和现实性相互融合。否则，写出的文字不过是自我欣赏的玩具、圈内流转的饰物，走不进大众，成为不了合格的时代记录官。

回顾写作的经历，不同时期，喜欢的语言风格不同，对写作这件事的理解也不同。

最初，写作是倾诉内心想法的工具。述于笔尖的事物，或离经叛道、标新立异，或心怀伤感、无病呻吟，或人云亦云、胡言乱语。今日观之，它们虽然保留了最初的想法，但与现实世界貌合神离，只不过是真实世界的倒影，甚至有不少的错讹。

后来，书读得多了一些，理性逐渐多于感性，对纯粹理性的追求充斥着简单的头脑，万事万物都被一把应然的尺子所度量。写作是梳理事物源流、揭示事物奥秘的过程。记录即学习的过程，也审视自己，总结自己，发现盲点。但理论往往没有实践的支撑，极尽曲折的逻辑更像是一个虚胖的巨人，作品所能给人的启迪和答案依旧很少。

现在，既不追求纯粹的理性，亦不会再一股脑倾诉内心。笔下的世界和真实的世界是同一的，对写不写不存疑，对所写的东西不存疑，包容一切，在最大的包容性中寻找最清晰最独特的自己。

不同写作状态之间并不绝对割裂，是随自己进步而进步的连贯过程。

世间观点很多、流派自成，每个人角度不同、看法有别。写作亦是统一自我的过程。坚持写作，过有智慧、有主见、受益、益人的一生。

绘素

花开时节，比较喜欢梨花。

春天的百花园里有万千颜色，风姿各不相同，可赞颂的很多。

譬如桃花、樱花，盛开一树，花团锦簇，惹人喜爱，与之拍照合影，为之写下数不尽的诗篇。

但是它们太好看了，好看得有些不真实，让人分不清真假。热闹地拍完照，也就把这花红柳绿忘记了。

梨花，纯粹以雪白的颜色取胜。在万紫千红的花丛中，它白得有点单调，有些无言。

喜欢它，不全是因为它的色彩本身——朴素，洁白，像命运本身的色彩。

喜欢它，也是因为门前确实有一棵梨花。在某个阶段，喜欢了花，于是它最先映入眼帘，自然而然地走进了心间。

一切东西，原本的模样都很重要。

绘事后素，先有白纸，然后才能创作彩色的图画。

世人有不同命运。后天的很多东西，被命运明码标价，而一般等价物，已不再是事物本身，而被外界所左右、决定。洁白的、纯粹的东西越来越少。经过命运的涂抹，往往不见了本来的颜色。

在很长时间里，我的人生都是白纸一张。后来，花了十几年的时间，学习人世间的各个课题，用心写下一个个答案，涂抹上自认为最绚烂的色彩和图案。我以为，懂得了，尝试了，也拥有过，失去过。人生也就是这般。

但和别人一比，精心写下的图画只是一张凌乱的草稿。人生经过了考察，但程度不深；有所行动，但未坚持；拥有过，但未真正去挽留，造成了不想看到的遗憾；想珍惜，却未跑起来，没有赶上时间的列车。

长期徘徊于一进一退的边缘，沾沾自喜于偶然的点滴之功，屡次进入宝山但空手而归。反观有的人，已如状元及第，春风得意，鲜衣怒马，并且一朝学会独孤九剑，独步于某个江湖，奋力厮杀，争夺宝座。

人生，在经过少年时代的灿烂后，最终是如雨落地，化作一粒水滴。那些提前为梦想编织的花环，都干枯了、碎裂了，成为需要清扫的渣滓。渐无少年的理想，也无实现理想的锐气、不顾一切的决心和宠辱皆忘、是非不顾的专注。习惯了平淡生活，习惯了隐藏情绪，习惯了逃避问题，面对这一张白纸，笔墨早已丢弃，更难写出精彩的作品。

经过一段时间的内耗，才明白，复杂的人生，没有绝对的成败、对错、快慢。虽然人生的地上河已经偏航——或许所谓偏航才是正路——离那个绚烂之我愈发遥远，但是，心中的地下暗流却日复一日流着。

梦想过时、所爱分离、青春消逝、才华穷尽，等等，都不必过于难过。日子虽不好过，但正过。

将梦想建成矗立海中的灯塔，将祝福制成保佑平安的护符，将青春时代的一切喜怒哀乐所形成的多样之我的无数种品质，提炼升级为步入中年时代的静水流深、从容不迫，避免沉沦于哀伤和怨恨的牢笼。

白纸并不可怕。才华虽去，习惯还在，没有倚马可待、文思泉涌，照样可以聚沙成塔、水滴石穿。过去一切都应为今天的自己所用，拿所有积极的因素，去再完成人生的多彩画卷。

听歌

音乐软件是手机里的钉子户，不一定常用，但是拆不掉。

独处时，尤喜欢听歌。歌声响起，几秒的旋律，便可攻陷记忆的堡垒。

人是感情动物，身边的任何人事物都会被打上喜欢与厌恶的标记，歌曲同样也有喜欢和厌恶之分。

对于喜欢的歌，每一首都代表某种特殊的回忆，或许是首次听到的场合，或许是陪伴一起听歌的人。伴随着前奏的响起，相应的情绪再度附身，带来一份本我暂时回归的感动。

忙碌于尘寰的此刻，再回忆起从前的彼时，那些想忘记但是没被忘记的东西，就会挣扎地从记忆深渊浮现出来。不依靠照片，不用当事人在场，只需要简单的一首歌，飘远的记忆风筝线就重新扯回手中。

好好听歌的时代，也是人生好好的时代。从歌词和旋律里寻找共鸣，仿佛在探索人生的谜底。无须激昂的节奏，喜好安静，内心无遮，宛若一张白纸，忙着描绘色彩和图画。

后来，慢慢地，如同不再轻易接受新的事物，新歌渐渐听得少了。人生也随之进入了单曲循环模式，一切都在重复，在重复中失去趣味。

外在世界里，我们都是他律、金钱、人情的囚犯，想挣脱而不能。

内心世界里，我们都是记忆、感情的囚犯，在心灵深处营造一座监狱，把自己关入。歌曲是这座监狱的钥匙，打开监狱之门，感性的江河席卷而来，思绪乘风而行，便不知不觉到了另外一个世界。

记忆是一种幸福，是挽留万物的看不见的手。忘记也是一种幸福，难以忘记不想记住的东西，就一直活在对现实的不满之中。

歌曲舒缓心情，也舒缓意志。人总是有选择地记忆。潜意识里，选择想记住的，忘记不想记住的。在不诚实的、非理智的、扭曲的回忆当中，耳边传来的靡靡之音模糊了好与坏的判断，混淆了幸福和不幸的差别。

偏爱，但不陈旧自封；代入，但不沉溺伤怀。这是对待歌曲的态度，也是对牢笼里一切尘封之物的态度。

红杉树

小时候学过一篇文章，题目叫《长不大的红杉树》。因为害怕长途漂泊，一粒红杉树种子选择留在妈妈身边，扎根、发芽。虽然躲过了风雨，但是当兄弟姐妹都陆续茁壮成长时，它还是长不大的样子。

红杉树是世界上平均高度最高的树。长不大的红杉树，令人十分惋惜。

其实，何止是树，人也一样。放在身边的孩子是长不大的。

自父辈以上都是大家庭，一家十多口人，儿女众多。

分家后，家小了，宗、脉、房更细了，彼此有着强烈的界限感，一切以独立生活为先。相同的年龄时，他们无人帮忙，却独立地做了许多困难之事。

至我们这一代，父母常伴身边。小时候，他们把一切能做的都做了。长大以后，也总是帮一点、再帮一点，送一程、再送一程。

亲情永恒，不因生活方式改变而改变。但独立也是人一生的课题，尤其是在少子化的当今。

不接触柴米油盐，不经历人间烟火，很多困难便无从知晓，更抗拒被改变。当独立生活时，自身的局限就显现出来了，对普遍事物及自身就有了重重盲点——倒不是学不会，只是比较慢。知道大概，但未深入其中；精于权衡，而不全面；熟谙道理，但缺少独自承担后果的气魄。

不独立，就看不透与生俱来的缺点，就一直有依赖思想，推迟使命的到来，永远是一棵长不大的红杉树。

枣树

在我的意识中，枣树和其他的果木不同。

枣关联着两件事：爷爷和暑假。小时候，老屋门前有四棵枣树，每棵都有着几十年的树龄。每到暑假，不等枣子完全成熟，经常和表哥来到树下，一起敲落充饥。爷爷看到时，也会捡起石头、木头，拿起竹竿帮忙。

童年时代有这两件美事，可想而知是多么治愈。等枣子红得差不多了，家里就全数敲下来，或煮，或蒸，或风干制作单方。

今年却有了不同。

邻居家盖房子，将两家中间坑坑洼洼的地推平了，打成水泥路面。不仅原先的枣树没了，连曾经钻进去捡枣的沟渠和草丛都消失了。

再路过仅剩的两棵枣树，想吃，却习惯性地停在树下等着。亲人陆续走过，对枝头的红枣习以为常。我终于发现，原来大家对枣只是普通的喜爱，并不挂怀，也无人去打，就那么任其成熟、掉落。

回到家，越想越不甘心，似乎有种遗憾无法抹除。于是，自己拿了竹竿，又来到树下。见我去了，母亲、奶奶、小婶也都跟上来。我一竿一竿地敲，她们一个一个地捡。已经过了枣的旺季，枝头所剩不多，打落到地上，很多都摔裂了。但是捡起来吃，还是甜甜的，一如从前被爱的感觉。

写作，不仅是记录快乐，更是提醒自己这份快乐的源泉。以前总有一种误区，拿自己的成功去爱，拿别人的所爱去爱，拿世间少有的去爱——那当然最好，但是时机太晚。

其实，可以拿我们所爱的去爱，拿平常的事物去爱。就像枣树吧，它能有多好呢，但是留下了美好回忆，打落的瞬间营造了当下的幸福。

有时候，人生的转变太慢了，真的太需要去从主动爱中学习创造幸福，而不是从被爱中感受幸福。

小时候，我经常写枣树。今天重写这个题目，感受爱，领悟爱，学习爱，传承爱，主动改变爱的方式，这大概就是枣树给我的启迪吧。

漂泊

年少时以为，人诗意地栖息在大地上，漂泊是其中一幅画卷。厌倦了红尘，抛弃俗愿，去陌生的地方流浪，和牛羊做伴，安逸地看云，把自己放逐在茫茫烟水之上，让所有的困惑和不安都在大地的抚慰和碧水的映照下消释。

或者，在陌生的地方做一个流浪的过客。观望奇特的建筑，听闻陌生的方言，穿行于街角，探索 CD 店、小吃摊，在红绿灯前发呆。遇到且拥抱每一个未知之谜，慌张但不迷茫，因为根本就没有必到的方向。尽管上无片瓦，下无寸地，身无寸功，一无所有，但感觉世界是安稳的、静止的。不用考虑社会关系，只考虑自己，只考虑梦想。

这些年，离开了家乡，远也不远，近也不近，有时还想漂泊，更多时候却想安定。

身边许多人迫于生计，放下梦想，远离家乡，上船出海，进厂干活，不分昼夜地劳动。有的居无定所，不知道哪里有活干，不知道明天要干什么，不知道会遇到什么样的老板、工友，不知道工资能否如期发下来，遭遇千奇百怪的事，吃各种各样的亏，在繁华城市的孤岛里生活。

从亲友的状态发现，稳定是压倒性的愿望，所谓漂泊并不诗意，是人生不得已的常态。身与心往往难以统一。有的身在外面，心系家里；有的身在家乡，向往外面。

在少年之梦的尽头，漂泊的真正意义是肩上的责任。这份责任，不停地督促自己启程，走出舒适区，尽力把命运之船向远方划去。

瓦屋

地名所缘者，以两种方式居多。一者依托山水，如沟、河、岭、坪；一者借以人文，如庄、园、店、寨。

老家所在的瓦屋，便属于后者。明代以来，山西、安徽、江西、湖北、河南等地的迁商始祖，或翻越秦岭，或溯洄长江，来到商南城关、富水、试马等地，择地而居，繁衍生息。至乾隆年间，先祖为避兵燹，继续向深山探寻，过红庙、毛河，翻越金鸡岭，经大屋下、秋迁沟、竹园，于瓦屋处停下，在山腰上开辟一片狭长的平地，从此安居此间。

原先，家家户户都是瓦房，瓦屋只是瓦屋。

河畔各散落着十来户民居，邻里仅一墙之隔，鸡犬相闻。人们既是亲戚，又是邻居，同饮一河水，同走一条路，甚至共用一个香案，共上一个茅房。每逢过节祭祖，一根竹竿缠着几家的鞭炮，一响就是半天。

遇到红白喜事，传送口信，做饭帮厨，接待宾客，觅执事，当八仙，无须主人召唤，邻人便早早主动张罗。农忙时节，大人悉数下地干活，小孩都放在一个人家里，孩子们以石当锅，以草为菜，玩游戏，过家家，青梅竹马，两小无猜。谁家出远门，只消给邻居说一声，看门、喂鸡、喂猪，一样不落。

瓦屋中间，有一个两尺多高的石磨。夏秋的晚上，人们干完活，三三两两的人端着碗，围着石磨乘凉，讲故事。小狗蹲在主人脚边，见到熟人汪一声，见到生人汪三四声。

石磨边上，一个百十平方米的瓦屋里，曾经挤着一家十余口人。外曾祖母世居于此，奶奶亦生于斯，长于斯，成家于斯。

屋小人多，东西无处安放，人无处落脚。每次吃饭，队伍从厨房排到大门外。姑姑第一次穿新衣服，是在十五岁那年，给别人打了一个月猪草换来的。

日子穷，生计难，奶奶为了柴米油盐精打细算，总在衣食住行中极力拉扯。和面的粉、炒菜的油没有了，便端着盆去邻居家借。庄稼收不过来，盖房修路劳力不够，就千方百计打换工。一根面条被夹成几截，捞到碗里，稀得能看清人影。一件衣服大的穿完，小的继续穿，破了打补丁，布荒了拆掉纳鞋底。

瓦屋变成心心念念的地名，是在经历数次搬迁之后。

成家后的三四十年里，奶奶携手已故的爷爷，烧了四次窑，盖了四座房。瓦屋见证了儿女长大成人，又目送他们各自成家，乔迁新居，越搬越远。

新盖的房子从瓦屋变成平房，从平房变成楼房。而原本散落在河畔的一间间瓦屋，或被改造加固，以钢筋水泥塑造新的骨骼，或倾倒颓坯，推平复垦，重新回归泥土的形态，上面种上一行行庄稼，再也看不出往日的面貌。

又过了一二十年，瓦屋的人越来越少，我们把奶奶迁出老屋，安置在别处。岁月更迭至今，土墙、木梁、瓦当，连同“义大玉昌、曾贤希圣”的排行和口耳相传的蛮子话，逐渐淡出生活，成为漂泊的浮萍所依恋的那片温暖的湖水，成为很多人心中再也回不去的地方。

近些年，很多地名都随着行政区划的整合而消失，很多像瓦屋一样的居民点，都随着时代的更迭嬗变了新貌。而岁月烟尘中的我们，也不知不觉成为时间的过客，成为家乡的外乡人。每次回老家，走到村头，附近的小狗闻声跑来，像是接客般汪汪地叫着。只在此时，才能依稀能看到瓦屋往昔的风采。

如今，乡村振兴方兴未艾。虽然城市仍是人们的第一选择，但乡村也扮演着越来越重要的角色，担负着新的使命，等待人们去规划和发展。

地名所缘者，莫外于山水形胜、人文景观；人生所依者，莫过于亲朋好友、故乡故土。在振兴的道路上，期待瓦屋以属于这个时代的方式回归，而我们，过上一种更胜田园的生活。

第三卷

原 理

命

命者，始于性命，终于命运。生来的背景及未来的趋势，加起来的总体面貌便是命运。

人能主动掌握在手中的是性命。性命是呼吸，是心跳，是一腔热血，是手脚之力，是安家立业之根本。

当被人格化之后，命运就超出人自身的掌握，反而变成主宰者，成为常言所说的“天意在先，人为在后”。

人生如寄，万物逆旅，途中事不可料。预测自己最终将走到哪里，从而有意识地推动这种趋势，了身达命，是根本性的方向问题。

很多事情，看似掌握在手，可以坚持、争取或者放弃、拒绝。但实际上，命运的剧本早已随出生写好，个人无力选择自己的未来之路。多数事情已经注定，接不接受，都会到来。它们在不知不觉间发生，就像是意识的苏醒和消失。人为努力的效果并不显著，只要活着，就会进行。

有的看似是自己的选择，实际上是命运的默许。这些东西构成了生命的主体，甚至贯穿于所能掌握的以及沉默的事物之中，将一切深深地打上了注定和强制的烙印。

知书简单，背与记即可。知事简单，分工而言，事是明白的，清晰的，虚心请教即可。

知命最难。命有既定之数，北半球看不到南半球的星辰，兔子头上找不到羊角。命途多歧路，主观感受区别大，想法不同，后面的选择、走过的路也会不同，因而对命运的认识往往迟滞、扭曲。

认清自己的命运，是一个艰辛的过程。

最先，都是从亲人身上初识命运之神的面孔，晚辈通过了解长辈的生平，进而增加对自身以及世界、社会、时代的主观认识。

之后，才从自己所走过的路中，聆听命运的呼吸，感受命运的压迫。漫长一生，沿着命运之坡上下，领略风景。行至中途，五十才知天命。所谓五十，不仅是数字，更是生命到最后一小程，才知道有哪些可为，哪些终不可为。

改命难。每个人都有一个脱不开的原环境，能彻底改变者少之又少。年轻时，凭一腔热血，想做命运之网里那条漏网之鱼，屡次碰壁后才能认清现实。

命运难以改变，原因有三。一、命运是一个家庭的共同体，一个人和一家人命运相似相连。多胜少，少胜一，一个人强不过一群人。二、命运可见而不可躲，就算看到，强行躲避，也终会掉入陷阱。三、命运隐藏在时间之后，即便费力拨开了面纱，但时间过了，结束的钟声敲响，一切努力又都是徒劳。

率先意识到命运中存在无法改变的悲剧因素是痛苦的。

从知命，到改命，过程艰辛。有天分，但无人指导不行。有人指引方向，时机不对不行，自己不努力亦不行。

因此，要懂得认命。但不是消极无为，而是积极对待，改变原有看法，认对命，认对的命。

知命改命认命，从自己的总体人生、社会的宏观趋势上看事情。有些人注定一生离不开乡里，有些船儿却不得不离开港湾。每条道路上的风景不同。不对特殊阶段的特殊事物抱有强烈的唯一感，要认同所有可能性，不执着于因错过而衍生的遗憾。

从热爱出发，想过去，也想未来，直至找到一条合乎我意亦合乎现实、简单明了而不纠结痛苦的道路。坚定方向，主动努力，做命运未定篇章的书写者。

运

运是万物普遍联系的一种表现。

在某个当下，以努力战胜困境时，可鼓励自己人定胜天。但总体上看，每个人都活在意外性、特殊性当中，除了努力之外，还有天赋、机遇、时代等。串联人生所有的事件，有些不能当下去解释、解释不清的，放宽视野，从长远的角度去看，就看到了命、运的影响。

长期的叫命，短期的叫运。命影响一世，运影响一时。

运气，出于计算之外，可遇而不可求。做事要避免运气成分，以追求十分的把握胜算。

运气没有绝对的好坏。任何失败里，都有偶然性因素，运气不行，功败垂成。任何成功里，也都有运气的成分，好运连连，能够反超、逆袭。

于是，有人在绝境中还存有幻想，相信命运造化，天无绝人之路。有人巅峰时还小心翼翼，害怕蝴蝶效应，与其诉诸虚无缥缈的东西，不如再多做一点事踏实。

努力是一切事情的先决条件，越努力，幸运的可能越大。没有运气是凭空降临的，哪怕是中大奖，前提也要有买彩票的习惯。

身处逆境时，自身的转变是转运的原因。没有期待和幸运，没有大悲大喜，一切于无声中进步，这才是逆境的常态。珍惜每一天，做好每一点滴，做好凡事的每一步，就当没有运气的存在，才更能看到运气的降临。

美好事物的出现，都需要一点点运气加持。

普通人的相遇就不说了，如孟郊作诗时误撞韩愈，时空交织，俯仰即缘。顶尖领域的发明、发现也具有偶然性，如牛顿的苹果、门捷列夫的梦，真理先被灵感的火花照亮，后才成就一个人的伟大。

所以少年时，最喜欢一句话，心里有谁就会遇见谁。

但运气并无规律，一时一时，一年一年，并不如期待般准时。精心准备，还是会南辕北辙，东来西往，擦肩而过。不经意间，却是山重水复，柳暗花明，不期而遇。那些不到长城非好汉、不撞南墙不回头的日子，最后都是头破血流。

现在常想，假如人生只做一件事，可以务求绝对称心如意的结果。但一生要做千百件事，见万千的人，光阴百载之一生，哪有什么绝对。

天有时，事有运，人有命。知至至之，知终终之。摆平心态，承认运气，别较死真，别认死理，安之若素，清风自若，让人生更从容。

机

一切东西的实现和改变，都有一个过程，并非一蹴而就。但也会有一个稍纵即逝的时机，在某刻爆发出耀眼的光芒，照亮曾经的黑暗。

这转瞬之机，贯穿在人生当中，与特定时间结合，即为时机；与特定形势结合，即为契机；与特定感悟结合，即为灵机。

时机。命运垂青之刻，抓住它，人生就得以更进一步，更为接近理想。

机会难得易失，假如没有抓住，形势一旦变化，再想做也做不成了。于是那些曾经错过的大的机会、小的机会，回忆起来，总是变成了惋惜、痛心的话题。

其实，决心难下，时机难认，就算能够回到从前，已错过的大概率还会错过。越是深刻的反省，发现隐藏而错过的机会越多，这种领悟越痛心。

契机。人生有若干次改变的契机，暂时或者永久逃出某一地点，从原生环境中挣脱出来。

那是事物运行至此，时空自然出现的变化。虽然幸运女神没有把手伸到面前，但是却为远行吹散了迷雾。在那个当下，有了重新考虑、选择、规划的可能，可以从一直所在的环境中走出，来到陌生的城市，接纳全新的一切，认识新的人，也可以在前所未到的渡口，发出命运之问，乘船驶向远方，拼搏想要的未来。

灵机。于极为平常的某一时刻，忘记蜗角之争，清风自若，潇洒大度，不自觉对周身事物有了新看法，乐观以对事物，豁达以对人生。只一转念，不再握紧眼前的荆棘，任其在下一程去消化，那些扎进肉里的刺消失无踪。

不再执着于名利，二满三平，粗衣淡饭，钟鼎山林。有所领悟，目睹生命的全局，让错乱的节奏回归正常，让灵魂和身体、欲望和能力归于统一，猛然跃入一个追求已久的能够自足、自满、自得而不自惭、自怨、自伤的崭新境界。

不再沉溺于感情，楚弓楚得，忘怀随便。终于明白了这个过程，明白了从前自己的思想——如今一旦走出来，已然不能再接受过去那个混沌、迷惘、犹豫的自己。

内在的灵机比外在的时机、契机更重要。

车一开动就有了惯性，人一行动就陷入执着。没有永远正确的方向，道路多有偏差、歧途，而不为当局者所察觉。

路旁的一棵树，风中的一缕香，得之灵光亦随之闪烁，扰动命运之弦。抓得住这一瞬之光，走得出内心围困，就能凭空开辟改变人生迷途的转折点。

缘

晚上，沿着河边散步，不觉想起了很多事。

猛虎潜深山，长啸自生风。人谓客行乐，客行苦心伤。一切事，苦中有甜，甜中有苦。过去中包含着现在，现在中包含着未来。无穷的事物中，那些不确定的，不能预料的，随机出现，来了又走，又在难过、酒后、梦中闪现于头脑的，叫作缘。

唱一首歌，是缘；想一件事，是缘；吃一个夹馍，和摊主聊几句是缘；提一袋垃圾，寻找一个垃圾桶是缘；把垃圾扔掉，也是缘。所走过的每一步，都是与大地的缘；所看到的每一眼，都是与世界的缘。

缘在事物中却不是事物本身。缘和一切必然性相反。

珍惜缘分，不要执着于事物，而要执着于事理、缘理，在不确定中寻找确定性，与不确定性和平相处。

惜缘，首先要信缘。

缘分一靠命，二靠智慧。不信命的人，不讲道理的人，即便缘分在前也会视而不见，只见树木不见森林，被具体的事物一叶障目、不见泰山。没有智慧的人，就像是实心的擀面杖，不可能用它吹拂人生的锅炉，送去火焰的燃料。

相信缘才会遇到缘。相信缘，才会通过缘，看到和万事万物的联系，从而看到金钱的世界、卡路里的世界、人情的世界、感情的世界，看到偏见之书、天才之书、痴迷之书、磨难之书，看到菩提之美、慧剑之美，从缘中感受到快乐，得到高于乐趣本身的乐趣。没有一个人能满足我们对爱的所有幻想，但愿意爱，相信爱，就会在不完美的爱人身上不断得到爱；

没有一种缘能让人彻底蜕变，但是信缘惜缘，就会在不完满的事物上不断发现缘，获得缘。

惜缘，要主动争取。

不以他人目标为目标，相信自己的直觉。取之有度，取之有节，取之有法，不为黑暗所恐惧，不为艰难所沮丧，不为失去所痛苦，不为意外所困扰，即便失败也有风格风骨。在一棵树前看到更多的树叶，在一个人身上看到更多的侧面。用心到达身体无法到达的地方，能在中途知返，心有般若，手持慧剑，做同时应允下雨和天晴的自我的菩萨。

缘不会重复，不会有山穷水尽的一天。所要做的，是不断寻找令人舒适的相处之道。人生没有一劳永逸的答案，只能在每一个时段、每一种场合去寻找时下的最优解。轻松时紧绷弦，困难时抗住压力，在每一件事中不断发展自己全面的能力，像那清风包容世间万物，不被一时一地的环境束缚，不停地塑造自己，朝更圆满的方向前进，随缘而行，抚平心灵的波澜，安享每一个人生瞬间。

惜缘，也要学会随缘。

就像钓鱼，如果只是为了鱼，就错过了很多的乐趣。人生很多事情亦是如此，做的时候并不能真正通晓，做完以后，回头看时，才发现不仅收获了一条条鱼，还收获了清风、河流、星空。

我们渴望爱，渴望白首不分离，但难免会遇到背叛，面对生离死别。这些不是对爱的否定，只是爱的诠释，爱的经历。

成年人遗忘的过程中，麻木多于痛苦。小时候，只是往前看，所以满眼都是希望。后半程，不断地回首，前后观望，悲观居多。学会忘记则相反，忘记想记住的那张面孔，那种声音，那种感觉。

所以，走在失去的路上，要学会失去，断舍离，让缘进缘出，让外界的东西到头脑里来，在更高的自我要求上去把握缘，在更认真的态度上追求缘。

不执着于事物，而执着于事理、缘理，寻缘、得缘、惜缘、随缘！

物

1

最开始，坐井观天，以梦为马。

万物都是感性的，名字大于本身，听名联想含义。春秋是纷争，汉唐是强盛，李白是浪漫，李煜是凄凉，丁香是忧愁，萱草是思念，猫是慵懒，狗是忠诚。世间万物，都因此打上了想象的烙印，自己也活在想象之中。

再多读些书，才知道，万物不仅仅是概念性的东西。世界是物质的，物质是运动的，运动是有规律的。向往纯粹的理性，寻找支配万物的规律，树立绝对的正确观念，一直是我作为主体和世界万物作为客体之间的关系。

从常识教育进入通识教育后，终日与书为伴，逐渐建立了自己的世界观。虽然一切也还是空中楼阁、浮光掠影，但宛如一只井底之蛙，坐井观天，自恋地活在自己的方寸世界里。并固执地认为，一切知识应该都以某种理论为基础，掌握了理论，洞悉了本质，就自然能够提纲挈领地轻松掌握一切现象。

每个人最开始都是简单而浅薄的，比较深刻的想法实际上都根源于书本，通过学习而获得。获得过程很轻松，未经现实的考验，是纸上到纸上、思维到思维的关系，虽身处九层高塔的最底层，思想却总带有自上而下的俯视感。

工作以后，才发现，社会和学校完全不同，理论经常要败给现实。以前所坚定认为的，不过是虚幻的物语。

《尔雅》“春为苍天，夏为昊天，秋为旻天，冬为上天”的解释不够，《诗经》“参差荇菜，左右流之”的记叙不够，《湘夫人》“袅袅兮秋风，洞庭波兮木叶下”的描写不够，《初学记》“天平与地无异，若覆盆之状”的摹写不够，《聊斋志异》“幻由心生”的评述不够，《天演论》“悠久成物之理，转在变动不居之中”的阐释不够。

虽然还在执着，却不知不觉间接受了社会的规则、程序、习俗，原来的一切都解构重建了。

2

后来，开物成务，目击道存。

见识越少，自以为见到的越多，对所掌握的东西越自信，越觉得自己是对的。

一件事有不同面，每个人对情况的掌握不同，对事物就有不同认识、不同看法。跳出井底，看见天河流星，听到篁韵松涛，慢慢才发现世界之大、自信之难。比起学海无涯的惋惜空叹，事海无涯才更值得倾心钻研。

物之理，不仅在于概念，而且在于细节。整体决定细节，但更来源于细节。伟大的作品，不是想象出来的，是一笔一画写出来的。三岁时知道地球是圆的，三岁以后所有的知识都在刻画这个圆球的细节。

物之理，不仅在于存在，而且在于可能。每一种可能，都曾经是一种存在，都有现实意义。提出可能，就是解决问题。谁知道明天的太阳会从哪边出来，万一从西边呢？

物之理，不仅在于对错，而且在于效度。冰与火，宽与严，每一种方式，都有其存在道理。好与坏，对与错，都是在某个框架、针对某种角度下而言的。黑猫白猫，抓住老鼠就是好猫。

物之理，不仅在于物本，而且在于眼光。在认同中抛弃，在改变中坚持，走出井底，不再排斥异见，在实践的大地上、人和人的关系中去寻找物之理。

3

最后时，川无停留，心随境转。

有规律，也有例外，还有例外中的例外，甚至还有不讲规律的时候。有必然，有偶然，还有偶然的偶然。失去的同时，还能再失去，直到一无所有。时空之大，大到能容纳所有超乎想象的可能性。时空之小，能把所有人事物挤压到一点，想逃逃不掉。

一帆风顺、顺风顺水的时候太少，按下葫芦浮起瓢、捉襟见肘是常态。头绪多时，人生像落入了奇点，一切规律都消失了。落魄时，什么都抓不住，靠山山倒，靠人人跑。

人和物的相遇是一种缘分。不是我们拥有物，而是它在多种力量的作用下显现，在彼时彼地等你。早一点，晚一点，你都不成为你，但它还是它。

努力耕耘，虽然未必能结出期待的果实，但一定会有所收获。经常是，失之东隅，收之桑榆。经常是，有心栽花花不开，无心插柳柳成荫。经常是，踏破铁鞋无觅处，得来全不费功夫。

在小的方面尽人事，在大的方面听天命，在没有规则的地方守底线，在没有经验的地方凭感觉，在切蛋糕时讲公心，做不了执牛耳的人，但至少要具有咸鱼翻身的能力，不成为砧板上的鱼肉。

物之所成，并不容易，不会自然水到渠成。识物语，辨物理，循物缘，在万事万物上发现乐趣，认识本质，顺应而为。

理

小时候，家长教人规矩，老人讲传说故事，加上儿童特有的想象力滤镜，很多事物都笼罩着一层迷雾。

后来读书了，书本教人知识，识别事物概念。从科学的角度再去看日常事物，一切都清晰了。于是理性自然而然地成了最高标准，各种常识都被打入冷宫。

再后来，便一直循着理性的道路，寻找万事万物终极的意义、完美的答案。对生活中命令式的道德语言，比如“必须”“应当”“最好”，生起逆反之心。对纯理性的追求达到顶峰时，不信鬼、不信神、不信命、不信运，完全被理性所俘虏。然而纯粹的理性也导致了与实践的脱节，思想最后滑向了无意义的形而上学。

工作后，读书越来越少，被各种喜怒哀乐所惑，习惯于以自身感受去评判对错，无心钻研艰深的理论，智慧之树慢慢由绿变灰。

判断力、执行力都建立在理性之上。在事务中纠缠久了，人变得十分机械，又深感理性才是最强大的工具。物质世界越丰富，一个人可以支配的事物越多，越需要强大的精神力来统摄这一切，以应对层出不穷的不确定性、复杂性、意外性。

但是，同时也知道，理性只是人的一部分。太多时候，问题在于人，而不在于事。意志、体验、直觉等感性因素也同样重要。

探求真理是为了运用真理。追问本质，追问应然，但是把理性限定在一定范围内。这可能不是科学的精神，却是生活的必要。

相

相是事物外在稳定的状态，也特指人的外表。

事物都有相，每个事物有不同的相。月有月相，一月一轮回。人有手相、面相、骨相，与生俱来。

外在之相与内在之质相对应。外相折射内质，而一切内质都有其规律，因而一切外相都有迹可循。水往低处流，树木向阳而生，即便是寸土寸金的城市楼群，看似钢筋铁骨，腾空而起，无所顾忌，然而其根基、朝向和植物生长亦有同理，均可以其理反推其事，经阴阳、强弱、单双、明暗、对称与非对称、圆满与残缺等诸相，进而认识真假、好坏等原质。

于事而言，最重要的是真相。真相易被流言覆盖。所知讯息不同，所存居心不同，所具见识不同，众说纷纭，浮云蔽日。

于人而言，最重要的是本相。相由心生，本相里有原本的自己。

但是，岁月沉淀于各处，脸面上可见的最多，有时害怕见到那个比印象中衰老的自己，不敢直面自己已变成什么样的人。怕被知道是虚假努力，一曝十寒，缺乏毅力，所喜欢的事情无一坚持下去，所下的决心无一最终实现；怕被人笑话是自作多情，镜花水月，一路被打击，前途渺茫，实无希望，却犹做着黄粱美梦；怕被瞧出笨拙怯懦，总是记不住，慢人半拍，不敢去争，就算还有希望，可以挣扎，却就放弃了。

因此，往往喜欢遮掩，为自己戴上滤镜。幻想一个完美的自己，幻想大团圆结局，幻想适眼合心的爱人，把一切想简单，喜欢花好月圆、浅斟低唱、美景美食，总愿意去在相互帮助中寻找温暖，总愿意听到他人的鼓励。

本相决定外相，外相也寓含着本相。可以自我欣赏，但不可自我陶醉；可以自我安慰，但不可自我欺骗；可以自我放松，但是不可自我麻痹。

于过去，不用强行上价值，附会什么主题，只原原本本地回忆人生。所有忧虑只在意志不坚定时钻进来，越逃避，越缠人，所以心稳意坚最重要。与其在内心中隐忍，反复审视是否妥当，不如主动说出，释放善意，安然接受他人的评论。真相或许残酷、可怕，但这世上还有更为强大的向善向前的力量。现实真正照射进来时，一切困扰也就烟消云散了。

于当前，面对什么，就是什么。生活上的矛盾纠结来源于思想上的割裂，自己认定的道理不必通过他人来告诉，才使自己得以确认。自己选择的道路，探寻到方法之后，就坚持走下去。

洗去铅华，去掉滤镜。人生，应当连贯；内外，不应割裂。

念

人的强大，是内心的强大；内心的强大，是意念的强大。

意念，有的是临时所起，触景生情；但更多的是日思夜想，耳闻目见，有迹可循。

意念之弱，一旦分散，连简单的加减都会出错。意念之强，一旦被意念锁定，则甘为愚公、精卫，所爱隔山海，山海亦可平。

一切念头都有起承转合。人的一生，是各种念头相伴、指引、斗争的一生。

它们源于一次次雨天穿着湿鞋时的忧愁，一个个夜晚走过幽林时的恐惧，一场场比赛败阵时的辛酸，一次次寒冬被一杯水、一盆火温暖时的感动。

那些爱的、恨的事物，都为种种念头增加了养料。美好之物，让人痴迷留恋；残酷之物，让人戒备仇恨。为了满足这些念头，人们情愿以身为酹，不计代价，喂养意念长大。

锻炼强大的意念很难。有时是事务挤占头脑，疲于应付现实，没有时间整理生活，更无力耕耘心田。有时是感情蒙蔽理性，执迷不悟。固执己见，为自身思想所局限，进而为条件所左右，自愿画地为牢。有时是惰性超过决心，身子沉重，总是妥协，一旦暂时放下，也就永远放下。

虽然难，却必须锻炼。要想有一天爬上山巅，一览众山之小，就必须先锻炼能抵御一切风吹雨打、世事消磨的意志。

有时候，一念到底就是一错到底，必须学会转念。

转念不是在理想和现实之间转换，而是在现实和现实之间转换。前者是自欺欺人，画饼充饥；后者是审时度势，顺势而为。转念也并非屈服于现实，而是为现实划分界限，计算步骤，做出规划，从而一步步推动现状的改变。

转念不是简单地转到对立面去，而是站高一些，望远一些，把以前所不能认识的协调起来，不仅认同截然不同的观点，更认同背后的逻辑、思维的方式。

意念在转变之前，必须先使之成为一个命题，一个可证伪、可被推翻的命题。无法正视自身、正视过去、正视现在的人，缺少认错、低头的智慧，缺少信仰、真心的勇气，就无法真正转念。

转变不是一蹴而就，总是先否定，再肯定，再否定，如此循环往复。但每过一个阶段，就会有彻底性的改变，最终有了定义万物的智慧、辨别是非的能力，不会永久活在自我否定的形式当中。

树立远大的志向容易，想一下就可以；但是形成强大的意念很难，必须时刻战胜杂念。意念最怕被欺骗，也最容易被欺骗。一旦掺杂了虚假，就失去了力量。但往往能骗住自己的，不是别人，而是自己本身。

觉

人言人语，不离是是非非。千思万想，无非功名利禄。

穿过熙熙攘攘、比肩接踵的人群，和一颗美好的心灵邂逅之前，必须先经过一片翻滚着真假善恶浊浪的大海。

那些虚伪和虚假，有的来自自身的私心私念私欲，有的来自生活的悲惨悲凉悲剧，有的来自他人的偏见偏差偏颇。

事，对立统一。难以控制，却又极欲控制。觉得错的，反而一直存在。觉得理所应当的，却屡屡出人意料。常失之东隅，收之桑榆。有时一天一个样，有时年年岁岁相同。

话，正反皆可。没有绝对，却又必须绝对。经常，感觉有些话很对，但又不完全对。刚相信了，又被瞬间打脸。觉得不过夸夸其谈，却又仿佛是人间至理。对中有错，错中有对。此时此地适用，彼时彼地不适用。

人，认识不完。此一时，彼一时，又再一时，同一个人，初见觉得是一种模样，近距离相处后又觉得是另外一番模样。时间长了，在世事中磨炼，某些特点日益突出，变得不像他了。又过了一段时间，日子缓和，环境改变，仿佛又回到了初认识的时候。

在一切复杂中，人的复杂最为复杂。在一切困难中，思想的转变最是困难。

所说的，所见的，所以为的，都源自所感觉的、所相信的、所追求的。所感觉的各不相同，所相信的各有所本，所追求的千差万别。

喜欢的东西的样子是说得清的，喜欢的理由是说不清的。讨厌的人是鲜明的，但和讨厌之人相处的边界是模糊的。理想是清晰的，但为了实现理想所能承受的代价是难以权衡的。

我看重感觉，但我从来不是感觉主义者。写的很多东西，往往是从反面去学习，从困难处去突破，提出问题，但不给明确的答案。

所感觉的、所相信的、所追求的，难以把握，但是一定要去把握。可能这是一个超出生活大纲的问题，但一定是为了获得高分必须去解答的问题。

忆

1

时间和距离是世界的支配性力量。在这个尺度上，任何事物一经发生，都立刻消亡，且不再重复。

记忆，是过去的事物消亡淡化后所形成的符号。

个人记忆，来自社会历史的发展，来自一个地区的变迁，贯穿着人和人的交集、人和事物的交集，每一份都是具体的、独一无二的。

记忆是一种财富。记得越多，继承越多，经验越丰富，人就越全面。

记忆也是一种负担。好的、不好的，有用的、没用的，都会占据一个神经元、一个脑细胞。记得越多，负担越重。

有时候，因为感受而记。事情并不复杂、深刻，但是，是生活的唯一，感受得深，所以就记住了。

有时候，因为感情而记。寻常事物，本来转瞬即逝，但是却被记忆之网网住，像琥珀一样瞬间凝结，像珍珠和钻石一样结晶永恒。

2

记忆是无条件的，忘记也是无条件的。短时记忆只有五至七个单元，看过就忘了。支配人生的，是长时记忆。

有了记忆之后，又一边记忆，一边失忆。

人没有三岁以前的记忆。幼年里，也活得十分自我，对周围的印象不多。只是在后来的人生中，才不断地去理解，去认识，唤醒、重构曾经的生活。

长大后，一切犹如膨胀的宇宙，全部都在远去。最先，那些事件的细节消失。之后，那些感受逐渐淡忘。最后，经历的事件也想不起来了，连其中的人名都忘记了。

越来越封闭，不习惯勇敢。遗忘的不能通过记忆得到补偿，失去的不能挽回。记忆力衰退，事物脱离了感觉、感情引力的束缚，就烟消云散于太空了。

3

时光按照预定轨迹运行，一成不变，又变化万千。

总不时地去回忆。从一堆零散的思绪里整理出一条条思路时，有一种成就感。但回到现实中，这种成就感又消失了。

有时候，不是刻意去重温，只是在别人不经意提起时，在他物的牵绊之下，偶然如蝴蝶效应般通过时空涟漪传来，内心不由泛起惊喜的浪花。

但是，不能全然寄托于回忆。

人，终要面对现实，活在现实当中。

人生会前进，某些习惯、行为也会随着身体条件、客观环境、外界影响而变化。当下的感觉不会骗人，但是过去的回忆会。回忆比相机的滤镜更强大，将过去美化得超现实了。

强大的内心，在正视现实的时候才体现出来。今天所回忆的，念念不忘的，有时候是过去全然不在意的，瞧不上的。前一个阶段都是后一个阶段的借鉴。当回忆片段闪过心头，过去的回忆重新浮现脑海，必须真正回忆起最初的样子、最开始的想法，把过去的不情愿变成如今道路上的一份自觉。

4

人生总是忘记的多，记住的少，有时全然忘记发生过什么事情，却执着记得曾经的感受。偶然有一些本已遗忘的人在梦中出现，便已是圆满和欣慰。

不仅要用现在的眼光去看从前，也用现在去看现在，冷静，客观，又深情，含泪，遇事见事，看山是山。

但愿每件事，每个人，都有一份美好的回忆。在这个梦境般的回忆里，在那个不再变化的平行世界里，我们得以回到某种场景，见到曾经的人。

心力

心力不单是智力，而是智力和毅力、耐力、恒心的总和。

心力是一切的支撑。解决难题、治愈创伤、探索未知、忍耐苦痛，都需要以心力为基础。

心力很重要。

读书学习需要心力，要能鼓起劲，钻进去，思考，共情，而不轻易觉得累。社交需要心力，要在人前保持热情和活力，记忆东西，调动情绪，学人之长，补己之短。即时活动也需要心力，要计算数字、价格、时间、数量，不骗人、尽量不被骗，理智地追求最经济、最实惠、最恰当的生活方式。

年轻时，不仅体力好，精力旺盛，心力也强。

年龄与日俱增，不知是内心焦虑，还是感觉误差，抑或真实变弱，体力不如从前，那种源源不断的电磁力充沛的感觉没了。心力也弱了，不想再挖新坑、填坑，不再改变、挑战、创造。

生活中，全面的较量很少。大多数较量都只是时间、金钱、人际关系等单一的较量。其结果就像下棋，你赢一局，我赢一局。在每一小局中，只过一关，只赢一点，便算全赢。

锻炼心力，才有韧性、冲劲、耐力、持续力，去做长期的拼搏。锻炼心力，才能支撑自己否定自己，不断推陈出新、归零重来。锻炼心力，才能坚定信念，处理欺骗、委屈、抑郁、压力等消极因素，渡人渡己，做世界的强者。

开心

和朋友们聊天，一个朋友说，自己儿子上学晚，别人上小学，自己娃才上中班。另一个朋友安慰说，没事，男的开心晚。

查了许久，似乎“开心”没有这种意思。但我确信，确实有这种情况。

所谓“开心”，好像指的是成熟，又不光是成熟。是打开心，又不完全是打开心。也许是指人生终有很多东西，宁可选择对抗到底，坚持自我，不撞南墙不回头，不愿意去接纳，不愿意去改变。

有个梗说，“男人至死是少年”。也不知道是男的这样，还是所有人都这样，还是我这样，所以宁愿相信男的都是这样。很久很久，还喜欢年少所喜欢的事物，讨厌年少所讨厌的事物。那灵犀一点，似乎还没有穿破层云，带来新的曙光。

苏轼有词道，万里归来颜愈少，微笑，笑时犹带岭梅香。网友从中总结出一句话，愿你出走半生，归来仍是少年。

保持天真、纯洁的心灵，于世界增添了美好，但对个人更多的是一种悲哀。花开有时，花落有期，太晚了就不好了。还是希望，一种心态对应一种状态，不早不迟，早点“开心”。

人心

客观、全面、彻底地认识一个人，真的很难。

不会看人，真心错付，是最易错的题，最痛心的错。

有的，是因为过于自我，选择不关心身边的人和事。只要不侵犯自己的利益，即便有所侵犯，也并不在乎，只与之保持远远的距离。

有的，是天性简单使然。把不同的东西同一化，把复杂的东西简单化，不喜羁绊、束缚，专注于那些自以为美好的东西，自动忽略了不好的方面。

也有的，被伤害过，选择了不信任，过于抱持怀疑论和相对主义的观点，怀疑错了，想过了头，道听途说，捕风捉影，听风就是雨。

总之，想做那种目光如炬、眼光毒辣的人，但却经常不能。

人和人相交，主要是情感和利益在主导，真正客观的很少。也因此，人，认识不尽，需要认识认识再认识，先否定，再肯定，再否定，如此循环往复。

辨识人心，首先要心态端正。不能仅从自身的主观感受角度出发，通过谁关心、谁帮忙、谁反对等来判断。利益之外，还有客观的对错、是非。

认识是一个相互的过程。你在了解他，他也在了解你；你也在了解自己，他也在了解他自己。在看到、理解他们的同时，也反思自己为什么会这么看、这么理解，不断看到别人的很多面，也不断看到自己的很多面。

每个人身上都有学不尽的长处。有时从一些人身上学到的多，从另一些人身上学到的少，并非前者比后者更优秀，而是潜意识过滤了学习的目标。

日久见人心，随着人和人交往的广度、深度以及利益程度加深，共同经历的种种事情多了，就会从一个人的立场态度中看到他价值观的底色。

知人的进步，既来自经历的增长，也来自内在的反省。不要用静止的眼光看人，仅满足于一时的评价，一时所展现的立场，而要用发展的、创造的、相反的眼光看人的方方面面。

生活在一个集体里，当每个人都在追求精进和提高，总体呈现向好的趋势时，作为个人的短板就越来越大，短板效应越来越明显。

你成功时，无论有什么不足，别人都会倾向于认可你；你失败时，无论做得怎么好，别人都倾向于否定你，打上差的标签。

如何看别人是一回事，正确评判是一回事，正确预测又是一回事。永远要站在别人的角度想问题。多思考人与人之间的关系，是解开问题的关键。

判断力

战争时期，特别是重大战役期间，及时准确的情报往往起到巨大的作用，成为决定战争胜负的关键。电视里，一场大战即将来袭。粟裕司令来到电台，拿着刚刚破译出来的情报说：“这和我的判断一致。”这个情节，给我留下了深刻印象。

情报很重要，但一切情报、信息，都建立在人的判断的基础上。比情报更重要、更具有决定性作用的，是人的判断力。

“风起于青萍之末，浪成于微澜之间”是对事物趋势的判断。“天下之势，分久必合合久必分”是对历史发展的判断。“治世之能臣，乱世之奸雄”是对人性人心的判断。

有了判断力，才能捕捉和创造战机，提前部署，完成既定目标。

如果判断有误，不能做出正确决策，及时采取有效行动，小事也可能形成无法控制的风暴。没有判断力，会被表象迷惑，被杂念干扰，只能被动地应付，跟着别人亦步亦趋，战场上要打败仗，生活中要吃亏。

打仗如此，生活也是如此。

每一天，我们都要面对无数个选择。小到穿什么、吃什么、从哪走、先做什么、再做什么，大到生计、经营、外出、婚恋、教育等诸事，每一个选择，都是一个判断。生活，就是由无数个判断组成。

选择在于当下，判断在于事前，因此，没有判断力，也做不好选择。

增强判断力，应是一生不懈追求的课题。

喜欢

“喜欢”一词包含多种含义。就其动作对象的角度而言，既特指男女之间的爱慕，又泛指对一般事物的兴趣。

喜欢，是一种一目了然的情绪。简单可得，不用克制，无期无限，虽单向奔赴，却紧密相连。见到他，自然笑容，不停言语，没有障碍，没有烦恼，可以放心放肆地去沦陷，连同时光都变得悠然而美好。

有人喜欢探索没走过的路，有人喜欢闻雨后清新的空气，有人喜欢在书本空白处涂鸦，有人喜欢站在阳台上看风景……当喜欢的东西流过心田，就会形成与众不同的美景。

喜欢什么，根源于内在的兴趣和理念，与外表并不等同。冷漠的人，不妨碍喜欢热烈的东西。野蛮的人，也可能有一颗温柔的内心。有时候是物以类聚，人以群分；有时候是相反相成，异性相吸；有时候是随缘邂逅，佳偶天成。

有了喜欢，就有了欢喜。

生活中，不能忍受任何不明确的事情。人分为喜欢的和讨厌的，故事分为喜剧和悲剧。当你喜欢一个事物时，就会发现它所有的好，反之就会发现它多么糟糕。

与喜欢的事物做伴，满心都是欢喜，经年不变，不被时间所打折，不被他物所尘封。欢喜常在，无聊时填补心灵的空白，失意时冲淡心中的酸涩，屈辱时平复内心的不甘，不能拥抱的时候找到幸福的理由。

有了喜欢，就有了目标。

喜欢之物打上了独特的烙印，让人追之赶之、舞之蹈之、思之念之，超越理性边界，开启一段段物缘，就算是与现实背道而驰，依旧无怨无悔。

被烙上喜欢之印，就有了看不见的引力，无声地吸引前行。几年、十几年甚至是几十年，关注它的变化，收集它的信息，不由向它靠近，如雨浸润万物无声，和山岳一样坚稳不绝。

有了喜欢，就有了力量。

喜欢就是意义，就是价值。标注了喜欢，潜意识就注明了值得，就会带动全身心去投入，克服困难、绝不言弃。

但喜欢不像爱那般深刻，更多时候是量力而行，而不是义无反顾、不惜代价。归根结底，喜欢是人生的必要不充分条件。喜欢之物如有结果，只是物外之喜，若无，就算无疾而终、半途而废，也甘之如饴、能够接受。

在完成喜欢的事情时，也为喜欢之物建造了栖身的高塔，写下了纪念的碑文。这，就已经足够。

暗恋

爱情是双方的共同奔赴，需要共渡难关，直至终点，因而鲜有所见、遥不可及。

暗恋是单向度的感情，不直接和现实对垒，因而更加常见。有的是纯粹单向度的，是只有一方知晓的存在，对方并不知情，见面形同陌路。有的虽属相知相识，但并未逾界，一切藏在心里，从未拿出。

但是，有了两个人，就有了一个人。介意于他的介意，随他的喜欢而起舞，明明没有得到，却经常怅然若失。这时候，独处让人矫情，说不清、道不明，隔着模糊的距离猜来想去。他不属于你，体会各自的生活，单纯看一个人走过，所分享的也只是一天时光，没有缱绻温柔的情话，因为中间还隔着距离。

然而，暗恋的种子鲜有开花结果的。仅仅单纯的喜欢却走不出自己的方寸之地，在一成不变的时光仍然期许很多，这种交流上的不足，正视感情的怯弱，又最终造成了许多的遗憾。那些错过的、失去的，尤其令人心酸。

时间久了，暗恋者容易走向自我感动之路。越来越封闭，不敢勇敢表白，最终自困于情。

熟料，后来念念难忘的，都是过去曾不在意的。自己奉为珍宝的，在另一种相互关系中，可能被视为无足轻重的，是正极力摆脱的困境。而那份感情，如一封未曾打开却已过期的情书，最终只留下一句本就无缘的谶言。

不过，没有感情，就没有进步。暗恋，也教人成长。

会懂得，执着即错过。被动的人永远在等人来爱，而他来的时候，却发现与要等的人不同，于是转而拒绝，因而总是和真爱相隔万千。

会懂得，爱情本就难以圆满，恋人大多中途分散。归宿是爱的必然要求，但未来之所以叫作未来，在于即使已知过去和现在，全力推动，有些未来也不会到来。过去之所以叫作过去，在于即便时间倒流，还有无法改变的宿命。

会懂得，时间是解药，距离是解药，但一切解药都先是毒药。生活如是，爱情亦如是。

其实，毒药也罢，解药也罢，越在意，它越挥之不去，一忙乱，就忘了这事。过了那个坎，才觉得，早已过去很久了。使自己成长，就是一份不成熟的感情能带给人最成熟、最好的礼物。

遗憾

最近，冬奥会如火如荼。有人斩获大奖，赢得鲜花与掌声，也有人赛场失利，没能在自己擅长的项目上获得好成绩。

面对遗憾与失落，网友一致安慰：尽力就好。

尽力就好，接受遗憾。

其实，谁都曾有过遗憾。年少时不努力学习，没能考上理想大学。青年时羞涩笨拙，错过了喜欢的人。

承认卑微与渺小，才能活得精彩与大气。释怀遗憾与失望，才能得到新生与进步。

过去的人不可追，遗憾也无从弥补。正如赛场上最令人感动的未必是夺金牌，而是体现运动精神的瞬间。人生总有遗憾，享受比赛就好。

寻泪

成年以后，泪腺仿佛退化了，二三十年不哭很常见。

是的，泪水都留在了少年时代。那时，心是敏感的、脆弱的，一阵温柔的春风，可使人留恋许久；一句轻微的言语，可使人深陷地狱。不停地受伤，又不断被治愈，泪水和爱相随，一次一次地救赎黑暗、抚慰伤口。

后来，顾虑多了，泪水慢慢收敛了。哭泣成了女生和小孩的特权。情绪不那么外化，所遭遇的失去、欺骗、无奈、痛苦，唯有默默承担。即便强忍不住，也悄悄擦掉，按下情绪，很快将其化作笃定前行的力量。

时间是一名不问病症、胡乱开药的庸医。它的药理，就是遗忘不管，任由伤口溃烂、愈合，再溃烂、再愈合。它的药方，都是骗人的安慰剂，写着“以后会有的”“以后会好的”。拙劣的医术下，一道道伤口固然最终愈合，但我们都活成了麻木的人，无法再凭着生命的灵光来拯救自己，那些蹦跶在头脑中的鲜活想法、爱恨情仇也就随之湮灭。

忘了从什么时候开始，眼睛不再流淌泪水，也习惯了不再有泪水。于是反而到处寻泪，想在泪中重温岁月遗失的温柔、曾经失落的路口、人生擦肩而过的缘分。

内心深处，还是有一把热泪。纵然忘记得七七八八，总还有三三两两的事物留在心底，借助于一缕清风、一杯热茶、一首歌曲、一段电影，扯掉平日的帷幕，迎着泪点向前。

今日之泪，奋起大于哀伤，自省重于共情，释怀多于禁锢，不任由自己在泪水中放肆，而在缱绻过后，亲手送情绪的小船随波远去。

有时候，想哭就哭吧。以今日之泪，回敬过去的时光；更以今日之泪，开启未来的征程。

爱情

我的父母不能算是因为爱情而在一起。

多年前，爷爷带着父亲去外公家，第一次见到了母亲。

天下着雨，两人进了屋，鞋子、雨伞默默地滴水。外公一儿五女，母亲在众兄弟姐妹间悄悄一瞥来人。

再也没有比这更好的一见钟情。

后来两次见面，没有月上柳梢头、人约黄昏后，没有寤寐思服、辗转反侧。摆了酒席，认了亲戚，于是相伴走到了今天。

自父母一代，上溯几千年，男女婚姻，大抵如此。

身边许多同学、朋友，也不能完全算是因为爱情走到了一起。大多数人在一起的原因是，门当户对，都到了要结婚的年龄。那些曾经真心爱过的，反而不知跑到哪里去了。

岁月匆匆，韶华不留，爱情属于青春年少。贫苦人家和达官贵人都难以得到真爱。

没有爱情，实属正常。后来你我，一切随意。

大多数人终其一生，在平淡生活中忘怀爱情的缱绻，甘心柴米油盐。

不过事无绝对，庸庸碌碌的一生中，也遇到过令人膜拜的强人。爱情自有其伟大之处，有人忠贞不渝，不轻易放弃，演示另外一种境界。

闲暇时，爱哼一首歌：宁愿选择留恋不放手，等到风景都看透，也许你会陪我看细水长流。

乡愁

情感、理想、性格的底色，是家庭给的。一个家庭就是一本讲不完的历史书，人和家庭相连就有了说不完的话题。

乡愁是一代代传承下来的。爷爷传给父亲，父亲再传给儿子。故乡未必常去，但一定常听，所以从小就在记忆里埋下了根。

故乡，一辈子，只去三回。

童年一次。寒暑假时，被放在外婆家，待一个月，把整个村子摸得清清楚楚。

少年一次。青春年少，一路把所有地名看遍，把所有情结写在陌生旅途中的日记当中。

成年一次。成家以后，携手爱人，带上礼品，去再走一遍童年走过的路，以慰平生思念。

这正是第三回。过了十几年，物人两非。记忆中几番辗转才到，如今顷刻直达。那些曾被山海阻隔的，十几年间念念不忘的夙愿，如今触手可及。模糊的回忆被一件件事物激活，老家的路依稀仍在，那些刻在青春记忆里早已断更的旧篇章，如今又有了新续集。依次问遍故乡所有的亲人及其儿女，到老房顶上看了又看，到周围人家转了又转，觉得欣喜，亦有伤感。

乡情是几代人的心交情交，你来我往虽不多，却在时间长河里累计了沉甸甸的重量。在这份乡愁里，慢慢地接近自己的理想，好像无形中也接近了自己的宿命。

回到这命运的起点处，在亲人们的面孔上，依稀能看到自己与之有许多相似之处，于是看懂了原来分不清的历史过去，也看到了自己的现在未来。

情怀

1

在开始怀念之前，我是个很不喜欢一直怀念的人。

喜欢新东西，喜欢挑战。不懂的问题、脑中蹦出的想法太多了，根本不用去紧握时间的沙漏，珍惜什么，怀念什么。

后来，一种身份认同、自我约束随着时间往后而越来越紧，内在地遏制了所有新鲜的想法。顾虑多了，自然趋向保守，所形成的感觉总是：这样不合适吧，不要跳腾，安安然然。

一旦开始排斥新的东西，人就只能和自己相处，和过去相处。那些遥远的声音，就不时回流至心海。

不想怀念，心中却充满了怀念。怀念身体辛苦但心情轻松，生活艰难但安澜静好的岁月。

2

有很多东西，死而不亡，亡而不僵，蚕食着我们的怀念情愫而生长。

小时候看的残缺不全的电视剧，学校外商店买不起的饰品，酒吧内人们闲坐会饮的惬意，朋友闲谈中风景名胜的美丽，有的求而不得，有的得而复失，都成为心心念念难以割舍的意难平。

社会发展，不适合怀旧的人。老板、领导、行业头部等成功人士，都是某种意义上的弄潮儿、暴君、独行侠。怀旧虽心安，但容易落后于人。唯有商业迎合怀旧的人，不断地生产复刻版本、怀旧版本，在产品的末期尽力挽留用户，并狠狠薅一把羊毛。

不知不觉，我们就变成了某个东西的十几年的老玩家、骨灰粉。

有句评论说得很好：与其看它复刻，更喜欢那些 IP 都能随着时代的洪流寿终正寝，不是变成曾经的模样，试图用情怀掏空所有曾经热爱它的人。

3

新事物有两种。一种是新出现，从未有过，于世界而言是全新的；一种是业已存在，但是自己一直不能接受的，于自己而言是全新的。

走进电影院，新出道了不认识的明星。这是第一种。

女的劝老公，你眼角都有皱纹了，精致一点，注意防护。男的一副嫌弃的样子。这就是第二种。

一次，一个同事说，现在专干一行，知识太片面了，要加强学习。听完很触动。为了从自己所熟悉的领域、固有的感情里主动挣脱，情怀反而像是一种阻力了。

4

让过去的情怀随人生潮流寿终正寝，是对事情的态度，也是对自己的态度。虽然未必能放得下，但是总归是一种人生方向。

人的念力生生不息，源源不绝，一念休，一念又起。但念力毕竟在某一时刻有限，关注这个地方多了，关注那个地方自然就少了。太过关注过去的情怀，对身边的事物的了解、控制就减弱了。

从前，一直沉溺于过去，对自己的判断和感觉特别自信，很排斥来自对立面的意见。后来，摔打的多了，撕碎的多了，重来的多了，扭曲的多了，感觉慢慢麻木，本应注重的亲情、友情，很多也因此都变得很淡薄。

此时，觉得人生不应该这样，恰恰应该相反。要把那个根深蒂固的意识擦除，不留任何照片、文字、印记，唯留下现时每一时刻对每一事物的感觉。

人生，沉重地来，轻松地走。

团圆

最近在读一本科普书，书中讲，科学家通过分析月岩的成分和月球的轨道，推测月亮是地球在形成早期，和一颗名为忒伊亚的天体相撞后，产生的碎屑挥发所形成的星球。大碰撞后的 1 万年里，月球从地球附近转移到如今的位置。未来，月球将慢慢远离地球。

看完书，想看一下真实的月亮。

出了门，有的人跑步过去，有的人在坐在路边，和我一样闲看车来车往。心里念着"上上西、下下东"的口诀，在天空寻找，但只看见云，没有看见月。

这个中秋，氛围是朋友圈营造起来的。朋友圈就像供桌，供大家摆出各式思念。

晴朗的夜晚，在院子里摆一张桌子，抓一些月饼、板栗、花生，一家人团聚一起，说说话，聊聊天，守望一年的收获。这是多么遥远的事情了！

今晚，赏月只能靠看图和联想了。

虽然没有月，但是，中秋这件事却是刻在骨子里的。

月有阴晴圆缺，说起月亮，一定指的是圆月。因为，缺相只是它的表象，圆才是这个球的本质。纵然一个月只圆了一天，它还是圆的。

家也一样。不管一年分开多少天，分开到多少个地方，今夜在不在一起，都是完整的一家。

别离

学校住宿时，每到周日下午，就得收拾东西离家返校。来往于自由与束缚的切换，让人感到强烈的不舍和惆怅。成人后，感觉来得迟钝，有时长时间不回家，待出发时，仍是有些不舍，周转的路上更滋生离情别绪。

有两类东西最容易失败，一是立下的决心，二是离别的事物。两者很相似，决定了未必能做到，但是一旦做到，就真的无所谓了。

水往低处流，人往高处走。人是易于流动、易于变化的事物，离开原来的位置，就有了一系列的变化，也就有大大小小各种离别。

有的是悄然之间，不辞而别。所喜欢的事物，在某个时刻楔入内心的东西，本欲挽留，却发现它们已被随波逝去，如不同直线相交后永远离开，一去不返。而自己仿佛是被抛弃，却还不肯接受、久久留恋的那个。

有的虽是不辞而别，发现了，知其必然，亦不惋惜。就像辞去旧岁，还有新年，旧岁只是为树木新增一圈年轮，为行囊添加一年重量。遇到的、所想的，只是过眼云烟，照亮一段路程。

有的是虽盘踞内心，但时过境迁，和今日之我不相适应，早已在潜意识层面渐行渐远。就像变小的鞋，穿旧的衣服，过期的食物，卡顿的手机，放在那，想着有用，却白白占着空间，于是不得不进行剥离。

对于慢热的人，时间是一场深重的灾难。一次次的离别，一个个醒悟的当下，蓦然回首，终于发现，唯有一条最重要，与条件无关，与感情有关，虽不相信有此，但必然是：远离久了，就真的远离了。

从不得不接受，到主动送别，只在经历之后，才会意识到送别之难。快乐比较快，真正可称之为快乐之事，小的不解意，大的又很难。唯独伤感之事频繁，别离抚平很慢，长时间都在回首。

起初，总理智地想，人生原本就会错过很多东西，失去反而给后面人生更多的机会，放手才有机会抓到新的幸福，分开才能让人看清自身。

后来，时常感觉太多时候过于执着，必须抛弃旧我。告别过去的念头，久矣。然而，意识到它们从掌控中流逝，主动挥别，却是至难、至痛之事。

主动丢却了，还是想循旧念找回。知道有一个地方，就会经常想去。自我放逐于时间的孤岛，沉沦的时光里，别人却在发奋努力。丢了许多的东西，然而没有新东西补进来，有时候感觉十分孤单。

同时，也未能全部送走。远去的时间不同，看待事物的感受也不同。用一段时间去诀别，一星期时，仍沉浸在自己的逻辑中，强调自己的感受。一个月，开始承认现实，在矛盾中逐渐开悟、自省。半年以后，无论多么强烈的感受，都会被其他事情慢慢冲淡。一二十年，早已物是人非，有的孤帆远影，消失于碧空，有的又辗转迂回，在江湖重逢。

骂过，恨过，删无可删，还想再删，弃无可弃，还想再弃，独自走过绝望，孤独终老。多年后故地重游，具体的细节如壁画色彩剥蚀，没有了当初的感受。在回忆中，更加反求诸己，自问当时是对是错。

人生要做减法，但减的方法、减的东西，并不是一刀切的。痛快决断的毕竟是少数，大多数人天性犹豫，决心反复实属正常。

不必把孩子与洗澡水一同倒了，不必在修剪枝叶时把树根一同拔起。人生的意义，有时要在往后看中寻找，有时要在往前看中寻找。久处始觉长情，真爱不会错过。还不知道正确答案是什么，甚至不知道考题是什么，就不用强行弃绝。

某些时候，混沌、愚笨、后知后觉、犹豫不决，反而比聪明决绝更好。放弃，是最可怕的事情。心如死灰，也就走到了绝境。存有不放弃的幻想，才能绝境逢生。

当今时代，虽有人海，想见总能见到。人和人相隔的不在距离，而在人心。陆陆续续，有些东西在回归，有些东西又在分开。其中总有些特别的，心中所想，不知不觉，会隔着时空走向重逢。以必去之心贯之，得失从容，来去自安。

参商

从前，一生很短，边界很小，人被圈于一处，一辈子不离开故乡故土。

外曾祖母一辈子到的最远的地方是门前的菜地。奶奶和外婆几乎一辈子都待家里，很少出远门。村里的亲戚，唠叨一辈子，看不惯，推不开，走不离，话题无外乎那么几个人、几件事。

但是如今不一样了。

分离是现代人的常态。男人要出远门挣高工资，打一个收入差。孩子上学，要送到城市，甚至送到国外，尽可能争取更好的教育。年轻人为了梦想，要去北上广打拼，见世面。一家三口，可能在三个不同的城市。新婚宴尔，即成为周末夫妻，同城异地恋。

学生别于家长，丈夫别于妻子，兄弟别于姊妹，比比皆是。很多人其实一生见不了几次，见一次，少一次。纵然可以打电话、打视频，想家时候如张季鹰“见秋风起，思吴中莼菜、鲈鱼，辞官回家”般任性，但见面的次数，确实越来越少，想念的次数，也越来越少。

分离是人生要练习的功课。但这门功课的最大问题，是有时想撕掉这试卷，换一门轻松的作业。

社会这么卷，金钱、功名在手中停留时间太短，人仿佛机械般运转不停，不如躺平，一亩地一头牛，老婆孩子热炕头。

不由地想起杜甫的诗句：人生不相见，动如参与商。少壮能几时，鬓发各已苍。昔别君未婚，儿女忽成行。明日隔山岳，世事两茫茫。

不在场

多年来，经常要重复一种惆怅的心情：每到周日就开始心慌，无形的压力随之而来，周末的轻松全然没了。家里比平时更早地做了午饭，吃完，收拾东西，离开家。无论多么不想、不舍、不愿，都必须得走。

孩子是家庭的中心，我一直没走出这个中心。但我并不关心中心之外的东西，回家和离家，都是轻松一人，无牵无挂。

长久以来，我不知道在自己走后，父母每天做什么，只知道他们和往常一样，但究竟遇到什么、发生什么，一概不知。

人生在世，要有一个东西可守，可等，可爱，可恨。这很重要。但一旦有了这种东西，随之就会有期待的惊喜，爽约的失望。

等待回家人的喜悦，往往胜过回家之人自身的喜悦。家里人思亲的程度，往往胜过外面人思乡的程度。其实，我的这份惆怅，只是亲情的一小半。不在家的日子，我不在场的时光，才是真正的惆怅，一段令人难熬易老的时光。

近些年来，亲情又有了些变化。随着姐弟仨各自长大，各在一处，家的基因分散到外甥、外甥女身上，原来的小圆圈慢慢地去中心化。我从中心淡退出来，我的生活成为客场，我也成为家的守望者。

一段关系中，你在，他是一种样子。你走，他是一种样子。你不在，他是一种样子。你要来，他又是一种样子。自身感受是人际关系极小的一部分。

不在场，是如今亲情的常态。虽有技术手段可以弥补，但首先是意识的觉醒和心灵的觉悟。无事的时候，我也学会倾听家长里短，关心蔬菜粮食，操心亲戚朋友。于是，那些不在场的时光，也充满了思念的味道。

寸草心

忙了好多天，人也闲了，随便记两句。

上个月的母亲节，一晃就过去了，今天又是父亲节。在这个年龄，好多朋友已经为人父母，既是祝福的一方，又是被祝福的一方。不约而同地，都在今天重温一个话题：父爱。

当我们怀念父亲时，本质其实是怀念被爱。我们永远怀念被父亲疼爱的感觉。所谓报答云云，其实只是附属品。

古人早算过账了，谁言寸草心，报得三春晖。从出生到成家立业，这二三十年间父母的操劳和投入，并不会在他们年老后等量得到回报。如果养儿养女是一种投资，那真是赔到山穷水尽了。

漫漫人生，最被寄予希望的是下一代人。但最能指望，在惊梦中可以紧握双手，在困难时安抚自己的，却是枕边人。面对这种错位与矛盾，没有好的办法，更多的是情感转移，转移给下一代人。

面对这份上天赠予，不要盲目和别人比，不要从众和时代潮流比，不要因困难放大亲人的缺陷，不要因琐事丧失对亲情的知觉。

在他们身上，认识自己，延续自己，以寸草之心，为人生增华。

如在

爷爷去世的前三年，家里多了些规矩。不孵小鸡，贴绿春联，团圆饭多摆一双筷子。最让人唏嘘的，是父母多了句口头禅，“往日你爷爷……”其实也没多少年，但是一句“往日”，就仿佛很遥远了。

爷爷在时，我以为时日很长，只管自己，叛逆、自我，对亲人很冷漠，既未好好了解爷爷的生平，也未真正去关心他一生所得所失、所寄所望。直至葬礼上，聆听执事诵读生平事迹，我才发现，爷爷与我童年以来的印象并不一致。一生的风雨被概括为“抚养三儿两女，一辈子勤勤恳恳”等寥寥数语，觉得评价得不够，但是又想，人生可能总共就这几件事情吧。

从爷爷的离开开始，我对人生有了一种终极意识。

以前是知道人向死而生，万事万物都要走向终程。这才发现，离开不是风轻云淡，并非人死万事休，有终生难忘、带入黄泉的遗憾，也有不忍撒手、放心不下的挂念。

仅仅站在被爱的角度，去瞻仰，去回顾，如此一来，就把爷爷的一生看得太狭隘了。他的一生，和时代洪流中的其他人一样，做了许多属于那个时代的事情。在知天命之年后，才成为我的爷爷，之前只是他自己。

自那以后，我才真正去想，什么是他一生所创造的，所留下的，所遗憾的，所自豪的，所痛惜的，所不能克服的困难，所留给后世的功绩。

回忆爷爷，就像在完成一幅未知的拼图，每次拼出新的风景，总有种欣慰和喜悦。点滴的回忆泛起时，我仿佛不是那个被他牵着的小孙子，而是和他一同坐车的旅客，谈论着现在和未来。

《论语》讲，祭如在。在外工作，回家很少，不能经常祭拜。这份可能超过爷爷的人生自觉，以及和爷爷一样的人生心情，算是我所能为的“如在”吧。

人生状态

人生状态是一个很大的课题。

其界限并不是那么清晰，一种状态何时开始，何时结束，往往自己并不知道。

有时像打了鸡血，有时很丧，有时很虚弱，有时很坚强，有时爱，有时恨，都是一段一段的。

有时像打了鸡血。热情亢奋，内心充满希望，不惧挑战，不怕困难，早早起，晚晚睡，总是想着还能多撑一会，敢于做从没做过的事情。想当第一，相信信念的力量，相信正义必胜，真心必胜，实力决定一切，努力就能成功。

有时候很丧。受到打击，觉得什么都不爱，爱了也没用，得不到。得到的，也都不是最想要的。世界那么不公平，赢者通吃，矛盾无法调和，沟壑只会越来越深。和平的表象后，是无尽的斗争和牺牲，不如躺平躺尸。世界这么虚伪、丑陋，想寻找不再痛苦的秘密，想解脱。

有时候很虚弱。累得只想睡觉，受不了任何喧闹，甚至连小孩子的笑声、吃饭时邻桌的说话声、外面汽车的车轮声都那么尖锐。忽然消停下来时，像受伤的小鸟独自蜷缩，很想念那个平平常常的家，很想被人轻轻抚慰。

有时候很坚强。受再多委屈，遇再大挫折，生再大气，都不抱怨，忍着痛也要做好，不争馒头争口气，不愿意被人瞧不起。累但心安，相信辛苦一天，得一夜安眠，辛苦一生，得终生安眠。

有时爱。弱水三千，只取此一瓢饮。她和所有人都不一样，十分特别，最懂自己，最爱自己，也最值得爱，最应当被珍惜。可以包容，可以忍耐，会有希望，希望越来越好，白头到老。

有时恨。觉得这很丑陋，看不起，不屑一顾，不值一提。笑曾经的自己幼稚，笑固执的人不可理喻，遗憾失去，报复心强烈。

进入一段状态，需要一个过程。走出一种状态，也需要一个过程。经历一种状态，人就会有些不同。

因势利导，认真调整，匡正过失，扬长避短，在每个阶段都有所成长，有所收获，方不负人生各番经历。

受苦

早上，小吃城。

下雨天，冷冷的，到处湿漉漉。进进出出的人，挨身而过时，雨伞、衣服、鞋子把雨水从外面带回来，一不小心甩你一身。你抱怨吧，也没什么好说的。因为，你洒我一身，我洒他一身，就这么相互传递雨水。

坐下来，点了个豆腐脑，吃个肉饼，补充了300+大卡的能量，顿时暖和起来。

吃完饭，出门，打着伞在路口等人。

旁边的蔬菜店、鲜面店已经早早开张，老板躺在椅子上，等顾客等得都快睡着了。其他非食品店面，这才陆续开门。

一个老爷爷和一个老奶奶，各自提着一篮子蔬菜，穿过人群走来。在小吃城门口，把菜篮子放在地上，也打着伞，望着路过行人，等待顾客光临。

我无聊地刷视频。刷到一段采访，一个考科目三的人，为了应对考试，一晚上没睡，仔仔细细画了一张考试路线图。每个点位，都做了密密麻麻的注释。教练说，这个学员考试还是挂了。前一个这么认真的人，也同样挂了。教练又说，但是功夫不负有心人，他第二场过了。

正看着，忽然，老爷爷说道："来了。"

我朝老爷爷看去，他提起篮子，一边走，一边对老奶奶说："你也受这个苦做什么！"

老奶奶也提起篮子，回答道："你娃没有房贷，我娃还有房贷呢。"

两人刚走，几个穿制服的城管走过来，一边拍照，一边远远喊道："摆摊去市场那边，不是给你说了吗，不要在这摆！”

老爷爷和老奶奶离开。我继续刷手机。忽然，一个人向我喊道：“兄弟，让一下。”我一看，一个骑三轮车的年轻人，准备在我所站的位置停车。

于是又挪了个地方，来到一个手机店的屋檐下。店铺铁门锁着，人还没有上班。过了会，忽然瞄见旁边有人正在收伞，我赶紧又下了台阶，给人让开。那人把伞收好，把铁门拉起来，准备营业。

实在没有地方了，我只好又来到大门口。那个奶奶又回来了，提着篮子在路边走。忽然，一辆摩托车停下，一个妇女一只脚撑在地上，没有下车，要一把葱，问道：“扫微信是不是？”老奶奶亮出微信付款码，妇女一扫，把葱一折，装进塑料袋里，骑车又走了。

日复一日，奔波复奔波。眼睛一酸，一时不知道谁更辛苦，该同情谁。

老奶奶继续提着篮子卖菜。而我，等到了人，也离开了。

吃苦

长辈总强调吃苦。

年轻一辈，普遍比较不能吃苦。

在舒适便利的条件下成长，可以轻易得到想要的东西。没有步行千里、翻山越岭的求学经历，没有筚路蓝缕、露宿街头的穷困心酸，没有通宵达旦、攻克难题的锐气毅力，没有手把锄头、风吹日晒的流血流汗。

不喜欢把时间安排太满，不喜欢动脑、计算，依赖于手机、电脑，连简单的电话号码、人名都记不住。喜欢找原因，找窍门，逃避吃苦。

打心底里，也不认同吃苦的必要性。那些守着田地、机器、工厂的人，有几人成功？精明强干、头脑灵活、大胆创新，才是胜道。

其实，吃苦很有必要。

一、同等条件，吃苦就是胜利。战争年代，革命先辈和敌人之间，有相当多的战争并不是直接厮杀，而是和自己竞争。正是具备了夜行、游击、耐饿等善于吃苦的特点，才为战争胜利赢得了先机。那些单纯倚仗大炮、坦克、汽车、摩托、飞机的部队，反而处处滞后。

二、纵向对比，吃苦是一种选择。条件好了，不用流汗，但并不意味着不用再辛苦。有人一天无所事事，有人忙得连电脑开机的几秒钟都要珍惜。很多时候，吃苦是一种选择，优秀的人不约而同地选择拒绝安逸。

三、精神层面，吃苦是一种追求。吃苦的背后有许多形而上的东西，比如成就感、理性、爱好，值得为之付出。在精深的层面，其进越深，其进越难，更需发奋努力、孜孜不倦，也越能享受到苦后之甜。

轻松时，不妨给自己定个目标，找点事做，“自讨苦吃”。

忙

忙有两种。

一种是有意义的、充实的。任务很重，一天只能睡两三个小时，头皮和头发一块掉。全心克服困难，解决难题，不断和人探讨，向深处发掘，寻找事物本质，做最合适的摆布。很累，但忙完了，有收获，有提高。心，是欣慰的、自豪的。

一种是无意义的、低效的。任务很杂，或按部就班完成某个清单，或整天处于紧张备战、应付事务当中，认认真真走形式、玩游戏。忙完，想不起来做了什么，成就感很低。

任何事，做到一定程度，人都会不由追问，这么做的意义何在。

第一种忙时，告诉自己，这也是一种经历，是成长的必需。

第二种忙时，警醒自己，虽然忙，但要干出点成绩，不然都是瞎忙，白忙。

希望是百忙，而不是白忙。无法控制是不是白忙时，用思考赋予忙的事物一点意义。

安静

上学有一条规定，入门即静。接受约束，由动入静，是求学的开始。

习惯了学校生活，虽向往热闹，但心是静的，纵偶有波澜，也是好奇为主。加上爱好写作，写作需要安静，也能带来安静，文字世界的吸引力大大超过了真实具体事物的吸引力。

离开了学校的束缚后，有了自由，在尘世中尽情驰骋。然而热闹的事物都是有代价的，难以长期保持。有了条件热闹，就会喜欢热闹。但是热闹过了，又觉得安静最好。

上了年龄，不甘心于寂寞，又不能脱离冗事。渐渐发现，诸事繁杂，做好任何事的第一步都是快速静下来。越快静下来，就能越快进入任务领域。一直静不下来，就一拖再拖，事情就被耽搁着。

一旦静下来，就会发现，有的东西虽难，但并非无解。因为不能安静，所以看不清楚、想不明白、粗糙应付。久而久之，丧失了安静的习惯，不爱倾听，只独断主张自己的逻辑，成为只会空谈、不会实干的吹嘘者。

静下来，专注于当前，是一种需要锻炼的能力，一种需要培养的境界。只有安静，才能做心灵之主，主宰自身。否则，外界的东西便会如千军万马涌入心间，争夺自身的主宰权。

诚恳

连续两天，被古人感动到了。

一个是马远的《水图》，一个是范宽的《溪山行旅图》。

马远以水为主题，分为云舒浪卷、寒塘清浅、长江万顷、黄河逆流等十二段，意匠纵横，画尽天下之水态。

北宋初，当林逋在孤山养鹤，潘阆在钱塘卖药，同时期，范宽在终南太华山的岩石林薮间写生，一坐数天，徘徊忘返。面对自然之境，发出“与其师人，不如师造化”的感悟。

且不说画作本身，只是每一个名字，都让人感觉仿佛在做诗歌鉴赏。

两扇门那么大的绢布，满眼望去，都是山，坚硬，冷峻，宏伟。其中的树、人，渺小但栩栩如生。

一幅幅画的背后，不知道要苦熬多少个日夜，忍受多少的孤苦。

我不懂画。只知道，他一笔一画，用细密的雨点般的笔触，皴出铜墙铁壁一样的大山，把伟大的山一点点搬到纸上。

我懂人。在这些伟大的画作里，画家看到的是技法，我看到的是诚恳。千百年过去了，画这些顶峰的人，同样伫立于顶峰。

山，巍峨雄伟；水，烟波浩渺。人，因诚恳而伟大。

困难

最近听到几个事，看似很难，但是有人都轻松做到了。

有人把烟戒了，有人把体重减了，有人寒冬腊月仍坚持跑步，有人从命运之网里频频挣脱。

困难像一堵墙，但没有想象中那么坚不可摧。

吃穿住用行，学习工作生活，这些事是所有人人生的共同主题，本质是同一的。生活本身没有给任何人、任何事打上任何标签，也没有明确规定哪些可为，哪些不可为，哪些难，哪些易。我们依据自身的感性感受、理性认识进行评估，分析有利因素和不利因素，然后给大大小小的事情贴上不同标签。

有些事情，做之前感觉很难，过程也很难。但是做完，过了一段时间再回头看，其实并没有什么。所谓的难，是太在意自己的短板、将难处过度放大，心态扭曲后的映射。

比如大部分社恐，其实不是真正的难，恐惧本身大于人和人之间的鸿沟。比如三百六十行，除了极少专业性很强的行当，没有绝对的行业壁垒。是不为，不学，而不是不能。

面对困难的事情，很多时候需要一个人生良师，告诉你墙的一边是刀山火海，一边是鸟语花香。中间的这堵墙很薄，用力踹一脚就倒。缺一个战场的督察，在你准备退后时推一把，让你毫无准备地倒向前，撞得头破血流，但是墙也随之轰然倒塌。

但更多时候，没有良师，没有督察，要靠自己。不要怕这墙有多结实，也不要担心倒了会压到谁，只管使劲推。推开困难之墙，所得到的将是一个全新世界。

害怕

害怕，是一种本能。

害怕，是对潜在危险因素的本能恐惧。不同的人所害怕的东西不同，特定的经历让人对特定的东西感到害怕。有人害怕不存在的、想象中的东西，比如黑夜、鬼怪——尽管知道只是自己吓自己。有人害怕现实存在的东西，比如狗、虫——尽管知道攻击可能性极小、攻击力极低。

害怕，是对难为之事的自然抵触。有人害怕麻烦，有人害怕疲累，有人害怕社交，有人害怕责任。尽管在别人看来只是举手之劳，但自己不会弄，也不想弄，或者会做，但不会去做。

害怕，是对失望失败的内在逃避。对考试结果没有把握，害怕老师对答案，只想着就这样考完过去多好，不用知道答案、分数和排名。显而易见的道理，却不想往最大可能性的地方去思考，因为一想起来，就得面对可怕的失落、无边的绝望。

害怕，是对柔软柔情的依依不舍。无论何人，内心中都有柔软易碎之处。追求成功的道路上，一方面害怕得不到最终的结果，所以无所不用其极；另一方面，又怕汲汲营营的心态，让自己变成一个冷酷自私而不择手段的不好的人。

先天的害怕会随后天的经历而变化，使得每个阶段所怕之物不同。

所害怕的与所能理解的有关。小孩无知无畏，对动物充满好奇，对无形之理毫不畏惧，对不存在的想象事物，半真实、半想象的虚假事物害怕尤甚。

长大后，认知迷雾扫除，有些现实世界中的恐惧得以克服。最大的害怕不在认识层面，而在情感层面。有些原本无畏的，却害怕了，更在内心形成厚厚的堡垒——害怕别人的眼光，害怕被拒绝，害怕时间太快，害怕被嘲笑。

健康的内心，应该能够清晰感知到害怕、恐惧。什么都不怕，也未必是好事。完全不在意内心的恐惧、外界的压力、别人的议论、周围的环境，其实说明此人或惯于用畸形的感觉去覆盖害怕，或被原本害怕的事物所同化，早已走向了极端。

正视害怕之物，选择和自己较劲，选择鼓起勇气，回头看那些追赶自己的妖魔鬼怪、虎豹豺狼，到一定时候，就能在害怕和面对之间，找到一个立足点。克服了这些害怕之物，人也就获得了成长。

幸福

幸福是一种现实活动。

有的幸福是自为的，经过努力、挣扎，忍受天降之苦难，认识自己，改变自己，最终过一种心安理得的生活。并且，如有更改选择的机会，仍然愿意再过这样的一生。

有的幸福，是他人创造、给予的，凭自我只能坠入痛苦的漩涡。但那人本身活在痛苦之中，所给的幸福里掺满了疼痛，让人不得不噙泪捧下。

幸福也是一种自我感受，每个人都有各自幸福的定义。

有人一天睡四个小时觉得就是幸福，有人睡够十个小时才觉得满足。有人认为在家乡生活，在亲友身边是幸福，有人认为浪迹天涯，不受约束是幸福。

但终归，愿望和现实吻合，才是最幸福的事情。

人都希望活在幸福当中。懂得什么是幸福和追求幸福，两者同样重要。

幸福并非纯净物，不含任何杂质。幸福可以拯救痛苦，幸福里也带着痛苦。所以有时候，明知并不幸福，却因有所寄托，隐隐还想在一次次泪水中重温那些过去的并不幸福的时光。

成败

成功和失败都是可大可小的概念。大可以用以评价一生，小可以用来定性一言一行。

小时候，对成败的直观认识来自影视剧里的比拼。输赢即成败，且贴上好人标签的一方多为胜利者。

长大后，成败不那么直白明了，好坏不再脸谱化，胜负也并不一锤定音。所谓失之东隅，收之桑榆，塞翁失马，焉知非福。很多时候，讲究顺序、机缘、平衡。

有的事情，说出来矫情，没有人相信，但内心有执念，不完成，就总是跟自己过不去。

有的事情，只作为一种尝试，不作为必达的目标，即便没成功，或者一次未成功，所以不认为是失败。真正用心追求的，最后仍未实现的，才是真的失败。

不迷信成功，沦为成功学的俘虏。不畏惧失败，不为不可得的事物焦虑。

极限

任何事情都有极限。外在的极限容易达到，内在的极限不容易达到。

伴随着好奇心，探寻极限，攀登极限。跑步的人，总想尝试马拉松的最好成绩；喝酒的人，总想试试最多能喝多少；熬夜的人，总在数最迟到了凌晨几点。试验几次，大体就有了一个估计。能与不能，数量多少，就心中有数了。

极少，无所牵挂，专心致志，能够来到极限，放下对周围其他诱惑的一切感受、好奇心，到达专注的理想境界。在这境界里，不知疲惫，无限创造，对潜能多大没有底数，希望永远保持未知。

一旦到达了新的极限，原来的极限就自动过期了，又会不自觉地去追求更高的境界、更强的挑战。

两难

人是多面、多维的，没有一种东西能够满足人的所有需要，就好像没有一颗星星能够照亮整个宇宙。

两难看似是选择题，区别微小；实则是问答题，思路迥异。构成两难的因素，是事物的两面。同一面、同种类型，自然容易对比；不同面、不同类型，难以分出优劣。

没有选择，考验的是韧性，接受力。有了选择，考验的是智慧，判断力。

选择越多，考验越大，以至于无从决定。没有全知全能的人，不可能掌握全部事实，做出完美选择——如果有，也是在连续不断的调整中而实现的。

求全是贪念。得到的同时，必然要失去。两难实属正常。在为难之后的那个最终决定，会教人走向成熟。

半路

人生像是一趟旅程，始发到中途再至终点，能上能下，但无法回头。我，一直在半路。

起初，被别人带着挤上车。有时站着，有时窝在座位里，不知何时到下一站，盼望着早点到达目的地。

拥挤的车厢里，人被颠簸得晕车。晕车药，晕车贴，什么都不管用。按肚子，靠车窗，掐虎口，憋气，转移注意力，统统无效。忍着难受，静默不语，独自闷着，生怕多余的动作会妨碍到自我控制，导致一发不可收拾。

不晕车的时候，喜欢静静地坐在后排看窗外。不用辨别方向，不关心道路，不影响别人，也不会被影响，看到什么就是什么，看不到就算了，和大家一起共同奔赴目的地就好。

后来，自己会开车了，无事经常独自出游。

身处社会关系中，大多时候脑子是不由自主的。唯独开车是一种例外，强制人不去想别的，眼、手、脚、脑，全部调动，去辨识和处理信息。偶尔还剩一些未荷载的内存，将人意识松绑，得以一瞥半路的风景。

有时是夕阳西下。微尘吸收光谱，霞光映射在眼瞳，大脑将想象和浪漫一并加工。倦看天幕，目睹时间的踪迹，内心不由地想挽留，却不得不进入黑暗。

有时是雾凇雪林。雪如此温柔，所呈现的却是一种暴力的格式化，无差别地抹去了万物的特色，只留下最外在的轮廓，并将远观和亵玩对立起来——很想亲密接触，但冻得伸不出手。

有时是晴光和风。视野清晰，河堤上的标语，路旁的指示牌，不用费力辨识，事物焕发本真的光彩。受外在环境影响，心情自然地好，好得自然。和世界相向而行，动是静，静是动。

手握方向盘，不知何时已经不晕车了。出离闹市、车流、楼宇，远离日新月异的城建、铺天盖地的新闻、众说纷纭的是非，剖离那个有时不切实际想飞、有时一意孤行想走、有时患得患失想留的自我，舒展胸臆。和自我真诚会面的坦然、近来得意事的快哉，以及人生的不确定性、不可得、万事之不如本意席卷而来，都壅塞在待行未行的道路上，等待分流、疏导、贯通。

人生半路，有很多东西已经冷了、死了，但是还发散着一点余光。

不知未来是好是坏，天真地幻想一切会变好。觉得没有爱情的人生是不圆满的。爱情是一条小巷，虽然狭窄，但并不拥挤、崎岖。对的人站在道路的尽头，迎风而立，很好辨识，走过去自会遇到。

人生半路，想走得更远，既要自致，还要载人。

曾经，总是一个人来往于种种旅途，拒绝陪伴，习惯安静。不知何时起，一种角色，在悄然转变；一种想法，慢慢扎根心里。

那些曾经灰暗的道路，在我开车时明亮着，颠簸地唤醒了记忆的细节。也想做一个带路的人，就像从前那样，带他们一同领略旅途的风景。

人生半路，有时不想再向前走。

不想错过美好风景，于是暂停旅途，站在路边，将山川河流记录下来。所拍下的风景，很快沉寂于相册。然而按下拍摄键的手，却长久地有了肢体记忆。

暂停的那刻，仿佛一份澄清剂，将那些暂时溶解不了的杂物沉淀下来。活在鱼缸的鱼儿，仿佛又透过玻璃看见了自由的希望。

至于真正的答案，当下能顿悟的甚少。有时，隐藏在泥沙俱下的万千念头当中，需要继续在下一段路程寻找。有时，已经如嫩苗破土而出，持续提供讯息，供人在漫长的道路上验证心中所想。

不断前行，当问题不再回归，心安然放在胸腔内，不因内心不满而追问世界为何如此时，就有了旅途的答案以及旅行的意义。

人生半路，有时走到一半，不觉难受，真想停下车，在路边好好哭一场。

为身边的亲友所苦，为世事的不公和命运的厚薄伤感。孤独的老人常年一人在家，意识不清，生活不便。为他难过之余，能帮助的事甚少。

为自己走过的路所苦。走过了，才觉得人生原来这么难。本来也可以选择轻松度过，舒服躺平，却固执地跟着理想走。爬到中途，腿酸，肺累，心气全无，回头回不得，往上又是艰难万分。

为情感所苦。慢慢沉沦，退化了爱人的能力。失去了真心和勇气，不再奋不顾身，不再幻想芳时好景的花前月下，然而还盼望着梦中的奇迹出现。终有一天，择一城终老、遇一人白首，是一个命题而不是一个想象时，方知来得沉重，也并不浪漫。

人生旅途，就好像是爬山。爬累了，腿酸了，抬头一看，山顶还很远。而其他的人，有的快步经过，有的即将到山顶，有的已经饱览风景，准备返程。

山路十八弯，不断地总结，推翻自己，否定自己，改变自己，转弯，转弯，再转弯。信念被现实击碎，认定的道理纷纷证伪，连回忆都变得模糊了，喜欢的东西都忘记了，但是，仍然走不到头，仍然只是半路。

哲学上有一个比喻：一艘航行在大海上的木船，每天给它更换一块木板，日复一日，年复一年，当所有的木板都更换过后，它还是原来的那艘船吗？

有一种说法，每过七年，人体的细胞就要统统更换一次，某种角度而言，其实已经蜕变成了另一个人。

其实，行走在半路，无须七年，每过一段时间，人的看法、想法就会改变许多。

同样一条路，来与归，仿佛是两段旅程。乃至在不同心境的濡染下，在不同力量的加持下，变成了千千万万条，其中有欢喜，有忧愁，有漫长，有轻快。

世事有因果，但是命运不全在因果，更是一种主观感受。路的最后，其实能否到达终点已经没那么重要，更像是与自己在角力，有所收获就好。

更多的东西，意义在于其本身。虽难，路未绝；虽失，亦有得；虽痛，仍前行。十八也好，八十也好，所谓半路，永远只是今后旅程路的开端。

重路

一条路要走两次。

一次是被人领着。跟在他身后，不用记路，就听那人和那路的故事，感受沧海桑田、世事变化。一次是自己单独走。寻路，失路，得路，疑惑，新奇，惊喜，发现原来这条路是这样的，各个地标不经意间联系起来，心中的地图被点亮了。

一次是在白天。行经街道、山岭、人群，踏寻阳光，来到高处，极目骋怀，嚎一嗓子。一次是在夜晚。山岭和人群都消失在黑夜中，期待拐角处的灯光，摸黑来到山上时，烦恼已然消散，人安静下来，看城市灯火如繁星闪耀，许久舍不得离开。

一次是在初来时。随手拍下绿叶上新鲜的水滴，怜悯流浪的猫狗，阅读路边店铺招牌上的文字，也阅读你。一次是在归程。漫不经心，天行无方，却走到了曾经一起走过的地方，仿佛看见你在人海中穿流，但愿你被他人温柔对待。

一次是得意时。春风得意马蹄疾，一朝看尽长安花，走进酒店，热情地跟老板打招呼，要上一斤牛肉，两坛好酒，大快朵颐。一次是失意时。走累了，无处安身，留宿他乡，月落乌啼霜满天，江枫渔火对愁眠，借一帘骤雨，哀悼人生的脆弱。

赫拉克利特说，人不能两次踏入同一条河流。从哲学上来说，是这样。但从感受上说，我们经常日复一日过着重复的日子，在同一条河里来回摆渡。

很多时候，感觉自己像是一个疲于生计的水手，虽然生活在海边，却搁浅于近海海滩，未如理想般向着汪洋大海奋勇前行。

来到人世间，一切都是从未经历的，头一次走。记住这路上的一切，一路的曲折，等老了，如果有机会，一定要重走一回。

过期

事物都有保质期。不常回家，发现家里很多东西都过期了。

买回来的生活用品，瓶身写着长达两年的保质期。随手放在那里，开始以为很长，远得遥不可及，遥不可及的远。但是，当你不再使用，当它不再必需，时间一旦搁浅，再看到时，竟想不起来是什么时候买的了。

写的文章不标注保质期，那么保质期就在当下。也许一天，也许两天，新鲜感过去，就不再被记忆和讨论了。

各种活动留下来的纪念品逐渐落灰，暗淡，那铭刻的特殊日期也渐行渐远。

那些过期了却还不知道的，数量更大，只是不曾发觉。比如，买回来就吃灰的书籍，似乎有用但没有用上的物件，网上一时兴起购买的工具，各种场合的密码，等等，更是连回忆中的一念都不配享受就匆匆过期，沉入记忆的废墟。

在这个瞬间万变的时代，没有什么是不可替代的。一个东西，没有立刻丢掉，而选择保存时，就已经被赋予了一种意义。等它过期时，也总是伴随着唏嘘和遗憾。

适龄、适时、适期，是上天赐予事物原本的美。过期意味着这种天赐之美不存在了。我们喜欢那些声称永久的道具，喜欢那些自诩永远的誓言，但很多时候和鱼一样，都只有七秒的记忆。

多回头看看，不在于能挽回时间，而在于能够参与“过期”这个过程。

盘点过期之物，然后，该丢的丢，该更新的更新，修补生活，修复信仰，为人生的终极意义增加一份重量。

失物

10 岁，冬天，上学路上。孩子们你追我赶，欢声笑语。一只兔子蜷缩在田边，一动不动。他走在前面，最先发现目标，蹑手蹑脚，屏气靠近，准备一把抓获。忽然，一个同伴捷足先登，提走毛茸茸的兔子，飞快地跑了。

15 岁，初中毕业。他收拾东西，将生活费省下来的钱夹在书里，高兴地回家。分数出来，得知考上一中，他激动许久。半年后一个周末，他再度打开木箱，一本本翻看，却怎么也找不见那钱了。

17 岁，他与喜欢的人每天面对着面，中间相隔一个花园，一棵无花果树经常牵住两人凝注的目光，成为两人唯一的交集。几次课间，拥挤的人海将两朵浪花冲到一起，他走在她后面，很想却终不敢打招呼。后来，这个故事没有后来。

18 岁，为了专心学习，他丢掉小说、磁带、日记，每天五点起来背单词，晚自习认真做每一道题，最后一个关灯下楼。高考后，大家纷纷往远处报考。一念之间，他报了近处，却再也走不出家乡了。

23 岁，工作第一年。赤字了半年，第一笔工资发下来，他全数上交家里。没过多久，母亲突发脑出血，遽然去世，手边是留给未来孙子未纳完的鞋。树欲静而风不止，子欲养而亲不待，造就无尽的悔恨。

25 岁，纠缠了几年的感情，终无可奈何结束。他把一切与她有关的书信、赠物统统丢掉。后来醉酒时，勇气重回，再想找却什么都找不到了。惶惶然过了几年，他放弃一切执念，结了婚。

30 岁，已经断了联系的她，突然问，最近怎么样。他答，就那样，你呢？她答，很不好，抑郁了。他问，怎么了？她答，没怎么，想起来了，就问一下。等了一会儿，她没有说话，对话就结束了，像风一样来，又像风一样走了。

40 岁，苦尽甘来。生活好了一些。几个朋友弄了个矿，他捏着手里一点工资，犹豫，没有加入。后来，厂子越来越好，这些朋友也离自己越来越远。

50 岁，被问起当年没有跟领导去省上，后不后悔。他道，当时老人生病，娃也小，走不开。硬着头皮拒绝，领导当场脸色都变了，说的话也很难听。如果去了，现在可能不一样了。但人生没有如果。

还听过一些人的故事。

67 岁，他说的最多的一句是，当时没有上学，后悔啊。如果上个六年级，就好了。

70 岁，她对他说，我是二婚。这辈子，谢谢你不嫌弃。没多久，老人就去世了。

78 岁，老伴已经过世多年，重孙出生，她看着孩子们个个成室，感慨如果老伴在就好了。她也经常说，人生总有波折，留得青山在，不怕没柴烧。

我懂她的意思。以前不懂，当经历一次次失去后，便懂了。懂了，就不再有那么多遗憾了。

人生总在不停失去。得到时的那份甜蜜会随时间淡忘，但每一个失去的瞬间，都清晰而永久地印在了心里。

失去之物在过去和现在之间搭建了桥梁。某一天，偶然听到正解时，会恍然大悟，原来失去的东西从未离开。人生，也因此前后贯通，能够以更圆满、更真实的姿态进行下去。

这也就是失去的意义吧。

旧物

不同于生产活动中追求极致的设备性能，生活中有许多影响性能但凑合可用的旧东西。

旧有两种。一种如香皂、木质家具，外表不复如初，附属部件损坏，但核心功能尚存。另一种如磁盘、电子设备，核心功能损坏，整体如聋人耳朵成了摆设。

功能越多，结构越精细，虽然用着越舒适，但是坏起来也越快。结构简单，用途单一的，反而经久耐用，常伴左右。

人是寿命有限、易变化的。有生之年，一切都打上了自我价值判断的印记。

价值和新鲜感的体验有关。情感需要不同，价值也不同。金钱是价值，社会地位是价值，包含着思想、思念、思绪的旧物也是价值。

于是，一边渴望着经历大千世界所有的美好，希望万物如新，逐一亲自见证；一边又不舍于任何既得的小美好，希望旧物如旧，让人有可见证。

旧物有生命力。因为拥有者的不抛弃，于是在修补、传递中存活。

人之常情，莫不喜新厌旧。有时，东西但凡有一点儿损坏，就丢弃掉，甚至仅旧了一点，就想换新的。

古籍、古玩，都是越古老越好。古建筑、农村更讲究修旧如旧，假如追求新潮反而是大错。旧情人、旧相好、前任等，虽令人心怀芥蒂，但也说明物什如此，情怀亦是。今人斥责人心不古，向往古代盛世，犹如古人动辄言称三皇五帝之政德。如此种种，都说明新不总是好的标准。

在前进的道路上，没有那么多时间去感慨。

然而一旦停滞不前，热气腾腾的生活、如日中天的事业冷清下来，没有那么多迷人的眼花缭乱，感情固定下来，人便不想再与时俱进。生活之余，不时咂摸过去，逐渐成为一个旧人，喜欢一件件旧物。

那一个个旧物，仿佛一幅幅打散的拼图。慢慢收集线索，拼出过去失落的画面，品味当时未有机会去了解的滋味。

小时候，灯笼、手枪、沙包、陀螺等玩具，都是自行制作。偶尔花钱买个小玩意，因为稀少而稀奇，既享受物件本身，也享受探索功能的过程。

如今网络发达，原先费力制作的，难得去一趟市集、到几元店里才能买到的，现在手机上点一点就能轻松买到，也不再视之为珍宝。到处寻找简化为躺着挑选，旧物的乐趣随新东西的迭代而减弱。

在意自己，就会在意失去。随着人的长大成熟，兴趣并没有发生本质变化。有热爱之事，就会有收集旧物的习惯。有了新与旧，就自然有了好与坏的分别心。

"新"固然代表潮流，但"旧"也不可全部抛弃。虽然留不下时光，但是那些旧物，让人得以留下时代的印记，保留自己的特色，留住人生在世的痕迹。

平凡事物因文人骚客之咏唱而绝胜人间，成为历史名迹。个人情怀，同样可以复刻过去模样，不时发发牢骚。

时代的舞台，大家都要中途谢幕告别。但自己的舞台，无新无旧，至死方休。

消磨

每到年底，就要统计物品消耗情况。在正常使用的同时，磨蚀、老化、损坏等因素，也不知不觉影响着周边的事物，有的东西用着用着就没了。

万事万物，每天都在新陈代谢，消磨损耗。人不是机器，却像机器。部分和整体，运转和故障，使用和损耗，都有着相似性。

一天来看，白天是消耗，夜间是恢复。精神最好的是清晨，早上的时间犹如一杯散发着清香的茶。

一生来看，总体有一定的耐久度。自“出厂”以后，身体一直处于负荷状态，不断在地消耗。工作消耗，生活消耗，娱乐也消耗；劳动消耗，思想消耗，本身的新陈代谢也在消耗。一辈子吃的饭、走的路、喝的酒、吃的肉，都是有定数的。用得多了，透支了，就会提前坏掉。

同时，每个人、各个阶段的消耗又不同。男人出力多，消耗大，相对寿命短，所以农村老奶奶多。

一切都有止限，过了某个峰值，人生就开始走下坡路。下坡路上，既要和命运抗争，还要和自身的损耗相抗。损耗严重，表现在精神层面，就是幻想破灭，自信消失，不再热血，不再狂妄。

和损耗的斗争，不是一战定胜负，不能一蹴而就，需要细水长流、水滴石穿，在失去中不断寻找平衡。于感情，减少放纵的喜欢，多一些爱的克制。于精神，节省念力，专注于一。于人生，自小自弱自新，以至自强。

波折

农村生活和城市生活的根本区别，在于自给自足的程度。

城市生活是彻底的商品经济，包括劳动在内的一切商品，都转化为一般等价物——钱。只要有钱，什么都买得到。

而农村自足自给意味着绝对的实物量，自力更生的模式让人在处理烦琐事物的过程中所经历的失败和意外收获的喜悦比城市多得多。

一旦习惯了城市，许久不回农村的人，哪怕再做起曾经熟悉的事，也感觉手脚不够灵活。长期住下，会感觉十分不顺利——风调雨顺很少，好东西总卖不出好价钱，东西易坏而难收拾，人在生老病死下更脆弱，想象中的田园之乐来得并不容易。

在曲折中前进，物如此，事亦如此。即便一帆风顺，也会遇到大大小小的波折。有的只是几天，有的长达数年，平地生波，经历起伏。

努力还是失败，坚定相信但预料中的事情终未发生。世人惯于取笑他人，落井下石，经常遭到别人或明或暗的讥讽，自尊心受到打击。

一心向善，但仍碰到恶之花，遭遇无妄之灾。爱憎越来越明显，恨意增多，戒心加重，痛如潮水，淹没、摧毁意志。

真心付出，但遭到抛弃，深陷质疑的泥潭。身心无力，努力无用，不再相信因果，长时间体会失意的沮丧。

波折中，人如同行走于钢丝之上，一分一秒都那么难熬。进与退只在分毫之间，却有着天壤之别，时刻提防跌落，透支着心神，过着担惊受怕的生活。

在波折中学习，锻炼韧性很重要。

人在低谷处，会获得一份独特的视角。在此仰望理想之山，可见道路长远，更能见到路上每个人真实的动机和选择。理解了人，才能理解事情，看懂自己到底在过什么关。

和所遭遇的困境相比，和所要做的事情相比，更能意识到自我之渺小。乐观无用，实力是压倒一切的难以撼动的力量。最终，要懂得，和锻炼能力、钻研学问一样，受气、抗压也是修行、工作、生活的一部分。

经历波折，才更让人成长，认识到自身的不足。那些逼迫自己不得不为，劳其筋骨、饿其体肤的，才增长了本领。消化了命运的磨难，折磨自己的砂砾就会化为美丽的珍珠。

波折给人最直接的教育，逼迫自己转念，重新审视自己，重新接受世界。

现实就是现在，现在就是现实。存在是客观的，理念可以证伪。要拨开迷雾，为现实和理想分清界限。根据时间、地点、身份不同，进行分析、对比、判断，做出有利的选择。

输给世界，输给他人，往往是输在弱点上。最大的弱点，就是容易自己欺骗自己。只要不想骗自己，就不会被骗。太多的事情，看似选择了坚持，然而不过是头脑给自己注射了安慰剂，实际仍选择了妥协。

每个人都在自己的井中，疲于走出，并没有人在井外伸以援手。最大的敌人，是自己。最大的拯救，是自己。

接受新事物很重要，不能停留在波折当中。长时间的停留，失去走出去的欲望，新鲜的事物吹不来，行动就会跟着思想慢慢沉沦，人也容易变得极端，黑化、恶化、丑化所经历的一切。那些消化不了的负担，就成了人生的病灶、毒瘤、结石、烂疮。

打破限制，敢于否定自己，转变思路，接受新东西，在波折中修行，度过难捱时刻。

形变

蝌蚪变青蛙，虫子变蝴蝶，这种全然的改变，只出现在自然界当中。一夜之间白头，一天之内衰老，这类身体急剧的形变十分罕见。

灵和肉的缓慢形变，难以看出，但时时发生。

冬天，和家人坐在一起烤火，伸手取暖时，发现长辈的手指都变形了。成天干活，骨节异常粗壮，皮肤黝黑皴裂，厚茧模糊了掌纹，在干穿针、用手机等手上活时，都显得十分笨拙。

长期从事某一职业，身体会有一些相应的变形。由于损耗过多，不再灵活、美观，于职业上有利，但却是沉痛的身体负担。

重复性单调性的工作，让人思想变形，产生认知偏差，在惯性下变成另一番模样。经常被各种偏执的观念扭曲，充满成见的眼睛看不出事物的本来面目。

命运是一个拙劣的手术师，跨越不同时期，用不同手法，不管你是否排异，是否可以吸纳、同化，粗暴地把一个个战利品捆绑在一起，把一个个补丁拼接在一起。种种发生在身上和心里的变形，让人变成了一个可怖的缝合怪。

漫长的岁月让很多东西发生变形。

幸运是坚持痛苦的变形，幸福是始终忍耐的变形，年轻的爱情到年老时的亲情也是一种变形。

经过一个时期的沉沦，猛然停下，仔细看镜子，仿佛看到了另一个人。

如此陌生的自己，也许这就是缝合怪的样子吧。

涟漪

没事的时候，喜欢找个安静的地方，一个人坐下，对着水域发呆。

平时，要么应付杂乱的事情，要么沉浸在某种娱乐中，此时安静下来，单调的风景慢慢看入味。

杨柳低垂，随风摆动，落叶偶尔飘进池中。目光跟着流光流动，不一会，思绪就飞散了。

无聊的一两个钟头，做不了太多的事。但难得安静下来，则可以用来想许多。若是天天想、时常想，过去索然无味，未来也就是另一种现在，想太多显得细碎而矫情。但每隔一段时间想一想，生活就多了瞬时易逝、不足为外人道的一些意义。

从前的点滴，早已忘怀的事情，所看的电视，所听的歌曲，所读的书，那些零碎的记忆，拼凑了细致感受，如同茫茫大海上的灯塔，把人引向记忆的最深处，循着线索回到过去。

漫不经心地梳理，往事像枯萎之泉复活，重新涌动。盘点得失，不仅有延续下来的所爱之物，还于盲点处点亮了过去未曾关注的阴影，读懂了曾经置身其中而不觉、后来懂了已太迟的社会潮流。

待稳了，就不愿意走了。在池边找个小石片，弯腰打起水漂，石子入池，溅起圈圈涟漪。

人也像是投进河里的一枚石子，自身携带的能量不同，落在水中形成的涟漪大小也不同。小时候，波纹很小，涟漪无法到达远处，也就不向往远方，用蛮力处理大多数问题。后来，波纹大时，涟漪向远处传递，但无论用多大的力，在化开时如同泥牛入海，很快复归平静。

独处容易寂寞，寂寞使人多思、多情。从外界中抽空，自己和自己，个人和外界的关系，这时才真正显现。

对于那些无力之物，没尽力去做和尽力了没做到有很大不同。前者是，试了一下，失败了就放弃。相信美好真实存在却不相信真的会降临，任何错误最终都能被原谅，关键在于找到合理的理由。

后者是，幻想消失，实际地面对真实的关系。领略得与失之间，所珍视的亦随认识的变化而变化，伤感但不再沉沦，可以寄托却不想寄托，唯有与这清水作伴，于波中寻找自己。

有时，遇到下雨，雨和水相接，规律律动，循环往复。数不清的雨滴将广阔水面切割成无数圆圈，诗化的想象都逐渐淡去，但是新的想象又不断诞生。

难得有一事物，可让人用心沉浸，让时间慢下来。心灵柔软，气温下降，人也真正冷静下来。

平时，心态很难调整。有什么样的环境、处境，就自然有什么样的心态、情态。而此刻，放空，忘记一切。于是，那些久久欲留之物，极其在乎的东西逐渐没了。你我之间，已隔千山万水。分别，那象征意义的符号，和那意义一同，早都消失了。

猛然下定决心，不再寄希望于时光倒流，重回过去，重新开始。不可能的事情，不再幻想。期许的时光已过，所能坚持的会一直坚持，此外的只能放弃。

从空泛的道理和记忆中抬头，川无停留，林无静树。月勾隐约出现，缓缓走过枝头，自然界平稳、永恒，而又悄无声息地造化、改变，像极了内心求而不得的平静。

最爱的事物，都是爱与恨的交织。不仅用现在的收获去看从前，也用从前的经历去看现在，忽觉今是昨非，迷途顿悟。好多东西，都在一瞬间就接受了，于是变得决然而轻松。

错误

学生时代，很喜欢郑愁予的《错误》，“我达达的马蹄是美丽的错误，我不是归人，是个过客……”

几年前，有感于人生所见所闻，写下过一段话：人生的试卷里，看错了一道大题，作答因此也不尽人意。只是不知，经过削涂删改，最终提交的考卷，是否写出了圆满的回答。若无，应该是无悔的。若有，也应该是无悔的。因为，在寻找答案的每一步路上存着善心孝心仁心求学心，它们是君子之所以坚持和即便遭遇挫折仍然向前的人生之真正意义所在。

后来，这成为《雨雪霏霏》的灵感。小说第一句便是：人生试卷，寥寥数题。爱情这一道，最简单，却也最困难。遇到对的人，人海中只一瞥，答案便跃然纸上。遇到不对的人，无论怎么增删涂改，都没有用。至于圆满，终是童话。

从自然科学角度而言，物质世界的探索是永无止境的。科学，包括数学在内，各种理论之间并无对错之分，只是描述的精确程度的差别和效力的不同。只有有效理论，没有绝对正确理论，没有绝对真理。

人的一生，没有绝对的事情，也没有绝对的正确与错误。犯了错，君子之过也，如日月之食焉。过也，人皆见之；更也，人皆仰之。

身在无所不在的枷锁之中，回顾人生，想一想，发觉其实自己犯错的时候也不在少数。

有的事情，可以缓一缓，却太心急。有的事情，后知后觉，发现时候，已经晚了。有时候，把人看错了，想得太好，觉得任何人有点小错也无所谓，一切看本心。有时候，把事情想得太简单，不注重小节，留下了不好的印象。有的是先对后错，现在错的，但以前是对了。有的是先错后对，现在改了过来，错在从前。有的是偏差，是部分错误；有的全错，是彻底的失败。

大多数情况中，当时意念未转，不论是那当下，还是中途，还是过后，选择相信彼时的判断。一忙起来，好多年过去，待物是人非，迷雾消失，曲终人散，孰对孰错不言自明，这才后悔当时的选择。

有些东西，只有在回顾的过程中，脱离了当时的环境后，才能感觉到对与错。

如今重思人生，不仅梳理一路以来的对错，也回忆从前是怎么想的，追问犯错的逻辑，为今日之事找寻一个原原本本的参照物，于是对很多事情有了新的认识角度和新的答案。

发现，以前的执着和自信，遮蔽了认识世界、认识自己的道路。发现，错过了许多可以想开的机会，错过了许多可以回头的转机。发现，观念层面至今还延续了以前的错误，本心本性未曾彻底改变。更发现，一路错误，一路前进，仍然热爱熟悉的事物，包容瘤疾缺憾，心甘情愿受苦痛折磨，莫名的原因使人坚定信念并且心怀希望。

懂得了为何犯错，也就懂得了如何正确。错误让人生虽有了分别，但并未断层，不断改进，终成为前后贯通的整体。

盲点

认识自己这件事，看似简单，实则困难。不全面的认识，就产生了盲点。

掩耳盗铃，心存侥幸，本身就很可笑。这不是对事物的客观审视，不能叫作盲点。

盲点是藏在思维里的偏差，感情里的扭曲，行动背后的迟疑、反复，自己不能主动发现，甚至当别人指出问题，依旧当局者迷。

盲点，来源于生活的硝烟。有时，生活乱糟糟的，忙得不成样子，一颗心分成许多瓣，记忆力减退，片刻前的事片刻后就忘了。

岁月的烟尘蒙蔽了内心，那些来不及记忆的，也就永远失去了记忆的机会，匆匆沉埋。久而久之，不仅平常的事物忘记了，甚至连心痛、心爱的感觉都遗忘了。

这些遗忘的东西累积，成了遮挡事物的盲点。

记忆只会沉睡，不会消失。

生活简单，不再忙碌时，细碎的记忆仿佛一串念珠，一颗颗捋过去，从头到尾清清楚楚，细节圆润饱满。

学到的规则，走过的路，经历的曲折，遇到的光，都成了扫除盲点的助力。

盲点，不是一天两天形成，也不是一年两年能够看清。

人处在自变和因变当中。有的人，一辈子认识不到盲点所在，执着于自己的片面所见，盲点越来越大，脾气越演越烈。

有的人，逐渐克服盲点，很多原本模棱两可的东西，经智慧之光照亮后变得清晰，一切豁然开朗，不再执着，终得圆满。

牢笼

人生处处是牢笼。

学校是牢笼。学校用坚实的墙将学生围困，束缚了膨胀的欲望。意气风发的少年总以为世界虽大，而自己独一无二，为心灵之城至高无上的城主。其城墙由未经社会验证的知识和天然的情感所搭建，脆弱易碎，破绽百出。但少年们仍幻想着有朝一日羽翼丰满，像勇士一样，打破牢笼，扬帆起航，乘风破浪，真正做自己人生的主宰。

家庭是牢笼。尤其对于出身寒微的人，家既是抵御侵袭的堡垒，也是遮蔽目力的牢笼。一辈子生活在一个地方，失去了人生众多的可能性。衣食住行和柴米油盐束缚了想法，不自觉地变成了小心翼翼、斤斤计较、喜欢倾诉的人。不甘平庸，可缺乏冒险的勇气和坚定的信念，脆弱的肩膀更难以担负任何差错。越习惯，越难以改变；越受限，越不敢逾越雷池。

工作亦是牢笼。有了固定的职责，虚虚实实的位置。不到几年，很多东西开始固化，被动等待并接受安排，鲜有自己的坚持。追逐理想和敢于冒险的勇气日渐松弛，在平凡中体会卑微和无奈。有时不禁自问，这就是自己以前想过的生活吗？

牢笼的大小，取决于能力的大小。

走路，就只能在村子里活动。骑车，可以来往于一县各镇之内。开车，能随意观赏国家大好河山。坐飞机，可以跨越大洋大洲，领略异国风光。成为宇航员，就可以在太空欣赏蓝色星球在浩瀚宇宙中的模样。

但最大的牢笼，是内心。

一切限制从内心开始，一切牢笼始于画地为牢。困心常在，所想愈多，牢笼愈牢固。在牢笼里久了，认知固化，不再轻易接受不同的价值，纵然见了，也不相信，亦不以为。久而久之，胆子越来越小，内心越来越封闭，凡事宁可信其有，不可信其无，接受束缚，甘心被缚。

爱什么就会为什么所困。所爱、所溺皆可化为牢笼，以层层枷锁令人为之所役。感觉至上者困于感情，终其一生寻找被爱和爱的虚幻感觉。金钱至上者困于金钱，以至人为财死、鸟为食亡。名声至上者困于名誉，为他人的评价、议论、意见所烦扰。

精神世界的发展，是人生的主要课题。束缚无处不在，牢笼不可破尽，只有自己开辟的空间，才是自由自主的空间。

愿望很重要，有所想，则有所得。不因困顿而放弃内心的修炼，艰辛生活才给人更多的领悟，让人锻炼强大的意志，增强保持自我的韧性。

打破牢笼，也破碎小我。破碎所形成不同的碎片，在不同的场景出现，引导自己发现不同事物之间的共同点，于是有了冲破障碍的心灵力量，得以从所扎根之地中突围，从已知走向未知，适应新的环境，在破立之中成长。

悲欢离合

1

有一次入户，到一户人家。

那家只有妇女一人。家里收拾得很整洁，上房大，但是没住人，她一个人住在小小的下房。

冬天天冷，她端来小太阳，边烤边聊。

我问，你家就你一个人吗？她说，儿子在深圳打工。我又问，掌柜的呢？一起去的同事使了个眼色，暗示我别问。

后来我才知道，她掌柜已经不在了。

有时候，我也经常是一个人。身边不少人都是一个人，远离了家，但我们不辛苦，也不可怜，因为还有希望，还有寄托。只觉得她很可怜。

2

有一次，到一个人家里。起初去过几回，都没在家，这次终于在了。

那位母亲得了脑梗，半身不遂，平时就坐着。女儿在给母亲洗头，听到敲门声，开了门，跟我们说话。

我们把东西放下，聊了一会，走了。

后来，我听说，那位母亲其实还有一个儿子，一直在外面打工，但是联系不上，谁给他打电话他都不接。老母亲就一直由已出嫁的女儿照顾。

我很惊讶，世间怎么会有这样不孝的儿子，这样绝情的人。

最后我才知道，里面还另有隐情。那个儿子是抱养的，他原本结了婚，又离了。有个娃，判归女方。之后便一个人在外面漂着。三十多岁，不知道在哪，在干什么。

有的人说，原生家庭很重要。这个人，生在破碎的家庭，长大后又经历了一次破碎。

兴许是站着说话不腰疼吧，觉得可恨，又怜悯。

3

去年冬天，大雪天里，公安送来一个人。

大家在里面在开会，这人穿着迷彩服，站在院子里等着。

交接事宜结束，他的去处成了问题。从监狱里服刑出来，他的家人都不再接纳他，他成了无依无靠的人。

偌大天地，离了父母、儿女，身无分文，脱离社会，自己又是谁？

最后，我们决定给他找个临时安置的房子，让他先住着。到了白天，路过他房子，跟他打招呼，这才看见他脸上的伤疤，感觉有点吓人。

过了几天，他来找我们，说要去城里办身份证，去之前给我们说一声。办了身份证，才能买手机，办手机卡，开始新的生活。

从城里回来时，他穿了一身新买的西装，板板眼眼，一下子感觉变了。

聊到未来，他说，等春天到了，就出去打工，村上提供的临时房子只是过渡，有信心开始新的生活。

春节收假，再来时，他果然走了。听说是一个亲戚把他接走了，他在亲戚家住了几天，便出门打工了。

开始新的生活，其实很难。我们平时的开始，都不是真的重新开始。但是，也要有他这样的信心。

4

春天，到一个人家里。

老头在家，给我们端来凳子坐。老伴也来到旁边闲聊，儿媳站在后面带娃。几人坐在树下聊天，树荫凉爽，场子宽展，河边便是公路，环境让人舒心，都说长住这里很美。

走时，老头也骑上自行车走，一同出门干活。我们笑着说老人身体不错，目送他先离开。

最近，突然得知老头得了脑梗，医院住了一段时间，家人把他接回来了。世事无常，病说来就来，人说倒就倒。

有的人，看着病恹恹的，反而并没什么。有的人，硬朗健康，却说没就没了。

5

有个男的，以前结婚，后来离了。离了之后，又当了上门女婿，有了新的家庭。

今年，他在老家盖房，于是经常见到。挖地基，砌墙，封顶，刷外粉，装修，搬新家，每次见他，他都一边干活，一边递烟，笑眯兮兮，看不出任何过去坎坷的阴影。

房子盖成，他便回那边去了，留他父亲一人在新房里住着。此后便很少再见到他，也不知道在另外一个家庭里，那些曾经折磨人的东西，他是怎么与之相处的，是否后悔，是否艰难，是否想念。

过了大半年，他那成天佝偻着腰的父亲去世了，新房也再没有人住。

6

月有阴晴圆缺，人有悲欢离合，此事古难全。

视野放大，会看到许许多多不完美的人生，它们比想象中普遍很多，真正应了那句话，人生不如意十之八九。

苦难并不分人，不是针对谁，特意考验谁，人人迟早都要经历。降临时，不用太自责，归咎于自身。

如果能释然，就早点释然；如果能重新开始，就早点重新开始。在背负悲痛的时候，多一点乐观，多一些韧性，少一些压抑，可能人生就能向更好的方面转化。

认识自己

正确的自我认知是认识客观世界，衡量事物价值的前提条件。

人，要正确认识自身。但是，认识自己很难。在这个过程中，自己既是认识的主体，又是认识的客体。

认识自己的主要方式在于对比。昨日之我是今日之镜，三人行皆是吾师。不断地比较，寻找差别所在，才能更好地认识自己。

认识了自己，要看淡自己。每个人都是自己世界的主角，但来到团队，要克服自我和本我之间的偏差，明白自己是什么，应该成为什么，当好配角，甚至是幕后工作者。

认识了自己，也要相信自己。开始，了解自己，却不认识自己。后来，认识了自己，却不相信自己。相信才有力量。

认识了自己，还要战胜自己。和别人相处简单，遇到简单的人，原本就很简单、随意。遇到难相处的人，跟不上，也就不追，保持自己就好。和自己相处就难多了。自我和本我时时刻刻在进行较量，每一个小的细节都关乎输赢，要不断总结，坚持正确的做法，转化成功的因子，从而完成自我认识、自我调整、自我改变的过程。

初心

人生来白纸一张，价值观念均为后天所习得。初心，是一个人最早的想法，比如想读的书、美好的礼物、远方的风景，简单明确，不掺杂念。

初心和最初的经历有关。心智未开时，什么都不懂、不会，好与坏都是相对于感觉而言的。遇到了好人，得到了爱，也就学会了投桃报李，真诚待人。遇到了坏人，见识了恶，也就学会了以牙还牙，谎言欺骗。

初心离不开别人的呵护。永远天真，永远保持初心，是一种美好的品质，会让世界变得有趣。但天真有其代价，需要很多人在背后默默守护。

然而，微弱的念头一旦形成，就像扑不灭的火苗，贯穿人生的始终。和谁一起，到过哪里，做过什么，让人后来不断地去寻找，无数次梦到，长久怀念于心。

当天真因现实而消失，不得不放弃最初的朴素心愿，就只剩下一个遥远的逐渐蒙尘的初心。

一点信念，不需要更多，凭自己感觉走，初心时远时近。

有时沦陷于迷茫，感到毫无希望，初心就此搁浅。处在矛盾和问题当中，和所想象的千差万别，不满现状却只能浑浑噩噩，想有所为却很难改变，看不惯，不顺心，仿佛身在地狱当中，不知该当如何。

有时诸事冗杂，初心渐行渐远。不是自己披荆斩棘，而是被生活推向了远方。某个时间，风轻云淡，初心得偿，一切都正好圆满，却因故遗憾错过，随后便是漫长的独行。偶尔脑中闪过一个画面，可是不知那个地方是真实的，还是仅存于梦中。

有时经历千劫，初心仍在，却附加了条件，不再简单纯粹。附加了条件，就变味了。形形色色的人，都教给自己一些东西，于是考虑太多，把简单问题复杂化，再也无法随意而行，随遇而安。

有时追问事情的意义，也怀疑初心是对是错。每个阶段所喜欢的，所能做的，都不同；所错过的，所遗憾的，也不同。会想，信念的力量终究微末，人总敌不过命运。并不是她有多么特别，不是她有多么值得去爱，而是那个时候正好出现在那里。

坎坷中，更懂得初心之珍贵。

初心，让人永记曾经的自己。美好事物，人人向往。追求之旅中，人群虽然拥挤，但最大的对手，其实是自己。重温从前留下的只言片语，虽然所说的不等于所想的，所想的不等于后来所做的，但是，彼时从心里流出、亲手所写下，究竟是一种底色。原初的不成熟的自己，却是人生至宝。

初心给人目标，是动力之源。方向盲目、目标太多、精力分散，最终事情会落空。当初心明确、目标清晰、感觉敏锐，纵然坚持到倒下，一切犹是值得的。最难的不是毫无希望的绝境，因为还可以背水一战；而是中途的平坦安逸，小成即满，就松懈放弃了。

坚持了初心，时时才有警醒。拿它，可作今日之我的批判词、检讨语。它提醒人，哪些先对后错，哪些今是昨非。它更提醒人有的东西，不能在世俗中污染变质，一旦丢失，就不再是曾经的自己。不出卖原则，不放弃希望，不停止努力，不为技巧所迷惑，踏踏实实努力，实力胜过一切。

当然，初心也不全对，有所修正实属必然。

不同的阶段，对事物的认识不同，最初的认识总是极肤浅的。

但背后的决心，是一脉相承的——是认真踏实、有所建树的志气，也是安稳岁月、生活美好的理想。所以，仍可以无惧于改变。过程中，好的，需要珍惜，加以坚持，化为奋斗的因子，在之后的生活中去印证；坏的，中立来看，分辨好坏，加以修正。

没有完美，但是不能不去追求完美。心知初心已远，却不能停止追怀。当时是心酸的，后面想起来是幸福的。不负初心，才不负人生。

自律

自由与自律的关系，是一个经常晚上才能想起的话题。白天，大多数人都活得身不由己。似乎只有晚上，自己才属于自己，才能全权对自己的言行、思想负责。

实现自律的道路上，最大的阻碍并不是事物本身。

潜在的因素，比如竞胜心、分别心、虚荣心，这些普遍共有的情感，让人不愿意接受自律的束缚，不停地和前人比，和过去比，和同事比，和自己比，走偏了原本的道路。

实现自律，有时候缺的不是“为”的勇气，而是“不为”的勇气。

虽然无法直接增加个人的控制力，能影响的事物始终是有限度的，但是，可以通过对不必要的东西做减法，通过自律来扩大自由度。

不沉迷无聊之事，真正值得坚持的事情就会到来。不随心所欲，特殊的意义就会出现。

跟从内心的自律并不痛苦，强求而不得的东西才让人痛苦。

自律到一定的程度，会找到人生的平衡点。在这个平衡点上，人并不迷惘，不因为选择而焦虑，不会将自由的范围与能力的范围相混淆，与意志的边界相交叉，也不会被热爱的事物所蒙蔽，被习惯的力量所支配。

这时，对他而言，失去的可以想通，愤怒的可以被原谅，因存在而热爱，由自律而自由。

胆

胆大和大胆是一对双胞胎。

大胆，多数时候是褒义词。新到一个岗位，一定会有人告诉你：大胆工作，大胆尝试，既要大胆干，更要大胆想。

胆大，多数时候是贬义词。除形容第一个“吃螃蟹”的憨劲之外，胆大多表达一种不满，有越俎代庖、欺上瞒下之嫌。

除了智商、情商，还要有胆商。千钧一发之际，能够很快做决定，这就是胆商。

胆魄的背后，可能是年少气盛的表现欲、好胜心，也可能是走投无路时的背水一战。

年轻人初生牛犊不怕虎，想得少，胆大，恰好是优点。莽一下，冲动一次，有的事情能成也就成了。中老年时，担心家庭，害怕得罪人，一再瞻前顾后，平衡考虑，还没考虑好，黄花菜都凉了。

失利的人被逼至绝望，奋力一搏，反而置之死地而后生。若是平安舒适，但凡还有一点希望，谁又愿意背水一战呢。

年轻时候，经常鲁莽无礼，勇敢之后，过了那个坎，才觉得后怕。

日子稳定后，把幼稚的想法抛弃得干干净净，缺乏胆气，不断妥协，降低欲望，人就变得中庸、胆小、局气了。

中人

根据先天因素不同，人可分为上智、中人和下智三类。其中，中人的概念最接近普通人。绝大多数人都是中人。

如何认识平凡、接受平凡，在平凡的一生中做出不平凡的成绩，是人生的最大课题。

每一个平凡家庭出生的孩子，天生都被寄托了改变现状的期许。这粒种子顺利成长，懂得人间事，了解家庭、亲人的谱系和奋斗史，从而形成改变家庭命运的原动力，引导他持续奋斗，长久努力。

从祖辈始，家族都是平凡的人，与富贵无缘，先天继承的是一把锄头。祖辈用自身源源不断的力气，解决生活中大大小小的困难。然而这种程度的自给自足，常常敌不过外界的狂风暴雨，有太多力不从心的时候。这一生的定论往往是：平凡，坚韧，顽强，厚道，历经磨难而受到尊重。

青年期的人惯于自恋自大，自诩聪明超群，不甘平凡，心存幻想，志比天高。这种性格的逻辑，往往不是认识了才接受，而是接受了才认识。于是，轮到自己独立时，日子平淡而且平庸，与壮志凌云擦肩而过，细枝末节成了生活的全部，一件件小事让人远离初心，又不得不接受，只在某一刻认清生活的面貌，突然变得现实。

真正地认可平凡，是携家庭之力，在一段时期的奋斗之后。发现，每一个人的成功都不容易，有其不可复制的因素，有换作自己而不能接受的代价。在金钱、名誉、权力、影响力等单方面取得的成功，都是片面的胜利。终点固然耀眼瞩目，探索过程却充满无人知晓的艰难，等排除不合适的道路，厘清不确定性后，其实早已错过了太多机会。

中人情性，可上可下，在自检耳。平凡中可以创造不平凡的业绩，而这取决于认识。

要认识到，人生不是一部独自奋斗的孤篇，而是经众人帮忙，几代人合力撰写的多部曲。家庭是一个整体，自己是几代人的合著。世人对自己的评价，最终决定了对整个家族的看法。尽管自己对这个社会的改变可能微乎其微，但不能将最终希望毁在自己手里，为人所笑话。

要认识到，人生从来是一个整体，损失任何一项，都是无法弥补的灾难。背负着的期望，在一定的时候会变成自己承担的责任，自愿戴起的金箍。期待的事物转移，生活重心也跟着转移。独立生活，努力学习，钻研事业，组建家庭，保持健康，做一个好儿女、好人、好公民，都是值得用心去做的课程。

要认识到，所谓平凡，不是不给人生设立目标，只是拉长时限。因此，更需在长期里树立一个成为什么样的人的最高目标。把向往崇高感，做顶尖的优秀者，在人生舞台上大放光彩、熠熠生辉等想法珍藏在所有感觉深处，不要被漫长的岁月和现实所消磨。

更认识到，做好平凡人所要承受的一切，本身就不容易。巅峰之外还有巅峰，到一定程度，就是人的差别，不是努力程度的差别。最容易实现的成功，是做精自己的本职，并在行有余力时，以相互尊重的方式，照应周围的人。坚持只是过程的影像，脚踏实地干好每一件事，才是成功路上的一个个真实的台阶。

有了求索之心，才有求索之路。一直在寻找答案，才会经常陷入迷惘。当觉得很难的时候，一定是正在上坡的路上。

淡去当英雄的念头，作出个人有关平凡的有效定义。

出题

生活中，身处需要和被需要、命令与服从的相互关系中，经常是外界给自己出题，要求限时限地完成。

这些题目，有的是军令状、投名状，有的是承诺书、任务书。题目布置后，经常要根据结果进行排名，完成慢的，数据不好看的，往往脸上无光。因此，要全力以赴，先完成、再完善、最后完美，但其结果，完成的多，完善的少，完美的极少。

但是，对自己应完成的人生任务，却走向了另一个极端。许多和自身利益息息相关的事情，因不甚在意，因此停滞不前。

大事不消说，害怕麻烦人。很多小事，因无法自律，不能专注于某一种活动，于是经常拖着。

其实，在一心完成世界、外界、上级、他人所布置的题目之外，人生尚有无数的小题，等待自己发现，自己出题，自己作答。

考试前夕，规定每晚完成一定的学习量，努力备战、不眠不休，是给自己出题。完成特定的挑战，以此作为某种纪念，是给自己出题。在平静的生活里，忽然想营造一点浪漫与惊喜，也是给自己出题。它们是为自己划定的限制，制定的目标，虽上不了台面，不足为外人道，但事关能否安心睡一觉，同样重要。

有填空题，尝试代入一个个备选项，寻找最佳应对方式。有判断题，给自己一次重新考虑的机会，判断对错曲直。有选择题，考虑选择什么、放弃什么。有简答题，猜测事情背后的每一种可能。有论述题，反复论证心中的疑惑。

每一道题，都是理性和感情的交融。每一道题，都是自己和自己的较量。善于出题，开好题，人生就有了一个个目标，一个个转机。旧题目不断完成，新题目不断补充，新陈相替，缘缘相续，光光相照，形成一个不断前进的循环。

人的理解力不同，认识水平不同，对问题的发现和回答也就不同。

出题要靠自己。别人或能发现问题，但真正的切题、入题，乃至作答、评价，仍在于自己。题目的答案，也需要自己去梳理，需要机缘来显现。

有的答案，是回应内心的不甘。太阳在东，却故意往西。明知山有虎，却偏向虎山行。前面是墙，还想撞一下试试，万一撞出一条血路呢。流行拼接时，仍喜欢纯色。它炙手可热，我却敬而远之，拒绝做乌合之众，甘心做狭路上的独行者。

有的答案，是弥补心中的遗憾。已经作答过了，提交了答卷，但是未尽全功，留下了遗憾。后来，受到别的启发，有了新的思路，还想重答一次。

出题不难，做题不难，难在监考。题目容易发现，答案容易破解，然而考试却常常因监考宽松而一拖再拖，总是拒绝应该做的，不自觉选择令自己舒适的，背离了出题的初衷。

长久的人生，自己是自己的出题人、答题者、监考官。没有一蹴而就的变身，只有不断化整为零，尽尺寸之功的笨功夫。

有时候，大胆出题，反而能跳出思维陷阱，比按部就班跟在别人后面要好得多。毕竟，你能想出多好的题目，就可能会做出多么令人拍案叫绝的答案。

述评

一次，有人对我说：“你看大作家写文章，都是只述不评。”

此前，我很喜欢在文章里面夹杂一些个人感悟，一些自认为有道理的话。他这么一说，我深以为然、恍然大悟。之后再写文章，尽量摆事实、讲过程，力求客观、平实。

但评论是一种立场，也是一种智慧，绕不开，躲不掉。不擅评是非，并不代表心里没有是非。

每个东西既有量，也有质。平年有 365 天，这是量。这一年怎么样，过得好不好，这是质。

定性比定量更重要，也更难。商人善于从量的微妙变化，参悟背后的质的改变的浪潮，从而捕捉市场商机。将军往往能够审时度势，鼓舞士气，以质取胜，弥补量的不足，实现绝地反击。

生活既有量的积累，也有质的不同。述是对量的表达，评是对质的把握。过好自己的生活，光记录不够，还要思考、总结，有一个终极的评判。

继承对的，批评错的，鲜明地评论，决然地前进，绝不浑浑噩噩地活着。

心计

小时候，家里有个算盘。珠算不仅实用，更能锻炼思维。然而除了拨弄几下圆圆的算珠，聆听清脆的响声，耐心很快消退，并没有真正学会。

复杂的计算，是在数学试题里完成的。一旦远离了这种场景，细碎的计算全部交给机器。于是，当数字思维的惰性延伸到生活，越不想计算，思维退步越快。尤其是，生活之题变量无处不在，条件永远缺失不全，计划不如变化，人算不如天算。

理解力上升，计算力下降，不想计算，只等行到水穷处，坐看云起时，走一步看一步，时到时担当，这大概是很多成年人的体验。

做事要会计算，做人要有心计。

故意构陷，无中生有，满腹阴谋的心机是不必要的。但量入为出，理性比较，有所预判的心计则是必不可少的。

生活追求舒适，成功则需不避麻烦。欲成功者，需集天时地利人和，需备人、志、力、物，过程中每个因素如排兵布阵，都要精确统筹。

欲求越多，需要计算的变量越多。钱、物好算，情、仇难算，少算多算，都会进出失衡、枉尺直寻。算盘打好，还需奋不顾身、拼命一搏，假如顾虑的东西太多，再好的筹划也终成纸上谈兵，再近在咫尺的成果也会付诸东流。

健脑

健脑，不要太多思。

手掌经常舒展，握拳时才有力。大脑经常放空，思考时才敏捷。可爱可恨、可思可想的东西太多了。一念起，万千世界旋踵而来，牵引人的神智去判断是非、利弊、轻重，如此一波一波，尤为费神伤脑。

但大多数想，都是妄想，非分之想。拿不定主意时，想只是沉重的负担，想得越多，负重越大，不管做什么决定，不会有根本性的改变。久而久之，人锐气消磨，变得暮气沉沉、优柔寡断。

健脑，不要太较真。

高度认真，则高度紧张；高度紧张，则高度盲从；高度盲从，则错误百出。当数以亿计的脑细胞、千丝万缕的脑神经都高度集中于一点时，也许会产生头脑风暴，但也许还会产生最简单的错误。

把一切都附会到某一件事上，看待问题就会出现很大的偏差。要张弛有度，保持八分张、两分弛，始终山是山、水是水、风是风、雨是雨，不过度联想，不高度聚焦。

健脑，不能沉溺于单一事物。

人的聪明不在于机械的算力，而在于对事物的本质以及普遍联系的把握。

在处理事际、物际、人际关系时，常思考本质是什么，类别是什么。不刷同质化的视频，不读同质化的文章，不被各种 AI 算法培养成傻瓜，丰富脑神经，增加感受力和乐趣点，避开单一思维。

健脑不是不动脑，而是并用手脚、眼睛、耳鼻，自然接收，本能感受。让精神自然流转于身体，不郁结一团，方能神清气爽，处事游刃有余。

清目

人身体最辛苦的是心脏，其次是眼睛。心脏，一拍一拍律动；眼睛，一帧一帧收光。心之所向，即目之所视。害怕了遮掩看，喜欢了目不转睛看，仇恨了红眼看，紧张了失神看，怀念了反复看。

五感当中，眼睛的作用远胜其他，也最容易受到外界影响。耳听为虚，眼见也不一定为实。眼睛，看不到自己的全貌。声色中，人容易失去自我，变成承载欲望的器具。古往今来，一切伟大成就都蕴藏在声色中，一切阴暗阴谋也都隐藏在声色中。你在嘲笑他的时候，他已经把你的注意力收割走。

媒体以声色为诱饵，围猎人的爱好。标题党，震惊体，软文，噱头，吸引人不得不注意。爱人间，眼睛不再对视。亲人间，相背而坐。朋友间，各自低头划屏。清目，何其之难！

清目，不要让声色充斥心灵，误导思想，耽误光阴。多看看父母新增的霜发，多看看眼前人你曾喜欢的面孔，多看看万千世界中的美。

见所未见，保持敏感，保持喜欢的能力，保持痛苦的能力，与真实世界相遇在旅途中。

平心

人生时有艰难，困难如影随形。自古至今，从上而下，概莫能免。

月无常圆，事无全好。再强大的人，都有背后伤心流泪的一面；再圆满的故事，都有不得圆满的缺憾。

喜从天降，愿望得偿时需平心。但含蓄内敛早已流淌在中国人的血液里，从惊喜至泰然自不用学。需要着力平复的，是那些曾经留下的刻骨伤痕，那些横在心里过不去的人生难关。

平心，要体悟事理。就事论事，顺势而为。挫折比顺境更教育人成长。一种结束，也是另一种开始。爱也好，恨也好，对也好，错也好，不抱怨，不毁誉，留下一份真诚，留下一份祝福。得不到时，学会成全。天命、性、道，中正和谐，包涵别人的恶行，吸取别人的善言。关心蔬菜和粮食，关心大人和小孩，关心妻儿和老弱。逆境时，从细微处改变，化挫折为台阶，磨炼心性，不忘理想。

平心，要体悟心理。缓解人生的痛苦，从正视本心开始。不执取，不执念，不执着，不执意。外表是皮囊，富贵是过客，名声是云烟，一切苦恼都源于分别心太重。要降服妄心妄念，不要用自己的执着去硬碰这个世界。福田在心，智慧常生，自性不移。以内在理性去观机随缘，以平常心去遍观法界，则一切皆一，一即一切，来去自由，心体无滞。

平心，要体悟物理。知其白，守其黑，知其荣，守其辱，曲则全，枉则正。洼则盈，蔽则新，少则得，多则获。不自见，不自是，不自伐，不自矜。法天，法地，法自然。虽处低谷，却为攀高积攒力量。守住内心的清净，不动摇自己的本性。虽已失去，相信新的收获正在赶来的路上。

奋发

踔厉奋发是今年的高频词，以前一知半解，今天无意中看到了出处。它出自韩愈的《柳子厚墓志铭》，是韩愈为柳宗元写的墓志铭。文中评价柳宗元年轻时“踔厉风发”，能言善辩，旁征博引，学识令人叹服。踔厉风发和踔厉奋发，语义和用法略有差别，前者强调外在风采，后者强调拼搏精神，但都形容了一种积极向上的姿态。

看完出处，找到原文，重温柳宗元的一生，不禁感慨万千。

唐宋八大家的大名，从小耳熟能详，但是从墓志铭里读柳宗元的一生，发现以前没有好好认识，有三个“想不到”。一、去世时那么年轻，仅47岁。二、结局竟是客死他乡。三、活着时候被一贬再贬。每一条，都是生命中不能承受之重。

一面是宦海沉浮，一面是文以载道，当文人遭遇官场，文运和官运相逢，理想和现实碰撞，他们的故事比一般官僚、世家门阀兴衰更令人感怀。

柳宗元的父亲是从朝廷下到江南任职的县令。柳宗元是货真价实的官二代、学霸，天赋异于常人，才华折服众人，早早迈入仕途的快车道，一度引得人们交口称赞，公卿纷纷欲将这支潜力股收归麾下。韩愈所言的“踔厉风发”，正是形容这个阶段的他。后来，当权人获罪，他自己也被贬出京。到了地方，他反而了解民众疾苦，指导士子学生，做出了一些政绩。身处清闲之地，于诗文上也更加刻苦用功，留下不少名篇。

我想，在被贬的清闲日子里，他肯定也无数次这样回顾自己的一生。

高开低走，从云端跌入泥潭，他必然也学会了适应、改变，也曾奋发、作为。但纵向对比，终究没有再赶上年少时候那个“踔厉奋发”的自己；

横向对比，也比不上官至吏部侍郎、谥号“文”的挚友韩愈。

仕途不顺有很多原因，而韩愈在这篇墓志铭里总结得最好。年轻时候，他不看重和爱惜自己，认为功名可以一举而成，所以受到牵连而被贬。被贬后，没有贵人帮助，以至于客死他乡。如果年轻时候他能够谨慎约束自己，就不会被贬。如果被贬后有人能推举他，他也一定会被再次任用。

人生有节奏。很多东西，差一点，晚一点，就都不能如愿。说起来，还是年轻好，踔厉风发，灿如春光，不附加任何条件，短暂而令人永远怀念。

完美如柳宗元，集出身、才华、际遇于一身，却最终留下遗憾。平凡暗淡如我们，只能叹息一声，不要指望别的，多给自己加油，把握青春的尾巴，风发奋发，不累不倦。至于未来有多大作为、成就，那就是在命运手掌下，浴血奋斗、艰辛煎熬，或成或败、或好或坏，最终莫衷一是、一言难尽的另外的故事了。

知行

知难行易，还是知易行难，一直是辩论不清的话题。

就好比先有鸡，还是先有蛋，鸡、蛋本来是同一件事的不同部分，但是偏偏有人要刨根究底，排个先后顺序。

非要说的话，我觉得，是知难行易。

第一，所谓知易，是认识不深而产生的误解。当今从书本里、网络上，都能获取道理，学习成本看似很小，但学的大多是皮毛。一件事，即使如预料般重复一千次，但也只是个概率问题，不等于获得了真理。认识之旅是无穷无尽的，规律发现不尽，人无法预料，并不存在“知易”一说。

第二，只要能想到，就有人能做到。好比科学史上，相对论、引力波、量子力学，都是理论上发现以后，慢慢才被各种实验证实。虽然有的相隔几十年，但不管怎样，正确的理论都能被证明。不怕理论太超前，就怕理论停滞不前。不怕做不到，就怕想不到。

第三，“知难”比“行难”更难。知难好比走夜路，行难则是白天走路。毛主席不带枪，却是世界一流军事家。康德一辈子生活在家乡柯尼斯堡，他的思想却影响了整个西方。

行是知的来源，知是行的向导。困于人心比困于自然更令人难以接受。知性的发展，比行动的影响更大。和韩信点兵一样，求知上，我们也应多多益善。

见信

以前，相信一句谶言：心里有谁就会遇见谁。

这可能是由于心理作怪，过滤掉了不相关的东西。只有心里想的那个人出现时，才会引起注意。就像人睡觉时，听到自己的名字，会从睡梦中醒来。

从来都是，喜欢所喜欢的，讨厌所讨厌的。外界的一切都是自己内心的映射，从没有突破自己内心的限制，也很少真正认可那些认知范围之外的事情。

这种感觉支配了我许久。直到最近，有了新的体会：遇见什么就会相信什么。

很多次，别人劝我时，没有听进去。回头看，是自己太过狭隘、固执，后来很后悔。

没听进去的原因是，别人看到了，所以相信，于是告诉我。我没有看见，所以不信，于是错过。

这可能不高级，但是很真实。

那种“因为相信而看见”固然很好，但生活中更多的是“因为看见而相信”。

信念不是凭空出现的，而是从生活的土壤里长出来的。看过奇迹，才会相信奇迹。被好人帮过，才会相信人心之善。

另一方面，只有经历过挫折，才肯罢休关于胜利的念头。

很多人都以为自己能够超脱、超然，但最后其实都归于普通，归于法则。

不要否认自身的局限性，不必过度拔高精神的作用，不要被“我以为”支配，过一种“就是这样”的生活。

拂尘

时间一晃而过，志气被吹打，和春花同归于尘土。期间几次想奋然起身，于平凡生活中写下新篇章，但没坚持几天，一点小事干扰，就又冲淡了锐气，于是生活复归平静。

惋惜的不仅是时光，还有在波浪中逐渐模糊的明镜之心。此刻，在杂乱的时间湍流中，偶然抓住了心灵的青鸟。追随着青鸟的舞姿，在光阴之树的枝丫里看到了时间的流痕，重新有了一点清明之感。

浑浑噩噩的日子，太需要一缕清明了。

这份清明，在狂热时让自己冷静，在低谷时让自己看淡，在困难中让人拨云见日、看到希望，在骄傲时让人警惕危险、戒骄戒躁。

这份清明，让人和世俗保持距离、微微对立，避免沉沦欲望的海洋，也让人挑亮心中的灯火，在无边的黑夜里，为梦想再坚持一下。

这份清明，让人在摆渡中廓清海中迷雾，浪子可以回头，罪者可以得到救赎，人生还有回转之机。

但是，这份清明，像深山里的野鹿，你刚走近，就逃走了；像街上飘过的肥皂泡，只是路过，却不停留。

思想是一个暗室，人生就是一个不断点亮的过程，而在未亮之前，暗室已经成为灰尘的乐园。

脾气会反复，惰性会重来，气概会消散，技术会退步，长期是这样，短期里也是这样。灰尘多了，好多想做而未做的念头，便不再闪闪发光，人生便陈旧了。时时勤拂拭，勿使惹尘埃！

小浪花

日前读到一句话，即使在低潮时期，也有几朵小浪花。

人生分成不同的时期，有高峰有低谷，开始时我对此并不相信。我相信的是，人生是一条曲率为正、昂扬向上的曲线，而不是有高有低、起伏向前的波浪线。个人决心一以贯之，信念贯彻到底，由此决定了曲线的上升快慢。

换言之，在这条上升的曲线里，本心不变，每一个点，无论对错，都是值得的。永远站在自己人生的最高点，不断推进所认定的目标，不畏惧，不退却，不悲伤，上下求索而九死不悔。

但时间推进到此时此刻，我突然意识到，在被动适应每一个到来的困难时，环境中集中出现的新事物和自身急剧改变的想法，已经显示不知不觉间来到一个低谷。

生在和平年代，没有见过浩浩荡荡、顺之则昌、逆之则亡的运动浪潮，经常听的是水星逆行带来短时的诸事不顺、情绪低落。

但细细想来，人和客观事物一样，确实存在高潮和低谷。既有乾卦所表征的“元亨利贞”，养精蓄锐，自强不息；也有否卦的“否之匪人，不利”，道路堵塞，需要以德辟难；还有既济卦的“亨小，利贞”，食物已熟，事情水到渠成。

不同时期，人的体验不同，环境对人的要求也不同。高潮需要的是勤奋、谨慎，朝乾夕惕，一日三省，低谷需要的是忍耐、坚持，潜龙勿用，努力耕耘。

低谷时期，剥离了权力的影响、外界的光环等，自身不显赫、不发光，更能看到事物真实的面貌、力量、趋势。

低谷时期，没有了外界的压力，人松懈了，容易荒废。随波逐流的盲从当中，偶然清醒一回，感叹光阴似箭，因而比高潮时更看清时间真正的流速。

低谷时期，不必急于求成。事情做不成，可能是能力不足，也可能是条件不具备。适当转变目标，努力完成一些不那么即时必须、但长久重要，平时一直想做但有心无力去做的事情。

偶尔有成功，也算为低谷浪潮装饰了一朵朵美丽的小浪花。

青年感

如果说，少年感是一张清瘦的脸，穿着宽松的T恤、洁白的球鞋，踩着轻快的步伐出入校园时，流动在眼睛里的清澈、潜藏在意识里的机敏、流露在举手投足间的率真。那么，青年感是什么？

我形容不来，但是我知道，现在很多青年没有青年感。

缺乏朝气。力量被各种娱乐消磨殆尽，早早地脱发，总是没有精神，皮肤、眼睛都没有神彩。

不爱来事。习惯于按部就班，不喜欢拔尖，不喜欢招惹是非，不喜欢狠厉，不喜欢争吵，不爱和陌生人说话，很文明，做事平稳圆滑，时常瞻前顾后。

太过文静。也许是学习太久，“圈养”时间太长，不爱运动，不爱出力。身子沉，就习惯于坐着，窝在那里，变胖，变圆，大腹便便，能潇洒地打一个全场的很少。

意志松弛。经常下不去决心，下了决心，又不肯去做。对新鲜的事情视若无睹，对生活的挑战失去兴趣，缺乏那种愈挫愈勇、顽强拼搏、彻夜不休的精神。

五四前后，看到了很多优秀的青年，也重温了过去的热血年代。其实当今时代也不乏优秀的人，光芒万丈的人。

很多时候，是我们看待人的眼光、所处的位置，决定看到了什么样的人。终其一生，我们大概率不可能超脱自身的局限，注定不会很优秀，更不会光芒万丈。对时代青年只能崇拜、向往，只会是孙少平、孙少安、田晓霞，而不会是英雄和明星。

但是，青年感也不在于成功光环的映衬，而在于很多生活瞬间所展现的美好。

青春靓丽的外表，是青年感；敢想敢干的心气，是青年感；对新事物的敏感，是青年感；对美好河山的热爱，是青年感。青年感是每一段青年时光的内禀之物。

少年是一首诗，写满了光怪陆离的情感。而青年则是一篇散文，明明百感交集，写出来却平平淡淡。

走进每一颗看似平淡的内心，在每一个或明或暗的角落里，都能找到那不曾放弃而暗流涌动的念头——成熟只是伪装，拒绝变得世俗。

在这个属于青年的节日，青年的许愿也许会实现。那么，真希望，永远年轻，永远是青年。

相对论

中学物理告诉我们，世界是由物质构成的，物质的最小单位是原子，大到星辰，小到尘埃，甚至意识，都受物质规律的支配。

我一直以为世界就是这样。

后来，再继续学习，知道原子可继续再分，还有探索不完的更基本的粒子，甚至学界对是否存在最基本的粒子都未全部达成共识。

于是知道，微观世界里，原子之间是有空隙的，不可能压缩到紧挨。宏观事物也是如此，也许人是一份份的，就像面包片。有的物质是没有质量的，比如光子。能量和物质是相互转化的——所以当能量转化为物质时，就像无中生有。

时间、速度、质量、振动等基础科学观念，在极端条件下如此反常识。没有绝对质量，只有惯性质量，没有永恒不灭的物质，只有能量场。时间看似永恒流逝，但未来如果人类破解了时空技术，也许可以返老还童，回到从前。未来的人眼中，世界又是什么样？未来人看我们，可能跟我们看原始人一样吧。

我不研究物理，只是有感于科学给人生的启发。

自然需要说明，社会需要解释。

科学世界里，不断探索，就能不断进步，发现更加精确的理论模型。牛顿力学进步于金木水火土五行，相对论进步于牛顿经典力学，量子力学进步于相对论。新的理论，总会把旧的内容囊括、取代，人类于是不断地接近宇宙的终极真理——如果有的话。

但人类社会不是，至少不完全是。社会契约论不比儒家文化更科学，德先生和赛先生也没有把全世界的宗教、思想完全统一。

两个人生物基因的差异，也许只是万亿分之一。但两个人思想的差异，像两个恒星群的图观一样巨大。

人不可以计算。你不知道他会怎么想，更推导不出他会怎么做，很难感同身受，很难设身处地，很难换位思考。

少年时，最爱莎翁的一句话：我可自闭于胡桃壳内，却自以为是宇宙无疆界之君主。

很自我，排他。仿佛我即宇宙，心外无物，也因此经常孤芳自赏，不顾一切。

现在，时空转化。领悟到，其实人类多么渺小，核桃壳多么脆弱，宇宙多么浩瀚，坐下来，理解他人多么重要。

自然科学的工作，是探索建立一种理论，以此说明世界为什么是这样。

人的工作，是以理解为前提，理解他的想法，继而考虑我的行为于他会有何种反应。

人人平等。不同人的理念，不是不同理论之间的分别，没有谁强谁弱，没有谁是谁非。

想要真心的相处，靠人品。想要长久的情谊，靠理解。想要别人的尊重，靠实力。有了人品、理解、实力，还会有讨厌你的人，想错的事，这无法避免。倾尽一切，仍不能如愿，最后只好和自己斗，和胜负心斗争，和荣誉心斗争，和失望与沮丧斗争，通过剧烈的批判以至臻境。

如果人生必须有一种理论的话，我想，那应该是一种相对论。

这种相对论是：不要太在意环境，因为环境是相对的；不要太在意自己，因为宇宙并没有以任意一点为中心；不要太在意暂时的成败，因为最终赢才算赢。

勿意，勿必，勿固，勿我。把人生当持久战，以空间换时间，积小胜为大胜，不计较一城一地的得失，积攒有生力量，最终消灭敌人，取得战争胜利。

至于什么才算是回顾一生的最终输赢呢？每个人有各自理论下的答案吧。

答案之书

有一个香客，到庙里拜菩萨。突然发现，有个人和菩萨长得一模一样，也在顶礼膜拜。

他问，你是观音菩萨吗？那人说，正是。他又问，那你为何还拜自己？菩萨道，因为我知道，求人不如求己。

看过一本书，叫《答案之书》。

厚厚的，第一页写着“别失望”，最后一页写着“空想”。

其实，这本书像是一个工艺品，里面并没有任何答案，只是引导读者去正视问题，靠自己解决问题。

以前，有很多问题。宇宙是什么样的？时间能不能倒流？人性本质到底是善还是恶？公平和正义哪个更重要？为什么说病毒不死？声音怎么被录入又被还原播放出来？

最开始，似乎每个问题只有一个答案。后来，看的书多了，答案变得五花八门，每种理论都会给出一个答案，并且告诉你仅供参考。

于是，很长时间内，我都在寻找这些问题的答案，幻想有一种记载了终极理论的答案之书。

不断在走，得到的问题要比答案多得多。有的问题，想着想着，就随着那种爱问问题的天性消失而消失了。有的时候，问题比答案来得更多，更快，更密集。别人的一句话，一个观念，一种感情，就是一个题目。仔细回答，完善答案，需要长期的时间。

知识越多，越觉得缺乏一种判断一切真伪、对错、是非的智慧。因为，不怕犯错，就怕自己想不到根本原因在哪，导致一次一次地去重复错误。

常自问，如果老天为我时光倒流一次，选择倒回哪个点呢？想了许久，觉得不存在一个必须去重新改写、从头再来的点。

潜意识里不仅糊涂，而且为自己强行找到了理由：一切选择都是在没有办法的情况下，根据当时的现实和自己的意愿所做的决定，不改变行动背后的逻辑，即便再来一次，历史还是会重现。这些谜题尽管没有答案，但解谜付出的努力却让后面找到答案成为可能。

走着走着，来到中途，内心的感受变得很强烈。

对很多问题，不再抱着随缘的态度，问题答案就慢慢清晰起来了。

以前，能看到普遍的道理和问题，现在越来越能看到自己在事物中的作用，更加知道自己应该做什么，不用做什么。

不仅通过分析，看到了事物之间的联系，更通过行动，看到了事物之间的互动、应激反应。问题之书的最后，有的写着“答案有误，请重新作答”，有的写着“答案正确，请继续保持”。

人生的试卷，无解的东西太多，只有参考答案，没有标准答案。最终的评价不唯分数，而是看总体的水平，看驾驭试卷的能力。就像是这个系列的短文吧，有一种领悟、一种冲动、一种自觉，催促着我改变自己，将长期积累的关于这个世界的万物之间和万物之解倾诉出来，写出与以前不同的答案来。

那本书确实没用。本想寻找万物之解，最后原来方法竟是问自己。

不过，这可能恰好就是答案之书的作用吧——给你一本书，你要写自己的答案。

无成有终

时下有句流行语，功成不必在我，功成必定有我。讲的是，人要有作为，但不可贪功、急于当下见效、刀下见菜。

《易经》有句话，意思与此类似：“六三，含章可贞，或从王事，无成有终。”含章可贞，意思是月亮全满，放射光芒，前途一片光明。无成有终，意思是不当成功，以终其事，尽力把事情办好，不求自己有多大功劳。

人生有两种成功，一种是短期的，一种是长期的。短期的成功不是真的成功，长期的成功才是真的成功。无成有终，就是要追求长远而不在当下。

毛主席《七律·和柳亚子先生》中写道：“牢骚太盛防肠断，风物长宜放眼量。”遇到不顺心的事情，牢骚发多了，有碍身心健康，对一切风光景物要放开眼界去衡量。

和人争吵，争赢的瞬间，会感觉到后悔。为所爱付出，当下是苦的，回味时是甜的。故事里，蟋蟀夏天沉浸于歌曲，秋天到来时就饿死了。俗语也说，以后的你，会感谢现在拼命的自己。

有个亲戚回顾人生时，感叹说，人生做成了一百件事，但是一件事没做好，也是失败的。人生失败了一百件事情，但是一件事做成了，也是成功的。这件事就是子女的教育。

很多事，所有人都在做，但堪称成功的毕竟极少。不止教育，事事都要有无成有终的精神。

后知后觉

最近，夜景甚好。

月轮经过窗前，平稳，永恒。在这城市的夜晚，悄无声息地造化世间。

沿着河岸走，清风徐来，人也变得耐心、平静。

同一缕月光下，经多少次的仰望，才后知后觉发现，原来人生会有这么多的感悟，原来每一次的感悟都不尽相同。

人要经历两种时间。

一种是外在的，这个时间通常很快。一秒钟等于光在真空中传播299792458米所需的时间，等于铯原子基态的两个超精细能级之间跃迁所对应的辐射的时间。

一种是内在的，由情感情绪支撑。这个时间通常很慢。内心越敏感，自我要求越苛刻，内在的时钟就走得越慢。

一直沉溺于内在的时间刻度，这才发现，外在世界里，很多事情已经过去那么久了。

行走在水畔。

第一次，我想到，在山水之间，要做的不是棱角分明、垂立世界的山，而是水，包容一切、从而伟大的水。

所有快乐和不快乐，都是通往自身更为深广境界道路上的铺路石。所遇到的一切人，都是人生浪潮里不停留的涓涓细流。她来，你要往前。她走，你还要往前。

痛苦，是感情的本质。相欠，是社会关系的基础。想还的，总是那些还不清的。遗忘的，其实是一些过分关注的。

不要悲伤，不要气馁，不要放弃，不要止步。

行走在月色中。

思君如满月，夜夜减清辉。

曾经，与恬淡相比，喜欢浓烈。与节制相比，喜欢尽情付出。与保留相比，喜欢一往无前，奋不顾身。与分心多虑相比，喜欢专一，一以贯之。

现在，已经忘了，曾经是哪个当时，将来是哪个现在。

已经忘了，烈酒的滋味，付出的感觉，奋不顾身的冲动，一以贯之的执着。

中庸的法则，人与人的礼貌，防备与戒心的共同作用下，纵使感情依旧，但是作为一个合格成人的自觉，已拒绝将其与人分享。

行走在时间里。

种一棵树，最好的时间是在十年前，其次是现在。这就是时间的答案。

每个人，只能过一时一地的生活，进行一人一世界的人生。钱再多，一日只三餐，房再大，睡觉只一张床。

定乎内外之分，辨乎荣辱之境。环境越复杂，越要知道人生的圆圈界限在何处，哪里是圈外，哪里是圈内，哪里是圆心。

当满脑子都是成功，脑中只有成功二字，而不是如何做好当下时，结局都是以失败居多。

听一个画家自述过：我不正常，而且我认为自己不正常。只有打心底里认为自己不正常，才能在作画时表现得不正常，这样我的画才有区别于别人的特殊性，才更有欣赏的价值。

这份后知后觉，这份经毁灭又重塑之后重得的淡然，也是我之于写作的不正常之处吧。

往而不还

太多东西，往而不还。

譬如亲人。

父母亲情，虽长又短，如河水东逝，昼夜不停，又如白驹过隙，恍若经年。

一日为父为母，事情接踵而至，忙完儿子忙孙子，忙完孙子盼重孙，往往只留不待的遗憾。

曾子说，父母不在时，拿几头牛祭祀，不如在世时的一只鸡。他是这么说的，也是这么做的。刚从政时，俸禄微薄，但拿来孝敬父母，却感觉很多，十分高兴。后来，在楚国为官，位高权重，前呼后拥，却经常北向而泣。最终，想到家贫亲老，索性辞官回家。这也就是他以孝著称的原因吧。

譬如爱人。

情深不寿，慧极易夭。过犹不及。爱太满会厌倦，没爱够会一直想爱。

汉武帝宠妃李夫人美貌绝伦，诗称："北方有佳人，绝世而独立。一顾倾人城，再顾倾人国。宁不知倾城与倾国，佳人难再得。"

李夫人病重，汉武帝亲自前去探望。她蒙着被子一再辞谢，不肯见面，皇帝不欢而去。

别人不解地问，你为什么不在临终时见一面，请求陛下照顾你的家人？

她解释道，以美色事人者，色衰则爱意松懈，爱懈则恩义断绝。陛下之所以还能念念不忘来看我，正因为我平生美好的容貌。现在如果见到我容貌毁坏，颜色非故，一定会厌恶抛弃我，更不会在我死后怜惜我的亲人。

不久，李夫人去世，汉武帝因思念不已，做法招魂，写诗寄托，大封其家人。

譬如兄弟姐妹。

棠棣之华，鄂不韡韡，凡今之人，莫如兄弟。

古代有兄弟俩，为了分家争吵不休。出了门，看见三棵荆树根部相缠，上面树叶相接，连成一片。兄弟二人感叹，连树木都喜欢聚在一起，而自己却如此不通万物情理，于是又和好如初。

爱出者爱返，福往者福来。常思往来，常有福报。

春天里

前一阵，太阳与雨雪展开拉锯战，乍暖还寒，时冷时热。最近，两者终于决出了胜负。天，持续变暖。春，来到身边。

忙碌之余，回归自然，体会初心。这应该不是我一个人的愿望，也是很多人共同的愿望。平时事多且急，但凡有喘气的机会，都想钻进大自然里放松一下。

去年的冬天感觉很长，所以春天来的时候，走在路上，江水如蓝，碧波盈动，感觉格外美。小草从砖缝中钻出来，桃花渐次开放，柳树每天生长，春天跟小娃儿似的，一天一个样。这个城市也一直在变，不停地建设，显示着蓬勃的朝气。

与之相比，自己反而好像被留在了旧时光里。

小时候，时间过得很慢，所以任何简单的心情，任何微小的愿望，都会被时间效应所放大，成为一种无比强烈的感受。

一路走来，前置了太多东西。很多事情都在不经意间过了，有的愿望没能实现，有的以另外一种方式满足了，很多大的感受变小了，很多小的感受没有了，很多遗憾都不再成为遗憾，很多感情都不再成为感情。人变得讷于表达，麻木了，不真实了。

觉察到这种不同，是进步的开端。而一切进步都需要时间和空间，这就是年轻人的可贵之处。

所以其实也没有什么好矫情的。楼下的狗在叫，外面的车在跑，广场的风筝在飘，春山可望，一切安好。

遇见爱

看过一本小说，名字忘了，只记得是一个摄影师和一个家庭主妇萍水相逢的故事。

麦浪翻滚，草木清香，云蒸霞蔚，长桥卧波，落霞与孤鹜齐飞，秋水共长天一色。他用长筒镜头记录人间胜景，无牵无挂，不用合群，不怕社恐，养只狗做伴。

所谓爱情，就发生在这种不合适的时候。他孤孤单单的，只是借口水喝，就误入了爱情的歧途。浮萍相逢于流水，终要相别于流水。在不合时宜的时候发生爱情概率很小，但发生了，处理起来依旧麻烦。

两人隐瞒着相爱的秘密，相继老去、去世，直到子女翻开书信，才发现了这段恋情。

故事不长，一笔收命，烟消云散。一切好像被封存了，凭空消失了。虽然子女含泪重温的赘笔可以聊以慰藉，但没有刻画后来的时光终究是很大的遗憾。

发生在过去，相见时难别亦难。若发生在现在，这种爱情故事恐会改写。在亿万种可能性中，有一种是，在记忆的风筝早已脱手很久以后，有一天忽然无端想念得紧，遂拽了拽那条早已断了的线，空中飘荡的风筝却正好落回脚边。

女：最近怎么样？

男：就那样，没什么变化。

女：还是一个人？

男：和小狗。

女：我呢，有变化吗？

男：字里行间，有种熟悉的感觉。

女：原本想，如果你过得好的话，幸福的照片中，可以给你一点祝福。

男：我找找。

女：不想看了，拉黑提醒。

男：什么？

女：八十岁再说吧，互相问问还活着没。

(红色感叹号)

爱情故事里，有很多伦理学命题。这些命题，往往超越感情本身，启人思考。什么应当，什么不应当，都无法脱离一定的语境。生活如此，小说世界亦是如此。

如果钻牛角尖，传世的经典爱情故事都将不再成立。祝英台女扮男装，牛郎偷人衣服，织女私自下凡，许仙受妖怪蛊惑，白娘子屡次行窃、水漫金山，罗密欧杀人，杰克挖人墙脚，都将是可怕的黑历史。

由此追究起来，孔雀东南飞中焦仲卿的懦弱，凤求凰中司马相如的贫寒和后来的薄情，长恨歌中李隆基作为帝王的无情和享乐，红楼梦中宝玉的多情和黛玉的矫情，所有的爱人都不完美。

但终究，我们并不想去读美貌兰芝嫁给县令之子，司马相如一辈子默默无声，唐玄宗成为另一个明孝宗——也许你从未听过——只有一位皇后的专一帝王，宝玉和宝钗夫妻同心、振兴家族的故事。那样，我们所听到的就不像是爱情，而是好儿子、好丈夫、好妻子的夫妻恩爱、婆媳和睦、事业有成、家庭兴旺、国泰民安的童话了。

我并非悲观主义者，但实实在在感受到，人生悲喜成分并不平均。

看似身边幸福的人很多，但适当把视野放宽，就会发现，有的人天生缺陷，有的人遭受疾病，有的人辛劳到老都无幸福可言，有的人得到一些却承担更多的失去。

人世间，没有一成不变的童话，只有天天上演的故事。

故事中，我们都扮演着不同的角色。演着演着，从天天哭到几十年哭一次，从群星璀璨到暗淡陨落，从初生牛犊到变成“孔乙己”“闰土”“于勒叔叔”，慢慢都忘记了最初的那个自己，变得不那么像自己。

鲁迅先生做过一篇演讲，主题是“娜拉出走之后会怎么样”。作者没有交代，但读者还要继续探究，我们还要面对和回答。

曲终人未散，征途漫漫，道阻且长，唯有奋斗。

在奋斗途中，总有一些名字，纵然经过时是一片黑暗，但经百般斯磨后钻取出的燧火，会长久照亮前程。

二十四桥仍在，波心荡，冷月无声。

只要想起那段时光，就可以与这片承载过羁旅之人的湖水重逢，有了抵抗痛苦、向过去辞别、向未来进发的勇气，心永远会是暖的。

有一个名字，无论什么时候回忆，都是无比温热的。

过去点滴，都是圆满人生的一种过程，无论遗憾或是悲伤，都要升华成为面对未来的一种智慧。

不仅大团圆的爱情故事，夫妻恩爱、事业有成、家庭兴旺、国泰民安，一切一切，都有所缺憾，无法强求，只能当作追求的过程，而不能一心奢求得到结果。无论上升还是下降，不管顺利还是坎坷，都要尽力而为，有所坚持。

第四卷

原情

农民

1

在很长时间里，“你是哪里人”，都是一个缥缈的问题。

每次想起这个问题的答案，我的家乡，石槽沟村，它在不同时期给我的感觉并不一致。

小时候，石槽沟仅指特定的山山水水，只有外延，没有内涵，是具体的，唯一的。它是山，更是山上的桦树；是水，更是水中的鲶鱼；是风，更是风中的野菊；是土，更是土中的红薯。并非家乡的桦树、鲶鱼、野菊、红薯长得有多好，只是一种从小到大的天然认知局限了我的思维：家乡，和家一样，不是一个可以扩大的存在。

我想知道地名中的“石”是哪块石，“槽”是什么“槽”，“沟”是哪条沟。关于地名的传说，村里老人知道，但我是小孩，小孩不知道。

于是，石槽沟只在那小小的山窝窝里。走过一两个弯，就不再是我的家乡了，就到了毛河村、红庙村、试马寨……在别处见到了桦树、鲶鱼、野菊、红薯，都只是他乡的事物，与我无关。

后来，见识的地图跟着上学的足迹而被打开，原来只存在于理念中的地理知识照进了现实。到镇上，才知道一个镇有那么多村；到县城，才知道一个县有那么多镇；到省上，才知道一个省有那么多县，一个国家有那么多省市。

也开始思考，家何以是家，我何以是我，家乡何以是家乡，哪些东西是别的地方、别人所没有的。

一路走，一路看，一路问，小时候所喜欢的事物一一都被排除了，没有什么所谓的“方物”。桦树、鲶鱼、野菊、红薯之外，山上的黄羊，空中的喜鹊，河里的白鱼条，树上的叉八果，都是再常见不过的事物，不必再去追问到底是哪块石、什么槽、哪条沟。在生活的圈子里，各地都是一样的山村，有一样的池塘，一样的少年。

不仅现在如此，从古至今都不特殊。翻遍地方志，没有悠久的历史，没有伟人的历史人物，找不到一个专有词条。不论是我，还是家乡，在这个尘世，实属渺小的偶然的存在。

后来，村子被撤并了，从官方行政区划中消失了。这个答案，就更不重要了，也更加缥缈了。

原本，至此，此事可以终了。但是，在许多场合，当别人问我是哪里人，潜意识里，我还是倾向于思考最原始、最小、最不可分割的那个点。当遇到别的人生难题时，这个答案也作为其他答案的基础，不得不认真回答。

2

通常，理性和感性在结果上是统一的，理解的事物才有感情，没有感情的事物不会尝试去理解。但亲情不是，家乡也不是，它们要人无条件接受，可以不认同，但不能排斥。

对，我指的就是农村最苦的那部分。挨饿，受冻，奔波，争吵，害怕，委屈，无助……太多时候，单一的问题，都让人难以承受，然而它们却经常同时到来。

我的亲戚都在农村，都是农民，或者过去曾是农民。我看过他们冒着风雪出门，顶着骄阳干活，牵过他们粗糙皴裂、关节突出的手，听过他们酒后宣泄的人生种种自得和遗憾，这些亲戚的总和，就是人世间。

在这个人世间，每个人身上都有苦难的踪迹，那几乎是他们人生的主题，所影响、所形成人生总是不完整的、不幸福的。命运从不待人以好运，亲情也并不总是温柔，每个人习惯于拿最好的一面对外，拿最坏的一面对内。于自己，从没想过享福，总是多创造一些希望，寄托在下一代，寄托在后人。于另一半，爱人爱得笨拙，大多在吵吵闹闹中度过一生，年轻一点点的浪漫都随青春过去而埋藏心里，永不翻起。于邻里，吵不完，争不尽，又搬不走，绕不开，没法快意恩仇，没法真正老死不相往来。于兄弟姐妹，只能先照顾自己，再看是否有余力，不是倾尽一切地无私帮助，而是细水长流地相互照应。

在这个人世间，每个人都拼命努力，但是命运在很长时间里没有因此改变。和其他人对比，艰苦的生活方式让人质疑，让人想逃离。

当理想的光映照出现实的灰暗，我最先以为是现实的问题，一切必须从改造现实开始。一度想，这人世间不会是生活的答案，更不会是幸福的所在。因为，幸福本身应该是一件很快乐的事情。我要超越，也能超越，我也会超越。

3

真正有了答案，是在工作之后。但有了答案之前，是先有了问题。

我是农民的儿子，在农村长大。人之初，混混沌沌，对外界的一切谈不上有什么认识，只是在感受、接纳，所见即所得，被爱即所爱。

读书的过程中，离开农村已经是时代的主流，我也开始背离农村的道路。随着学业的前进，对城市的向往和体认加深。且不论父母望子成龙的朴素心愿加压，自己亦曾存有一个对自身的完美期待，而这个期待是基于城镇化的，自认为不会像祖辈一样劳命一生。

这一天的到来是缓慢的。在提供了丰富的田园乐趣的同时，农村也涂抹了辛苦劳累的生活底色，城里娃的洒脱、聪明、见识时常让我感觉到自卑。出身贫困家庭的孩子不会有很强的成功欲，追求安稳、小富即可贯穿了父辈奋斗的一生，也自然地为我的理想天然划出了层次与界线。不关心外界的千山万水，只关心身边几米内的事情，习惯山，也厌倦山，渴望幸福多一点，多一点就行。

但是，愿望真正实现的一天，我却看到了不同。

大学毕业，回到家乡，久别后的回归，感觉故人如新。山水，亲人，自己，慢慢构成了我认识的客体；而家乡，也才成为人生的课题。

县城生活已与少年理想南辕北辙。重构生活的最重要一课来自亲人。

每次行人情，跟亲戚坐在一起，听家长里短，感受世界之小，主题之简单，人生之神奇。原来毫不重要的东西，在他们的唠叨中都变得重要了。那些规矩、道理在经过思想层面的分析和认同后，都形成了牢不可破的自然体系。他们对农村的感情和牵挂，也渗透传递到我的生命里来。于是，我在一个个事件上重构认识，做了现实的降臣，理想的叛徒。

体认，不断在发生。与之前不同，慢慢忘怀那些独享的抽象的乐趣，开始关注身边普遍的具体的人。

很多儿时玩伴都各自成家，再见时都已开着车、抱着娃，没了少年模样，进入了新的角色。相形之下，自己迟迟不入潮流，显得十分怪异。

一次过年，放假晚，三十早上还滞留在城里。母亲联系了邻家的男娃，让他带我回家。我来到他店里，两口子忙着卖饺子皮，浑身粉扑扑的，叫我先等一会儿。中午十一点多，陆续还有人来，他拒绝道："不做了，回家了。"印象里，彼此还是小孩子，忽然就成家成室了。

见到一个同岁的男娃，他说："上次我去上坟，给你爷坟上也烧了纸。"我特别感动，也特别惭愧。有时候，只是在朋友圈里看到他的动态，没有主动去问。不知道他人在家里，还是在外面。

在村里，爷爷一辈的人，按辈分我都叫舅爹。大前年回家，奶奶一只耳朵突然耳背，我耿耿于怀，觉得时间好残忍。去年回家，到邻居舅爹门口，发现舅爹也听不清了，才发现时间对每个人都很残忍。

结婚—生子—生病—衰老—去世，世事如流水，一程又一程。重新认识身边的人，少年时代的一切像一封尘封的情书，写满了爱意，却错过了寄送的时机。

4

工作后，童年愿望一一实现。生活中，多了一些美好事物，也多了许多不得不面对的痛苦，于是经常沉浸在自我感受中。遇到难关，难以下咽，靠着毅力下咽；坚持不动，靠着本能坚持。不知道曾经期待的东西有没有到来，或者，是否来了又走了。

近年来，一直在外地。即便是在县城的时间，也很少回老家。

故乡和家乡原本不同。故乡，是指抛却了与家乡的关联。如今，人在外，能为家里做的甚少。在回去越来越少的情况下，我感觉家乡越来越像是故乡了。

走过他们曾走过的地方，跨越他们曾经不可逾越的困难，进入他们曾经梦想的地方，时常感觉到一种幸福。更体会到，幸福不是一种简单的快乐，而是甜蜜和心酸各半、快然和委屈同在的混合物。

痛苦像一杯烈酒，总想快快地咽下去。事后，苦涩消失，才发现，那种灼烧滚烫的滋味也值得铭记。今天，那些苦难大多已经飘散，偶尔记起，却都过滤了苦味，只剩下一种甘甜。

经常想，夜间睡在深山，听到狼叫，害怕了怎么办。经常想，挑两桶漆，走几十里路，到集市上多么难挑。经常想，砍柴不小心砍大腿上，血直流，那么疼，是怎么忍住的。经常想，出门在外，遇到坏人，钱被抢了，人被骗了、打了，是多么惊心动魄。经常想，爷爷年轻时，一个人养活一家十多口人，是怎么熬过来的。经常想，以前的学生，整天饿着肚子，家里没钱供应，是怎么考到第一名的。

思考着，理解了以前所不能理解的事物。

以前，总感觉农民的感情不如城里人浓烈、炽热。其实，不是不懂，而是不具备条件，经常奋不顾身，也就不想多余的东西。如今，条件具备了，想与不想就成了主要问题。这也督促我继承前人的想法，承担自己的使命，完成一切他们想做但是做不到的事情。

以前，总觉得人生的价值只能通过成功去证明。其实，成功不仅是外在目标实现的过程，也是自己了身达命的过程，更是帮助别人实现价值的过程。于我自己，就是最好的例证——曾经身陷迷惘，所以希望成为一个能帮人走出迷惘的人。

以前，总认为围城之内千般好。其实，自然的，合适的，就是最好的。大白若辱，大方无隅，大器免成，大音希声，大象无形。自己认为好的，只是自己给“好”做了一个限定，再用这个限定去回答与印证。

前进过程是艰辛痛苦的，后退过程是轻松舒适的。过去的一切，都不能作为今日进退的凭据，因为昨天和今天是不同的。都是自己的人生，没有对比，无须对比，没有好坏，无好无坏。

5

近年来，再度回到农村，经历完整的春夏秋冬。蘸过尘世酸甜苦辣后，这个朴素的白饼吃起来别有滋味。

农村是一个加法的世界。农民身处物质缺乏当中，所以把物质自由当作最大目标。生产生活效率低，处处受限，意外灾祸又时不时像洪水一样将一切付出卷走。在这种条件下，或许有意外之喜，但是没有一蹴而就，一切获得都是建立在日复一日、水滴石穿、功不唐捐的基础上，所有成就表现为一件件具体实物，表现在核桃里，小豆里，柿子里，花生里，收进蛇皮袋中，堆在楼梯处，挂在墙上。

城市是一个乘法的世界。灯光解除了太阳的限制，可以 24 小时运转；公路解除了交通的限制，人可以无限流动；机器解除了效率的限制，人可以突破极限。人和人相乘，人和物相乘，汇聚了无数摩天大楼，也让每个人不自觉成为恒河之沙，更加渺小、无我。一切都被量化了、数字化了，拿到手里的只是钱，甚至只是屏幕里的数字。

发现，自己虽然行为模式已经城镇化，与周围人看似无异，但是在这山山水水当中，所获得的安全感和充实感与别人不同。在商品经济的洪流中，我永远排斥最基本的市场原理：金钱可以买卖一切。我永远在寻找人与人、人和物具体的相通的地方。

发现，在一切差异的背后，人们都在做同样的事情。不同的人，在不同的环境里，体验一番生老病死，爱恨情仇，完成一件件人生大事。在终极拷问前，一切都变得简单而清晰。而中途，都在一个个关口衡量应当与不应当，值得与不值得，追求心中的道，并愿为之挺立精神。

记录的当下，我突然想到，自己对那些童年没有得到的事物，有异于同事的执着，已经超过了现实的需要。

所谓方物，不是某种实在的东西，而是一种精神。它不是在山川事物上，而是在人的身上，在亲戚邻居身上，在如今的我自己身上。

我是个天资一般、情商很低又极其固执的人，能够勉强向前，不是出于个人意志所向，而是为家乡赋予的精神不断激励着。它超过时空，早已融入内心，成为外界人看我的一个标签，也是我为自己所选择的精神道路。

6

黄土风沙再美，美不过绿水青山。河里鱼儿再肥，肥不过海中鲸鲨。

但是，任何经历都是财富。人在极限处所展现出来的耐力、韧性，是人生路上永恒的风景。这并不美，也不好，但这是一首关于人性的颂歌。

黄土地孕育出来许多伟大、可歌可泣的事迹。在离开农村，提升生活品质，追求舒适人生的同时，不要背离农民的精神。

无论何时，增强自己的韧性。对贫困，对意外，对难以接受的东西，踏踏实实地接受。因为，极限之外，只有忍受，其他都是无效的。

每个东西都一个原本的价值，一个不会被金钱放大或者缩小的价值。这个价值，通过物物交换，人与人的交换所实现，是不能直接用金钱来衡量的。

是的，我和自小在城里长大的人不是一类人，也不必成为一类人。一切农村的事物都扎根在我心里，我是农民之子。我是我，我也是山，也是水，是桦树，是鲶鱼，是野菊，是红薯，不用害羞，不用胆怯。

当整个人沉浸在精神的幸福和物质的充裕中，任何需要可以轻易地被满足，当内心不再一次次被质疑，历经千辛万苦而终有所获的惊喜感平静地消失，也都同时失去了进步的契机。但农村的经历，让内心随时都有不同的选择，永不停息，自我提升，继续完成过去、如今、将来的一切课题。

宿舍

1

工作前两年，我住在宿舍里。楼是新盖的，入职一个月后才粉刷好。那个月里，只好先在亲戚家借宿。每天五点多起床，晚上十一点下班，亲戚大多睡着了，我轻手轻脚地进出门，害怕打扰，却不得不打扰。

宿舍可以入住后，我第一时间搬了进去。二十来平方米的单间，隔出了厨房、卫生间，一个人住正好。

初出象牙塔，独立生活是一个全新的课题。我从楼下商店买了套扫、拖把和抹布，笨拙地爬高上低，清扫装修遗留的灰尘。打扫干净后，骑车到城里，购置好看的锅碗瓢盆，挑选爱吃的水果蔬菜，回来便开始生火做饭。

一旦开灶，生活就有了烟火气，宿舍就像是一个家了。最初，里面东西很少，待安定下来，日子渐久，房间像是被施加了复制咒，各种东西不断增殖，房间越来越满。

对男的而言，增殖也许还不明显。工作结束，疲倦地回来，一张床足矣。但对周围女同事而言，生活是一连串的连锁事件，房间像是被施加了双倍的复制咒。隔三岔五，她们逛街回来，为宿舍补充空调、冰箱、热水器，以及各式厨具、洗漱用品，在方寸之地打造出温馨的小窝。

每天上下班，我沿着过道，走过一扇扇房门，瞥见大家房间里陈设越来越丰富，生活越来越私密，仿佛穿行于若干个不同的世界。

半年时间里，起初大家敞开的房门慢慢地变成半掩，久而久之关闭起来。

隔壁无人居住，我成为一排宿舍的末端。无人打扰，无拘无束，虽然习惯敞着门，却和其他人一样封闭了内心，闷头过着一段只对自己负责、给成长以答案的时光。

2

那段时光，又忙又慢。

世界于我而言是静止的，根据物理法则，我的速度就等于了世界运行的速度。而我一直是后知后觉的那个，所有人都在奋力前行，我却止步不前。

住在顶楼，门外有宽阔的视野，喜欢靠在阳台上远眺。

地处城郊，亦不在主路上，平时很安静。门前是一条路，路边是一条河，河边是出城的大道，大道那边是另一番世界。

盛夏时节，顶楼热得出奇，夜间频繁热醒。不得已，睡觉时经常开着门窗通风，在地面洒水降温。出伏以后，降雨增多，断断续续下了一个多月。成股雨水从门前流过，汇入河里，赴海为期，浩浩荡荡。洪水消退后，附近居民在河道沙地上种菜，菜和野草长在一起，一同迎接风霜雨雪。

深秋在寒露中到来。冷空气降临山山水水，早起时发现世界沉浸在浓重的黑暗之中。油油绿叶告别了枝头，潺潺流水消逝于河岸，太阳不再耀眼，大地开始沉默。

冬天，雪史无前例之大。早上推开门，经常只见天地一片雪白，行人一个跟头接一个跟头，十分好笑。捧一捧雪，捏成结结实实的雪球，狠狠地朝河里扔去。在阳台堆了一个迷你雪人，找了一个香菇当帽子，拿了支画笔当扫帚，撕了片塑料袋当披风，穿着臃肿的衣服和雪人合影。

玩够了，关上门，回到屋里，一边烤着小太阳，一边重读上学时被简化和节选的书籍全貌，正如莎士比亚的那句名言，虽自闭于核桃壳内，却仍自以为是无疆界之君主。

3

感觉到变化，先来自周围人的参照，后来自内心的觉悟。

半年后，发现新生活带来了很多新东西，也拆解了很多旧东西，包括梦想。

最初，大家都还沉浸在对大学的怀念当中。不久后，这种怀念在每日烟火中淡去。吃饭和睡觉变得很重要，其次是爱情。搭伙做饭把大家拆成不同的小群体。在自己的小群体内，我跟着学做饭，削土豆，掐豆角，打鸡蛋；抑或一起在无事的晚上闲逛，相约买零食，轧马路，打游戏；抑或趁着假期，到附近游玩，去朋友家做客。身边人，远的远了，近的近了。

习惯了什么，就成为什么。但内心深处，却不愿迁就、勉强。殊不知，在我为总是感觉人生还有很多事情要完成而烦恼时，别人已经大笔一挥，迅捷地为一道道人生难题画上了句号。

一年后，有人闪电般地结了婚，有人看准时机买了房，朋友陆续从宿舍楼搬走，结束过渡期，拥抱真正安稳的现世。

无比怀念从前，却终将渐行渐远。谁最先接受这个事实，谁就最先获得了生活主动权。人的差别，随着这一念之不同而拉开。

忽然惊觉，对于慢热的人，时间尤其是一场深重的灾难。你刚收拾行李，决定出门，却发现别人已过街角；你中途受阻，准备义无反顾一次，却发现别人已到终程。

不仅如此，很多原本在意的东西，也在忙碌的日子里偷偷溜走。每次落笔，才发现自己头脑壅塞，无话可说，唯有一种朦胧不清的惆怅。

多年以后，我才知道，这惆怅，是青春的小舟消逝于人生大海上之前闪现的最后一朵浪花。

命运，已不再慷慨馈赠。青春所拥有的一切，都成了过去之物。

4

不知不觉，读懂了生活的悲处。

大多数人在青春时所拥有的，一半来自家庭的给予，一半来自命运的馈赠，总归是过着一种不劳而获的生活。即便是沧海一粟的逆袭事迹和成功案例，也无不笼罩着这两种光环。拥有的那么多，那么容易，所以，记住每一个人生最美瞬间，也就拥有了整个青春华章。

后来所拥有的，都是自己拿着筹码和世界交换来的。拿加班时间换上升空间，拿年轻的屈心折节换以后的自由自在，拿外面的头破血流换家里的幸福安稳。所能真实拥有的，其实寥寥无几。所以，记住每一个人生最美，拥有的也只是狼狈和困顿。

读懂了生活的悲处，自己的一方天地，就成了自囚的堡垒，最后的执念。

在这囚笼里，在这执念中，我可能是最后一个放弃的人。

又走过一个春夏秋冬，某一天，一早去医院体检。体检结束，路过一个早餐店，要了一份豆腐脑、一根麻花，坐在店里，不急不忙地吃着，感觉悠闲而惬意。忽然觉得，人生并非只有一种选择，并不是只有一种愿景。

不要过理想生活，不要过可能生活，要过现实生活。要有一点理想，但不要理想主义。你不现实的时候，生活也会教你现实，一味抗拒、拖延，只会被现实碾碎。你不在，地球照转；你不舍，时间照流。过得困难，其实是你选择了困难模式。坚守理想和坚守大本营一样，有可能全军覆没。

就像冬日读的《理想国》，其实，不生活在西方，没有相应的文化背景，仅凭一本书的阅读，难以体味到其中真谛。但之所以还要读，只是一种喜欢，犹如看风景必到长江黄河，恋爱必到丽江大理，总想逆时逆旅，溯源而上，在源头寻找基因密码，读懂古往今来一切悲欢。

5

从宿舍搬出来时是在一个傍晚。

下班后，一样样收拾、清点，才发现有了这么多东西。心想，可能这些就是生活的总和吧。

没有明显的割裂感，还是觉得在哪里都一样。从市场叫了一辆三轮车，把东西都装进去，拉回了家。家里的新房间像被施加了多倍的复制咒，我更疯狂地填补空间，也制造了更大的牢笼。

后来，连续几年，在工作之余学习，独自体会着酸甜苦辣。许多东西，在不变中改变。没那么自我，还是有一点自我；没那么执着，还是有一点执着，总归是慢慢好了一些。

如今，回顾往昔，我惊讶地发现，真正改变的肇始，人生山川的分水岭，是一个平常的日子。那天，我坐在书桌旁，翻看相册里的一张张照片，发现自己变了许多。自我感动时，记录了一段话：岁月不居，忽焉而至。徂年如流，尠兹暇日。困心常在，愿勉旃，无多谈。弃捐勿复道，努力加餐饭。

如今，毕业已经好些年。每次遇到新的环境，碰到新的问题，我都会想起最初的宿舍，想象自己站在曾经的时光里，去思考，去努力。困难时，告诉自己，弃捐勿复道，努力加餐饭！

英雄

和许多男性一样，自小，我喜欢看武打片。崇拜英雄，认同孤单感，这种情结在许多年的武侠和魔幻影视剧观看中得以延续。而集武打特色、奇异想象、英雄悲情于一体，又时常搬上荧屏被岁月重温的，莫过于《西游记》了。

脚踩筋斗云、手拈金箍棒、能做千变万化的猴子，本领高强，性格刚烈，我一度甚为喜爱。

悟空天生体质特殊，加之斜月七星洞的修炼，出场不久后便超神越鬼。大闹天宫时代，悟空战遍天庭诸神，武力值达到顶峰。但随后天界搬出救兵，悟空不堪如来一击，让人忽然发觉其武力之弱。取经路上，悟空和唐僧合作，不仅没有长进，反而屡战屡败，处处和凡间的妖魔打成平手，让人不禁怀疑当初大闹天宫是怎样的乌龙。忽高忽低的武力，带来了童年最大的疑惑：为何随便一个妖怪就能难住他？

靠天赋，悟空穿越花果山水帘激湍，当上了美猴王；靠七十二变和如意金箍棒，美猴王成为群妖的领袖；靠太白金星的游说，大圣成为天庭的一员，做了天官，有了王府。但花果山终究被剿灭，天职被黜，悟空被车轮战，装进八卦炉焚烧，其前半生输得一塌糊涂。

回归凡人世界，人生从来不是一场神魔大战，可以很快分出彻底的胜负；落败的一方，也不可能像棋子一样即时从战争的棋坪上拿走。面对一场接一场的战役，没有千变万化，没有钢筋铁骨，没有火眼金睛，凡人又如何能成为英雄？

每次想到这里，我都会重读西游的故事，转而去关注西游路上的其他人，比如唐玄奘。

不辨善恶的是他，软弱无能的是他，行动迟缓的是他，徒手待戮的是他。这么一个人，若无三个徒弟海陆空贴身保护，真的能从长安出发，到达西天取得真经吗？

忽然，我想起来，贞观元年，为探究佛教各派学说之分歧，玄奘独自一人西行五万里，经过 110 个国家及传闻中的 28 个国家的山川、地邑，艰辛到达印度佛教中心那兰陀寺。在那兰陀寺，他学法 17 年，精通了梵语。归国后，译出佛典 75 部、1335 卷，占整个唐代三百年历史译经总数的一半以上。

没有玄奘，就没有斗战胜佛。但没有斗战胜佛，玄奘还是玄奘。

在这个英雄热血的故事里，竟然没有英雄！

星月长明

凌晨三四点，长梦易醒时。

最近，不知是阶段性问题，还是人生由此长久地进入了低质量睡眠期，总是半夜从睡梦中醒来。

以前也醒，却毫不在意。

醒了好。夜半时分，花未眠，月影移过窗头，鸡啼破空传远，仿佛进入爱丽丝所掉进的不可思议之国。如野兽活动一天疲倦而归，夜晚澄清了杂念，白天的一切都丢给了梦，极致的安静带来一个不曾揭晓的自己。

看看书正合适，想想白天正合适，可以早起转一圈，亦可起身写写文章。或者，看一眼时间，半分钟后又再度睡去。

由睡入醒时，自梦中明白一个道理：两个注定不能在一起的人，证明了一个注定不能在一起的道理。于是，原来打趣的对话，最开始最遥远的距离，反而成为最终的最近的距离，以及仅有的温馨的回忆。

跟随所想而欢喜、忧愁，内心源源不断地产生着情感，这些情感天然成为阻碍一切浑浊黑暗的屏障，我安居屏障后，没心没肺地活着。

也许是长大了，成熟了，再醒来，爱丽丝的不可思议之国消失了，只有外面不时呼呼而过的车声，各种时段晚归人的走路声。那个不眠的、多彩的世界，好像已经沉寂。

贴在床上，身体沉重，不愿起来，无可思量。

一切事物都有其代价，而代价多是生存的艰辛，是被迫的无奈。那些不计代价，奋不顾身，焚膏继晷看书，花漫长的时间等一人，彻夜等待回复的夜晚，都成了不可追回的初心起点。

整个人，无所相信，所见即所得，所遇即所安。

诸如此类的对白、歌声，都忘完了，心中只是在等明天。约略知道明天的样子，但是在明天到来之前，还是有一点期待。但这份偶然泛起的期待，也只是如微弱的涟漪，混杂在风浪中难以辨识。大多数时候，懒得起身，也许还有星辰满天，芳草萋萋，锦烛红庭，但都不愿意去看，去想。

窗外的星月，既然看不到，也就不再想起了。

不同的时期，似乎不能拉通比较，而身为自我人生的时间之主，自我历史的执笔之人，极易将人生前后混淆，一起对比，寻找规律。

自恃年轻，曾熬了很多无谓的夜。可能当时不觉得是熬夜。太阳只是给予，何曾索求。推而广之，自太阳光辉这个万物之源所衍生出来的一切，与作用大小无关，与外在对错无关，不在意别人看法，只关乎己心。意义是由自己赋予的，理想无须说明，行动不用解读，这就是星月之明。

而现在，同一片星月，想起古往今来一切赏月人，他们的看法，他们所去看的角度，为了看这片风景所跋涉的旅程之总和，就是我如今的看法。实际上，我本身没有任何自己的东西。活得简简单单，对于风花雪月所需要的熬夜，内心拒绝。

不知不觉，总拿现在去看过去。有些变化了的，过时了的，却还视为是自己，最好的自己。

刚开始，想对每一个人好，完美地过这一生。

当朋友一一远去，再好的朋友也终有离开的时候。总在失去，有些失去了的，就不会再回来了。

宛如一个刻舟求剑的故事。在中流，凭借刀剑所刻画的痕迹，却找不到失落之地。

当所听的未酬的豪言壮语多了，看到了理想和现实之间的鸿沟，很多东西都不太想去珍惜了，选择任其流逝。一切都归于一，归于自己。年轻时种种期许之物，没有了想象的笼罩，不像吕布貂蝉花前月下的凤仪亭，而像是岳飞秦桧论罪杀人的风波亭。

电视剧一次反转足称精彩，诺兰《盗梦空间》共有六层，但丁《神曲》

地狱共有九层，神话故事中地府有十殿十八层，天有三十三重，迷惘时，如浮萍随意飘荡，不知道自己在何时何地。

九九口诀和加减两法足够日用，三角函数的一个周期可以循环至无穷大，周易共有六十四卦，《九章算术》共有二百四十六题，《自然哲学的数学原理》可以准确计算月球、彗星、潮汐运动规律，迷惘时，如算筹胡乱拨动，亦不知是对是错。

滚滚浪涛前，内心只有一句歌词：如旋律内有雨，那就尽情哭；如文字会生花，也许明天会花开遍地。

偶尔也在不眠之夜，想去推动这中流之桨。

推动这桨，不在于刻舟之刃多么锋利，而在于要认识自己，认识这船，认识这江水。

是强烈的热爱，让人有了分别心，蒙蔽产生偏执，因此造就了人生道路的不同。

人生主要任务之一是了解自己。于是，去蔽也就成了自我修行的主要功课，人生哲学的主要内容。

船到中游，忽然觉得，从向死而生的角度去领略人生，弃昨从今，思想上会不同；从果到因，行动上会不同。

过去和现在之间，自己不知不觉分别扮演了曹操和杨修，过了很远的距离才想起来谜底。行军打仗不能回头，生活也不可以刻舟求剑，叹息之际，只留下了“绝妙好辞”的感叹。

这在别人看来，也许就是死磕到底，不懂得灵活变通吧。

人生朝着沉寂而去，但是，世事没有流入死海，没有消逝于中途的荒漠，哪怕迷路，向前向后，向左向右，也终是摇摆着向前。

同学，朋友，同事，亲戚，父母，爱人，子女，自我。

人是社会关系的总和。社会关系林林总总，有的是身份，有的是情谊，有的是血缘，有的是利益，真正值得去持久追求的其实并不多。

自发叫想念，有组织的叫歌颂。这是同一个命题的不同解答。排解不了，便有了寄托。寄托不住，于是有了关于岁时的感叹。直至一天，白发苍苍，海枯石烂，声音沉寂，与之相关的一起消失在人生的旷野。

如今，去掉现在既成的好与不好，去掉一切前置性条件，去掉不可掌握的蝴蝶效应的因果，此时此刻，以及未来山山水水，我只想到，有许多东西，都在相往相来。

一个人，一个东西，一种念头，一段关系，其最终的模样，不是雨露风尘，朝暮可见，却患得患失，而是万里星河，虽时明时暗，时圆时缺，但永驻天幕，终身长明。

天河流星

可观测宇宙，双鱼、鲸鱼星座超星系团复合体，拉尼亚凯亚超星系团，室女座超星系群，银河系，太阳系，地球，北纬三十三度。三月八日。晚。

持续的晴天，将气温一路从零度抬高至二十度，抹平局部小气候的差异，在白天和夜晚、陆地和海洋、高山和平原之间画上了长长的等温线。18时42分日落之后，依旧暖暖的。

白天的暖，来自阳光。夜晚的暖，来自风。风在巷道、山川等一切通道中流动，源源不断地更换新鲜空气，输送着白日沉积的暖气。

春风唤醒了树木。几天没见，河边细软的柳条上布满了嫩芽，条条垂下，惹人攀抚。柳树从冬眠中醒来，就不会再睡去。人们趁着春季扦插杨柳，裁截成一段段，量着株距栽下。柳树好活，随便折一枝，插在哪都能活。接下来的一整年，有干旱，有洪水，但柳树应该是不怕的，不论发生什么，都将承担重量，面对风雨，一往无前地生长。

春风吹皱了江水。小河潺潺，一颗颗砂砾镶嵌在滩涂上，粘得紧紧的，困在浅滩，等待雨水的冲洗和席卷后而重归坚实大地。鸭子和大鹅最先获得玩水的乐趣，悠然嬉游于绿波之上，时而缓缓转圈，时而箭步向前冲刺，双蹼拨皱粼粼波光。

春风也温暖了游人。人们从厚衣服中解脱出来，可即便穿上轻薄的春装，不管身处哪里，稍一动弹，就热得出汗了。但是，摆脱了季节的束缚，也就不用再小心翼翼地应对天气变化，可以方便地计划爬山，远行。

春风也吹绿了青山。青山每日更绿一些，但具体的变化大概只有于其中筑巢安身的小鸟才能知道。能为肉眼感知的色彩更新，来自桃树、红梅、连翘和油菜。

气温稳住，时光向前，冬天的余寒没有了，岁时在这春风中真正轮换过来了。

这个春天，早晨有风，但是是冷的。晚上也有，不过是暖的。

黑暗象征着一切先于物质存在而出现的东西，象征着无尽的虚无。在北欧神话中，每个故事总会以一场巨大的战斗收尾，最后几乎所有的神、巨人和男人都会死亡，这被称为诸神黄昏。

黑夜具有两面性，既残忍又温柔，时而危险时而欢快，容易向相反的方向转化。它既是多情梦想的庇护者，也是深度焦虑的施法者，既是闪光梦境的温柔的孕育地，也是难以名状的阴森噩梦的制造器。

夜晚的风，让醉的人清醒，让清醒的人沉沦，让轻松的人惆怅，让惆怅的人释怀，让对也是错，让错也是对，让人奋然有决心，又让人感觉逃避可耻但有用。

不思考的人生活在盲目中，思考的人活在黑暗里。我们只有黑暗的选择。从某种意义上来说，夜晚必须是黑色的。

但仍有些人，如夜晚的流星，从宇宙深处而来，在诸神的黄昏时，以燃烧之姿划过长空，让人铭记于心，瞬间之后又沉沦黑暗，成为无法追寻的记忆。

荣格心理学认为，我们很难认识到自己的真正性格。因为，我们所意识到的存在，只是在精神中出现的一小部分，所做的很多事情都无法由我们的思考和有意识的决定来解释。只有当我们能够接受自己真实性格中被压抑的阴影部分，以及不安和危险的那些方面时，我们才会意识到自己的真实性格。

新柏拉图学派的哲学家认为，我们永远不可能真正了解事物。因为，要解释某一个事物，必须找到其中的原理。要解释一个东西，必须假定另一个东西的存在。这意味着，只能在更高的现实等级中找到事物的根据，我们距离了解事物永远低一个等级。

康德认为，每当我们将假设的必要性转向实体的确定性时，都会发生误解。解释始终是解释，而不是实体本身。

仰观宇宙之大，俯察品类之盛，人和人之间的感觉，物和物之间的关联，真真假假，对对错错，众说纷纭，莫衷一是。

有时，除了私有一份感情之外，还要寻人和人的同一性，人和物的相关性，体会外物与自我的契合感，理解自己生命的成熟过程。于是，会因一个念头、一个人，乃至一首歌、一颗流星而变得不同于前。

单程或者周期往返，邂逅，离开，抑或远离，回归，时间有唯一解释权。

于地面观星的人来说，天河流星，只是流星，永是流星。

星河迢迢

春来，树木次序变绿，花儿应时开放。鸟兽与之相生，也逐春而来，在回归之旅中筑巢、繁殖。青苔重新在河底生长，冬日不常见的游鱼也重现了踪影。连续的晴天催熟了万物，生机一日渐胜一日。

至昨天，天阴了。到了晚上，感觉外面风大，就待在屋里没有出去。夜间醒来，外面尽是雨声，一滴一滴，从树枝间、屋檐上漏下来。规律的声音有助于入睡，但辅之以人的想象，却有点睡不着了。

过去的几个月，空气干燥，水分少，是观星的好时节。

白天的蓝天，夜晚的星空，长期以来是回忆的标配。小时候，确切来说，是小学期间，看了许多的星空。

多数是在晚上。出星星是休息的讯号。放学回家，干活回来，星星由疏至密。吃完晚饭，不自觉去寻找书里的银河。

有时也在早上。至早上，不分寒暑，气温降到最低，抬头看一眼冷的原因——太阳未出，月明星稀，莫道君行早，更有早行人。

有时，也如屈原《天问》所写，疑惑着，“天何所沓？十二焉分？日月安属？列星安陈？东流不溢，孰知其故？东西南北，其修孰多？”

后来，城里空气相对不好，加上视力下降，不仅远处的星星越发模糊，就连近处 LED 灯上闪烁的字都看不清了。

然而，万里星河却从无尽的想象中来到了身边。

是读书的缘故。

曹操《观沧海》云：“日月之行，若出其中。星汉灿烂，若出其里。”

《古诗十九首》云：“迢迢牵牛星，皎皎河汉女。河汉清且浅，相去复几许。”

由星河引发的无数联想，带人从星月、山水之中领略事物的美，像是发现了一个水源，去掘井、创作，并抒情、解渴。

随后，又看到了“思君如满月，夜夜减清辉”“风窗挑夜灯，心在无油泻”“孤坐屡穷辰，山木迹如扫”，更是把山河明月带到了窗前，使之流淌在笔尖。

诗文只是启迪，科学才是答案。但是任何科学，都只是一种近似，唯有诗文才能给人确切的抚慰。

万有引力将天和地、地球和太阳统一了，相对论把更大范围内的宇宙以及时间的开端与结束统一了，量子学说把原子内外、虚与实统一了。在这些理论看来，银河不过是受引力支配的两千亿颗恒星的集合，不过是一些规律分布的尘埃、粒子。

一代人的思想革命，到了下一代已经平平无奇。科学理论无需对事实负责，它不描写一个“真实”的世界，只不过是对作预言有用的“知识”而已。

纵然知道了这一切，我还是觉得，银河像一条河，自己的人生也像一条河。

泻水置平地，各自东西南北流。

只是一条小溪时，涓涓细流，积少成多，靠的是水滴石穿的信念。然而，信念经常和行动脱节，本愿向东，却在高山、高原相阻时往西，在本应顺流时逆流颠倒。困于山谷，天旱则干，整日和山雀、河蛙做伴，却做着成为河神、海神的美梦。

成为大江大河时，泽被一方，风雨兴焉，靠的是海纳百川的形势。所谓选择，往往是无法选择。沿途秽物都从支流里流进来，激荡时浑浊，平稳时清澈，有枯有丰，不由自己做主。

生活蒙上了面纱，未知的事物来临前，头脑总是不自觉脑补了温柔美丽的一面。有时候，和想象的景、抽象的人、不会到来的梦同行，一切来得毫无目标、浑浑噩噩、不明所以。

于是等待一个人，或敌或友，晃醒美梦，撕碎自我，拆除心墙，解放牢笼，让人不得不去转身、转念、转弯、转变，在酸涩和痛苦中开启下一段征程。

星河迢迢，征途漫漫。山一程，水一程，风雪又一程。

有时决然，心灵还有希望时，一切鸡汤都化作力量。有时沮丧，抛却希望，一切鸡汤都听不进去了，变成了笑话。

不好的时候，想好好的。好好的时候，总还想更好。好不容易立住了，还想立得稳。有了立锥之地，还想营造一个舒适区。

也无数次，自问人生的意义。

年轻时，像河流欢快地流淌，哪怕前面是深渊、沙漠，也以自我为中心，排除所有外在因素，去追问人生的意义。所书写的是关于志气的一首歌，谨记求仁得仁，不惧失去，不怕灭亡，不求回报，无所顾忌。

现在，志气已钝，这条河流行速放缓，往昔爱痛都虚无缥缈，不复有可令自己废寝忘食、全然不顾之物。凡有所得，无论思想还是物质，都倍加珍惜。愈发怀念单纯如爬雪山、过草地的日子，愈发能够接受平凡，感觉很累时，只想起来四个字：知重负重。

如果倒过人生就像倒放视频一样简单，那么从尾向头的一生，许多人会过得更好，会看到一个个亲人家庭和睦、爱人白头到老的大团圆故事。

但事实上，即便倒过，可能也并没有用。在真正的考验到来前，以前所做的一切，意义大于实际作用，不改变现实。不是知道就能做到。想起来，说起来，和做起来，各自都不一样。

怎样走完这亿万光年的征程，不是一个技巧的问题，是选择一种价值观、然后圆满自证的过程。

星河迢迢，知重负重。求仁得仁，亦复何怨。

星程万里

五六月，天，很早就亮了。

1.4 亿公里外照射来的第一抹曦光，给新一天重新送来一个温热的开始。得此讯号，睡梦将人从牢笼中释放，植物打开光合作用模式，透过窗，看到蜜蜂往返，听见小鸟啾啾。不想起床，却也找不到了继续沉睡的理由。

随着抵达地球的光线越来越多，蓝色从白色背景中脱出，调和着夏日的色彩。一两个小时，万物被刷新，在高分辨率下，一棵树上有亿万片树叶，每片树叶都在光影下有所不同，而一切都因为看见而变得有意义。

在这一早，花格外艳，树格外绿，人打起精神，在这聚散、奔波的世界上，写下意识和自我意识的篇章。

每个清晨都赋予新一天以希望。这样的一天，该是新的，却又不全是新的。

心理学讲，从睡梦中醒来的那刻，你已知自己在床上，无须去判断，也不会有任何变化，睁眼去看只是一个印证。

知识是先验的，如同人生是注定的。即便没有注定，在睁眼一刻，内心也有太多的预设，让每天都成为一种重复。

前人也有总结。生年不满百，人生苦短。人像是一颗挑选的种子，随风播散到宇宙空间，偶然降落到地球上，如流星划空，来不及细细品味，就消失于大地。兄弟动若参商，难得一见。夫妻勤俭度日，百事俱哀。

今人所不约而同预设的是，一生三万天，道路漫漫。物质的引力场变强，人匍匐于路上，处处折腰。这多出来的寿命，在享受的同时，应对生老病死的无形压力也如鬼魅缠身。

从认清世界的面目开始，就已认同，活着就是和一切困厄共存，却不甘地追求完美结局的过程。

时间对每个观察者而言都是独立的。

大自然按照它的节奏，日升日落，从不延迟。一切都得跟着这节奏去校对，于是相对有了关于早晨、上午、中午、下午、晚上，以及春夏秋冬的四时记忆。

几个月来，气温如波浪线起伏，还没有进入寰宇同热，经纬、山河的温差画出一圈圈细密的等温线，并自南向北缓缓移动。沿着国道前行，会看到道路两旁岁月迟迟，山上的树、树上的花果好像在等待命令，才能渐次开放。

时至今日，大好河山之画卷，才终于一展到底。

河流，聚集天下之水，瀑布、白浪于平处生波，细细堆积沙滩，在历史维度中塑造平原。

山川，永恒矗立，承接枯荣，树木多比砂砾，越远越茂盛。了解了自然的规律、时间的力量，再去看春华秋实，另有新的感受。

许多次，于路途上，目光跟着车而在山川上移动。塔，凭借高山而有了巍峨的威严。云，凭借天空的浮力而被世人仰望。雨，抹去一切变化，留下一片惨淡的灰白。水，置身其中，方知深浅。在阴和晴的交替中等待着，在盘旋的山路上欣赏四季色彩，借旁边的柳暗花明用以拍照和留念，轻易地忘记而费力地记忆。

时节如流，岁月不居，恍惚置身事外，恍惚又置身其中。

难怪孔子说，逝者如斯夫，不舍昼夜。时间像河流，只像河流，最像河流。人生如波涛，一程程向前，把旧事相送。

源头处，原本一无所有。后来逐渐拥有，于是对付出代价所拥有的一切，都竭力去珍惜、爱护，因为不知道还会不会有第二次。爱人不轻遇，朋友不轻弃，不像一张纸用完撕下一张，不像一支笔出门就能买到。

行至半路，终点还很远，起点早已不见。如登山上到了山腰，下河到了河中央，乘车行在拐弯处。不知不觉，陷在盘旋的山路里，在人生的跑道上，进入了一场拉锯赛。

路途上，有时有星光指引，总是无声指示着前行的方向，旁边的一切仿佛早被规划好，触碰便会激活点亮。有时，星光晦暗，看不到标识，不知道是进是退。有的人，像黑夜的石头，悄悄滑入水中。有的人，像是流星划过长空，叫人记住了一道明亮的轨迹。

时光滴漏不再是叮叮咚咚、滴滴答答，而是轰轰隆隆、咋咋呼呼。极度避免喧闹，不爱冲锋，不爱展露，随波逐流，随遇而安，在彼时彼刻，不曾想，会因为这份追逐而错过什么。

或收拾一片田园，把四季延伸到室内，等待自然的光顾。或涌入那人群，在人群中张望。听声音，见颜色，见所未见，听所未听，和同样来的熟人在人群中打招呼，各自找位置坐下，观看节目，简简单单当观众。

或逃离人群，在窗边眷恋一片蓝天白云，让阳光透过玻璃照进来，独享片刻安静，温暖。

或翻看旧物，在一张张海报里寻找过去时候的流行色，寻找那个当下的你我。

疏散，飘荡。那些随晚流转圈的人，晚晚地出现，潜潜地消失。有时候，如在白色槐花开放时节，寻找一棵红色槐树，等着等着，还是错过了。

那些和衣而睡，却安之若素，粗缯大布，却风华丽质，上无片瓦，却倚马可待的岁月，像燃烧过的火焰，只剩下淡淡的余晖。

人生慢慢又漫漫。从懵懂到懂得，从想象到现实，中途间隔千山万水。

在慢半程的路上，有很多事，不那么容易被定义、看清，要事后回头看。但回头时，已经物是人非。好在因为有所兴趣，有所爱好，有所追求，于是多了一些奔头，多了些山重水复而又柳暗花明的可能。

多少人事相催，多少变化相随。面对山河，总劝勉自己，奔赴不在于艰险，而在于值得不值得。有时候，不一定要成就什么，但要去参与和体验。

焦躁，而知抚慰。失去，而有留恋。多梦，和多雨的天气一样，连绵不绝，几十年一场。

很多东西，写明了有效日期。一个个记忆坐标远去，远去三年，五年，直至十年、二十年。浑浑噩噩中，记得一年而记不住一天，记住一天而记不住一刻。为了与时间、遗忘抗衡，不知不觉，学会了纪念，人生因此有了许多个纪念日。在特定的时间，对以往之事进行保存，对未来之事加以期许。

为了与时间、遗忘抗衡，不知不觉，时时对上一段河流加以总结。而总结，有时候，只是一个名字，一个地点，一阵雨，一条路，一个符号，一个数字，一个日期。

用一切去记，到最后都是用心去记，用眼泪去记，用感情去记。别离和不得提醒人，相遇无常时，那一片刻即一种开始。这种开始，如同一片蓝天，让人看了又看，永远仿佛都与上次不同。这种开始，让人在不同的地点，不同的时期，去寻找记忆中的同一个事物。

拥挤在人海，顺着风俗、节奏，往下铺展人生的领土。鲜花装扮，听雨观潮，看山寻山，持杖寻杖，得鹿寻鹿，有始，无终。

如梦初醒

迷惘时，喜欢听这首乐曲。

如泣如诉的旋律，让人仿佛置身湖畔，鞠水于手，月亦在握，不知是花是雨，遍洒山瀑之间，拂衣沾身。

世事沉埋，光阴随波流动。

每个人都有一个不想面对的过去。

三十年来寻剑客，几回落叶又抽枝。自从一见桃花后，直自如今更不疑。妄我、本我、自我、超我，生命的难题，在于处理不同的我彼此间的冲突。

在自疑和矛盾中，反复拷问自己。我是谁？此刻是什么感觉？想要什么？

波光潋滟，思随月转。

不恨杨花飞尽，恨西园，落红难缀。晓来雨过，遗踪何在？一池萍碎。春色三分，两分尘土，一分流水。

有点遗憾，也好。

有所遗憾，才是真实的人生。

空里流霜，夜色深沉。

陋室孤灯夜读经，沉思故事水流风。明察不作闻，静心不留痕。观世不则声，欲见却乱闻。

愿未来有机会，你我两人一同看山，看遍那月色淋漓。

单曲循环着，空灵的曲调引导情绪随音乐流动，治愈挫折和丧气，缝补心灵的裂缝。

感悟，再感悟。

人生，有时需做加法，有时需做减法。

减法，减去不必要的社交，多余的念头，无关的人情往来。狠下心，拎得清，断舍离。

加法，丰满自己的内心，增加对世界的感受力，保持广泛的同情心。

终于，如梦初醒，坦然面对失去，坦然接受现在的自己。

不要想太多。循心而往，就是方向。

致自己

初一晚上，偏僻的山村，大红灯笼在纯粹的黑夜中亮起凡尘的声色，亲人团聚一堂，围着火炉打牌。

思及先人，这一刻，过去与现在同一，幸福与欢乐与共。

人生路上，自己是自己的出卷人，自己是自己的监考官。观念做主行动，行动为人生开花结果。求仁得仁，追求什么就会得到什么。

明天是从今天长出来的。读过的书，走过的路，所起的每一念，所用的每一力，都有用。发力于微观，行成于宏观。天在上，地在下，眼望天，脚踏地，天地一体心里才踏实。

在意是一种束缚，在心是一种踏实，在念与被念都是一种幸福。

自致而致人，自达而达人，自省而省人，自渡而渡人，自明而明人，自赎而赎人，自信而信人。

幸福少而值得珍惜，烦恼多而不必苛求。多感受幸福而不是一味追求幸福，多克服烦恼而不是一味沉溺烦恼。许多幸福说出来就没意思了，许多痛苦说出来也就那样。

村里有个独居老人，亮着各个房间的灯，长时间自顾自拉着二胡。曲调并不悦耳，但细听下，好像比去年拉得好了。

其实每个人都是独居者，以某种形式拉着二胡，精进的技艺都饱含寂寞与无奈，但声音响起的一刻，却能品味到幸福的滋味！

清明自祭

阳春三月，晴空万里随清明的到来下起了雨。

雨下之前是一阵风。上周六，伴随着骄阳，风舒畅地吹。至夜间，风大作，已然酝酿了变的先机。

到了周日，天一改往日的晴朗，阴沉着脸。身在外面，风吹得很凉爽，凉爽地似乎能让人暂忘一切，全然感受风的怀抱。从庚岭里走出来，目光所及，山变绿了，由河谷而绿起，逐步至山顶。到漫山都绿回来的时候，惊觉今年已经已过不少时日。

至周日下午，收拾收拾东西，等待着雨的到来。雨来时，拉下窗帘，暗暗的房间里，隔着玻璃看外面，好像与外面是同一个世界——阴雨天的世界。

至本周一，绵绵阴雨，气温陡降，提醒人们这是春天，不稳定的春天，和冬天相隔不远的春天。

一天的气候取决于一个季节的上下限，一个季节的上下限取决于一个地域的常年平均值。事出反常，有，也多；但更多时候，让人感觉，它，就是这样。

清明时节，好像就喜欢下雨。

雨虽然是气象的极端点，但却是记忆的平均值。

纷纷细雨中，人们纷纷凭吊先祖。

从两周之前，就有人陆续开始做清明了。天气好时，顺便回到老家，喂马劈柴，赏柳观花，扯一把小蒜，挖一把荠菜，最后沾染一身泥土回到城市。

今天的这一番烟雨，又将凭吊的氛围拉满。故土的山川、杨柳，埋葬了客居人世的祖先，也掩埋了许多人年少的时光。

窝在屋里，收拾东西。好久没有从头开始收拾了，许多东西都发旧了，落灰了。

不同的事情重叠至同一时刻，让人回忆时，仿佛在同一天里和不同的事情、不同的人、不同的自己不期而遇。

青葱岁月，过了。热血衷肠，冷了。执念自我，淡了。艰难困苦，远了。恣肆才思，消了。云愁雨恨，散了。春秋大梦，醒了。

很想也哀悼一下自己，随时光前行，来不及回首、无可挽留、灰尘堆积的自己。

初出茅庐，天下无敌。再过三年，寸步难行。

难行亦前行，一步一步，奋力向前。但总是，走着走着，习惯了这种节奏，和世界相对静止，忘记自己是在走还是在停。想寻找一个参照物，但一切都在变化，世间只有刻舟求剑的人，没有不变的参照物。

追寻，追怀，有所得，有所悟，但仍困心常在，不时迷惘。

记忆是一条长街。平时，人群熙熙攘攘，叫卖声不绝于耳，人和人之间，是碰撞，是妥协，是抵触，是不可逾越的深渊和地狱。此时，骤然停下，稀疏的街道里，只见一两个熟悉的身影走来又走过，许久之后，自己滞留原地，天空云海翻涌，等一阵熟悉的音乐响起。情随物起，人随事寂，最后只剩下残风涤荡街道，反复光临尘寰。你不在意，它就不存在；你在意，它原来还在那吹拂着。

恍惚发现，从前，相隔着的是人山人海。后来，山海消失，连同那些人也一起消失不见了。

原来，心田，亦是埋葬世事的坟场。追寻不到的，追怀不已的，都化作云烟消散了。在沧海桑田后，曾经的高山变成了脚下日复一日的平地，那漫长的海岸线也化作了高台之上的春树暮云。

世事沉埋，灵台也随沉埋了杂物而清明。因为，只有割断了物我之间的联系，才能走出自我认知的迷雾，专注于认识事物本身的道理。所以我总在挥别，此时夜半醒来，更想借清明时节的烟雨，挥动锄头，移除阻碍人生向前的山海。

但这样，其实没有太多的用处。愚公移山，但是山每时每刻还在冲破地壳，冒出海面，隆隆升起。精卫填海，可陆地上的无数河流每时每刻都在汇入江海。

不过也没关系。世上没有绝对真理，只有寻找答案的人，以及被视作人生的此过程。年年清明，年年过，年年忘，又年年写。记与忘，如喜欢一个人，不在意好不好，也不在意有没有用。即便这篇文章亦如航船上所刻的印记，漂流东西，浮沉不定，又有何妨呢。

写完，闭目。睡梦前，祭奠全天下所有亡人，也致敬时光之主。

山河故人

九月之末。

记不住这是今年的第几场雨。上午骤雨，下午四五点转晴，持续一个周的时间，给这个秋天打上隆重、绵长的印记。

草本植物先荣先枯，逐渐作古；木本植物硬抗仲秋的凉意，角质层被雨洗得格外鲜艳，睹之有一新之感，而像桂树、栾树等，更无惧风雨，绽放芳华。

夏雨的时机关系着庄稼生长、收获，让人时忧时喜。而到秋雨时节，主要作物业已入仓，扫尾工作不用火急火燎。雨让人出不得门，也就不出门，停下来，由冷入静，多了许多闲情，更在回首时滋生忧愁。

和秋雨一样细密悠长的忧愁。

从洛南，经商县，过丹凤，到商南，车程不到两百公里，但是一路有平原和山陵的地貌之差，黄河和长江的流域之别，初黄和暗绿的时令之异，北寒和南蛮的风俗之殊。

最初，山河如此不同、如此新鲜。一路在想，抚龙湖是否有龙，蟒岭是否有蟒蛇，“涨河那”是涨到哪，“河图洛书”是什么图、什么书，汉字故里廿八字是哪廿八字，“伶伦”是什么伶。山河看我，笑话我的无知；我也看它，想去征服。

人战胜自然的方式就是熟悉自然。熟悉了山，山就小了；熟悉了水，水就浅了；熟悉了路，路就短了。山峰叠翠，河流蜿蜒，但都比不过人心的广阔。

春看花，夏看云，秋看霜，冬看雪，初晴看雾，雨中看河。

得喜，失忧，来恐，去惧。

日子久了，沿途的山河，从陌生到熟悉，宛如一位故人，近看诸身、远观云峰时，无声陪伴在回家的旅途中。

看过去的时候，它不回应，但我知道我在它心里。

人不能两次踏入同一条河流，也不能两次走过同一条道路。

河水的流动是分秒可感知到的，道路的变化虽然短期内不易感知，但终究同样会在沿途的房屋、树木、气候、路人上显现。真正的差别在于，河流因重力而具有不可逆性，道路却可来回反复行驶，造成了一种不变的错觉。

一年年，同一段路程，许多东西——包括自己，都在改变。

这条路上，忘记的远比记住的要多。忘记是被动技能，随时随地都在发生，以至于忘记了它的存在。记忆是主动技能，总是紧盯着蓝条和冷却时间，不自觉把需要记忆的事物当作了唯一。加深的记忆，是长战线上某个低燃点的易燃之物，通过燃烧自己，在黑暗中闪耀出光芒。而更多的事物，如同恒星走过主星序阶段，缩小、冷却成为一个白矮星，不被裸眼所识别，经漫长光景而黯灭。

这条路上，拥有和失去都是瞬时状态，追求的过程是永恒。是的，不论结果、只要过程，这很违反常识，且有悖于人的本能。但考虑到，每个人只能陪你走一段路，迟早是要分开的——对待得失有很多种方式，这可能是最能治愈的一种。月亮一月只圆一回，一年的十二个月中又恰好能看到几次圆月？相聚很难，但团圆之声却无时无刻不回荡于脑海。爱家之人，总在寻找团聚的理由，就像爱思考的人总在不同场景下，不能停止地寻找人生的意义。完美结局是机会主义者的理想主义，接受痛苦就离内在的幸福很近了。

这条路上，周围人的评价、社会赋予的价值，都是人生的意义所在，但都不抵内心的自我认同。而这份自我认同中，无意义的东西很多。若将人生一百等份，其中的九十九份都是枯燥的忙碌，看似膨胀华丽，实则是漩涡里一个泡沫，忽上忽下，忽前忽后，纵然有时候感觉前进了，但过了那里，却发现是不能自已、不能停留的一个水分子，做了也似没做，过后很快忘了。只有一份，是一个人的时候，回忆往事，给人生路上鸡毛蒜皮的小事上价值、注明意义——比如室温超导的好奇，反思自己的笑梗，酱香拿铁的风潮，催眠下饭的老剧，以及此时山河故人的唏嘘。

粮食变成美酒，不是岁月的珍藏，而是微生物的帮忙。

岁月本身无声无色，增加了欢笑、泪水、苦涩、甜蜜的配料之后，才有了酸甜苦辣的不同滋味。

从前的自己是自己的对手，现在的自己是自己的敌人，未来的自己是自己的导师。永远永远，人难以和自己心平气和地相处。

相互关系中，能令自己坦然放松，能容纳且无视种种无理情绪、无病呻吟，永远保持倾听，永远保守秘密，永远不会离去，不随时间变味，无欲无求的故人，唯有山河。

所以，很多人爱风景，不是风景多美，而是它的沉默和倾听，令人在那个当下想自己所想，做真正的自己。

反过来，也就用山河印证了彼时彼地，此时此刻，新故之分，今昨之别。

班车

清明第三天，早上六点多。

母亲盛好糊汤，父亲叫我起床。老家位于山区深处，信号差，床上是盲区，没有手机可玩，一觉睡到了天亮。

洗了脸，端着碗来到屋檐下。

仲暮之交，气清景明，万物皆显。天欲晴还阴，热饭入胃，方有些暖意。

邻村采茶人挎着布袋，行了五六里路，从门前路过，快步赶往附近的茶叶地。

“好早啊！”我们说。

“起来挺早，到地里就不早了。”他谦虚答。

“吃饭没？来吃点！”我们又道。

“吃过了。”他答道，仿佛说话耽误了时间，脚步更快了。

母亲最先吃完，帮我们收拾行李，用塑料袋把菜装好，轻按几回，又塞了些进去。父亲到邻居家称了几斤鸡蛋，拿报纸裹好，嘱咐每天冲一碗鸡蛋茶，吃完了他再去城里捎一些。

长大后，姐弟仨各在一处，聚少离多。母亲平日盼着儿女回来，此时却屡屡催促，打发我们赶紧走，该干活的干活，该回家的回家，该上班的上班，该上学的上学。

七点二十，提前来到屋场桥头候车。

谷风拂面，春寒犹在。脚边薇花欲燃，近处水芹丰茂，远山鹅黄方兴，让人神清气爽。

透过屋前树林，看见父亲戴着草帽，大步消失在屋舍间。母亲换了鞋，锁上门，扫了一眼四周，将草帽拿在手上，也消失在屋舍间。

一方山水，养育了十几户百姓。曾经，村里人丁兴旺，孩童成群，闭塞却恬静。后来，潮流变幻，搬出大山成了时代的主题、人们的夙愿。如今，夙愿得偿，山水重逢，岁月静好，但却感觉寂若空城，若有所失。

“笛——笛——”，两声长鸣打破寂静，班车依着蜿蜒的盘山路，从转角缓缓驶来。

“快，东西都拿起来，上车了自己找座位!”大姐道。

车身还未停稳，车门已经打开，大大小小赶忙上车，各自坐下。

车里二十多个座位，因为始发不久，一个乘客都没有。经年累月的颠簸，日复一日的消磨，车厢标识已经模糊不清，地面、座罩上渍痕重重。座位十分狭小，合并腿脚，勉力坐正，这才空出过道来。司机手边散放着零钱，记忆中的乘务员已无，取而代之的是一张熟悉的二维码。

习惯了城市交通和小汽车，才发现，十几年来，跟随着日出日落，往返于县城和村庄的班车，是那么简陋、粗犷。

司机开着窗，咳了一声，朝野地吐了口痰，换挡，发车。

老家的山山水水，一幕幕重入眼帘。草滩，河流，树林，房屋，一如故人，分外亲切。

连绵高山上，往昔成片的庄稼地已不多见，桦树林势如怒涛，层层叠叠，卷土重来。

山势较缓处，油沙土和着春雨，滋养着一片片鲜绿的茶园。外地采工夹杂在本地老头、老太太当中，胸前布制茶袋微微隆起，手如飞梭，迅速采摘，茶树间响起如急雨般清脆的掐叶声。三个月的采茶期，茶户们收入少则万把元，多则两三万，时常饮水思源，念叨着张淑珍的故事。大约因主人不在家，偶有几块茶地无人管理，撂荒一旁，野草兀自如雾气般弥漫在泛黄的茶树周围。

河谷地带，往昔疙疙瘩瘩的零碎耕地都已被机械填平，变成了规模化的现代农田，有的生长着药材，有的白地待播。河边菜畦里，青葱格外茁壮，抽过的蒜薹已完成使命，头倒向一侧。

逐渐离开村子，忽然想到，民国十二年出版的《商南县志》，对“石槽沟”的记录仅五个字——城西四十里。但五个字、四十里路，却让多少人走了一生。

离家越来越远，走过一个个村落，路上的人多了起来。

到了毛河大桥，众多溪流汇聚成河，浩浩荡荡奔赴丹江。白鹭掠过河面，鸭子成群嬉戏，山水相缭，宛如画卷。

一辆出租车从乡间小道驶出，被迫跟在班车后，过了桥，便加速超过去了。一个五六岁的小女孩站在路肩上，踮起脚，伸长胳膊，一旁的哥哥等班车过了，温柔地弯下腰，将妹妹背起。

望着温馨的一幕，不觉让人回忆起往昔。上学时，每逢夏秋暴雨，毛河水位猛涨，经常阻断回家的道路。洪水尚浅，班车颠簸着过河，“吭哧”熄火，窝在水里，司机只好叫来附近的人，帮忙推回岸上，一歇几天不能营业。若逢连阴雨，洪水更大，宽广的河流如同一道天堑，冲走过河的垫脚石，淹没两岸的水草。班车无法通行，学生在家长的搀扶下，手拉着手，踩着碎步，经受着冲击和眩晕，蹚过没腰的洪水。那场景，留下了终生难忘的记忆。

每经过一个居民点，司机都要按两声喇叭。多数时候，老乡们早已提前等候。

一个爷爷站在路边，远远地招手，喊道：“师傅，等会儿！他们还在后面，给娃穿衣服！”

爷爷脚边放着一个鼓鼓的麻袋，司机问：“这是你的吗？”

“城里菜贵，给他们拿点菜。”爷爷一边答，一边着急地回头看。

“赶紧的！”司机吼道，推开车门，跳下车，将麻袋塞进行李舱。

爷爷赶忙穿过田间小道，抱起孙子跑起来，儿子儿媳提着大包小包东西跟在后面。

上了车，几个熟人彼此寒暄：“你帮忙带孙子呢。”

爷爷把孙子安置在旁边，这才喘口气，又喜又愁道：“唉，带不了了，追不上他，也不想下城，娃非让我到城里住几天!”

又经过一个居民点，一位奶奶带着孙女上车，远处的爷爷停下手中的活，目送两人离开。

路过一个路口时，乘客一起涌上来，车里一下子满了。大家各自把包放进怀里，腾出地方。

一个人对另一个人说：“年年清明都下雨，天老爷误人事!”

“可不!”

“你下城干啥?”

那人提着一袋铁疙瘩，准备去铁匠铺，却不直言，只道：“到城里玩玩，在家急人!”

一个年轻的妈妈抱着娃，背着一个书包，没地方了，只好坐在油漆桶上。

旁边的中年妇女见她辛苦，主动说道：“娃给我抱会儿。”

年轻妈妈面露难色，道：“他不让别人抱。”

车一颠，年轻妈妈往前一晃。

司机吼道：“包放下!”

我起身让座，中年妇女抢先一步，帮她放下包，执意与她换了座位，又怕她过意不去，安慰道：“快到了，不要紧。”说完，又高兴地和孩子逗乐。

大家跟着你一句，我一句，车里气氛热闹了起来。

离县城越来越近，在一个路口，班车提速驶入国道。

沿途村落白得靓丽，红得醒目，一派崭新模样。自己往来虽多，却很少深入，不复前半程那么熟悉。

国道边，几个移民搬迁点绿树掩映，楼房整齐。一些人将小车开到门外，敞开后备厢，大人小孩提着行李，同样准备启程。

最后上车的一位乘客，是一个身形瘦小、六十多岁的菜农。车门勉强打开，他先把菜篮递上来，自己再跟着挤上车。一把把整整齐齐摆放的香椿、蒜薹、小蒜，为空气增添了新鲜的香味。

县城周边，班车并入车流，和其他村际乃至镇际、县际、市际、省际车辆共行一道，驶向各自终点。四面八方的乘客，以县城为中心，南来北往，萍聚萍散，虽未曾谋面，却已在不知不觉中擦肩而过。

几个红绿灯后，班车驶入县城中心。大家等待之心不由急切起来，提上行李，纷纷在目的地下车。我和姐姐也在路口挥别，各回各处。

车水马龙，店铺林立。原来的一丝眷恋，倏然稀释在喧声中了。

章台柳

1

女人、小孩喜欢广场，可吃喝玩乐的多，热闹。男人、老人喜欢公园，依着山水草木，清净。

离家不远有个公园，我经常去。公园里，除非暖和的周末，平时人都很少。

公园主体是一座山，山顶修建了塔。底部不大，塑造了人工水景，水蜿蜒在平地上，两端各形成一个水塘。一个池塘里种了些许荷花，立了假山，养了不少观赏鱼。另一个池塘没有堆放什么，半圈是走廊，半圈是人行步道。

有时候，不想被障碍、烦恼遮挡，一口气爬到公园坡顶，在高塔处吹风，远眺，体会所谓的“不畏浮云遮望眼，只缘身在最高层”。

有时候，不想多走，就找个位置坐下来，看水，发呆。

身边的柳树，细密的枝条垂下来，不仅半掩了走廊、道路，也形成一道自然的屏障，把公园遮挡起来。置身公园里，原本就稀少的人流都听不见、看不见了，人仿佛真正来到了自然当中。

几年前的一天，我来到公园。诸事繁杂，难得清闲，在公园的走廊坐下来。天由阴而雨，池塘变绿，水波荡漾。一直闲不下来的人生忽然停下来，看柳丝和池塘的水相交，平素被杂事掩盖的心情从心里涌现，如雨水般顺着柳丝流淌。不觉想起来一首诗：章台柳，章台柳，往日青青今在否？纵使长条似旧垂，也应攀折他人手。

惆怅当中，随手拍了一张照片，后来一直当头像使用。很长的时间里，承载着许多慢慢淡忘但是一直没有好好整理的回忆。看到头像，就想起了那个地方，那种心情。

2

任何喜欢，意识不到时，它是你身外之物。一旦意识到了，便成了你的心内之物，再也无法剥除。

从那以后，喜欢的东西，在变；身边的事情，在变；别人，我自己，也都在变。唯独这种感觉不变。

经常还去公园，晴天去，雨天也去，白天去，晚上也去，春天去，秋天也去。看见老人打太极拳，练太极剑，在地上写书法；小孩爬上石头，钻进假山，拿着渔网捉鱼，成群结队追逐；情侣躲躲藏藏，羞羞答答恋爱。

去的次数多了，不仅喜欢柳树，也喜欢了独属公园的乐趣：山脚躺椅上晒太阳、读书，半山亭子里看春树暮云，登上坡顶观察电闪雷鸣。

不仅在公园里看柳，也在每个有水的地方寻找柳，发现柳。县河边，柳树挨着石栏生长，柳叶落到车上，走过时要看一眼头顶有没有盘着一条蛇。水库里，柳树被水淹没，洪水退后，岸边泥沙遍布刮痕，柳树露出残躯，歪歪斜斜地顽强生长。江边，沿着步道前行，江岸辽阔，高楼矗立，背后山林秀美，原本独立的山川树木逐渐融合，形成美丽的落日景观。

无数次，停留在柳树下，伸手想折一条柳枝，摘一片柳叶，送给昼夜不停的流水。心里所想的，依旧是一首诗：不羡黄金罍，不羡白玉杯。不羡朝入省，不羡暮入台。千羡万羡西江水，曾向竟陵城下来。

3

昔我往矣，杨柳依依。今我来思，雨雪霏霏。

柳代表留，我把柳树设为头像，并用了许久，但所爱的，还是没能留下来，终究离我而去。

许多人，终究走远，散于人海。其实也不是人海，现在哪还有人海，只要有名有姓，就算无名无姓，精准定位到每一个人亦是可能。但终究，不会再回来了。在匆匆而过的岁月里，人生中种种不平事、意难平，都麻木了，忘记了，不在意了。

终于明白，现实和童话的区别不在于开头，而在于结局。童话都是浪漫的大团圆结局，而现实都是悲剧收场。

悲剧是，将一切在意的东西收回。点开头像，放大照片，查看记录，里面的一切却如早已死亡的白矮星，冰冷，漆黑，不再发光，都已停滞在几亿年之前。

悲剧是，将一切积攒的期待归零。知道了翠翠所等的天保不会回来，知道了素芬原著终究选择离开。天下熙熙，皆为利来；天下攘攘，皆为利往。人生如逆水行舟，不进则退，没有人在原地等待。

悲剧是，把一切美好的事物撕碎。理解了以前所看不惯的事物，认可了从前总想打破的规则，宁可忽视自己，也不能忘记他人。明白人不能活得太清醒，算盘太精明，太在乎眼前利益，要做一个痴人。

一切没头可回，无法挽留地飞驰向前。

4

最近，大家都在回顾同一个主题，“十年”。

从 2012 到 2022 年，十年间，沧海桑田，斗转星移，世事变迁。

十年的社会变迁，也塑造了许多公共记忆。〇〇后从童年走向了少年，90 后从懵懂青涩走向了成家立业，80 后从杀马特变成了社会栋梁，70 后忍辱负重迎来了人生巅峰，60 后从舞台中央退至幕后，安度晚年。

微观层面的每一个人，都体会着前进中的落后，坚持中的放弃，甜蜜中的辛酸。时代的浪花，也记录了芸芸众生所经历的每一个刻骨铭心的故事。

想起自己这十年，竟然统不起来一个主题。

一切如同河流变化着，没有固定在某一处，而我像一个泛舟者，甚至有时候像那个刻舟求剑的楚国人，在前行的过程中抗拒、接受、寻觅。陆陆续续，有许多东西在离开，又有些东西在回归，还有一些东西在前进。

其实也没有什么好悲伤的。到了一个阶段，会发现身体上的衰老，也会发现精神上的衰老，变暗、变浑浊。每一次感知，都给人生增加了一份重量。

最大问题由现实的问题转为内心的问题，在失去的当下，更去思考：已知一切都无圆满，没有绝对纯粹，那么在追求人生幸福和意义的旅途中，哪里才是止境。

5

人海浮沉，这个问题有过很多零碎的线索，但一直没有完整的答案。

世界吻我以欢歌，也给我以爱痛，既展现生老病死，也展现真爱、理想、友情、山川、林海。世界不给的，不能去强要。世界所展现的，就是我的界限。我所经历的，就是我所相信的。

每个人、每件事，也都给我一些提示。路边敞着侧挡、贩卖苹果香蕉的三轮车，靠近石栏停放的摩托以及坐在路边、外放音乐的男人，坐在梧桐树下椅子上的看笔记本的老爷爷，等等，他们提醒我，人是一个个具体的、有欠缺的、真实和现实相统一的个体，人生是充满悲欢离合，但是又坚定向前的过程。

6

从人生长河的出发点一路走来，每一次感受到孤单、害怕、被伤害、新生活的召唤时，并非越来越期盼前方，而是更加回望折柳送别的渡口。

然而，并不是每一次分别都有告别语，有许多人是悄无声息离开的。留在原地，反复追忆从前，其实并没有用。

第一次的那份感受和体悟，是世界送给自己的见面礼，不会再有第二回。很多东西已经没法弥补，弥补的过程也追不回那些时光，只是聊以自慰。

那么，是不是所有经历过的、所有执着过的，都必须抛弃呢。不是的。新的生活，总在发生。每一次到达新的路口，不用去人为割裂过去，将自己困在对未来的恐惧和准备的孤岛当中。

因为，总有些人，是走不散的，即使走散了，有缘亦会再见，无论是三十岁，还是四十、五十、六十、七十、八十。在这些年龄，分别会看到他们化成了不同的模样，三四岁的邻家小孩，五六岁的发小，十二三岁的同桌，十七八岁的初恋，二十岁的舍友，工作之初的伙伴，一二十年的同事，三十四年的战友，五六十年的爱人。

更因为，必须有一缕阳光，穿过黑暗，来到窗前，让你去相信，世间还有如清风明月般无须代价、不讲因果的绝对性必然性非理性事物，将你从利益的泥潭、选择的难题、世界的关联性中解救出来，一切变得风轻云淡，简简单单。

人生半路，如水泻地，自分东西。一切去留，有缘亦有因。把命运当老师，与时间做朋友，承接缘的宿命，做因果的推手，与世界相向而行，与所爱携手向前。人生的答案，在水中，在柳中，在山河故人中。

折桂令

处暑已过，白露又至。连绵的秋雨肃清暑期最后一丝燥热，桂花又乘着金风来与我相见了。

从农村到城市，从山林到街头，这种亚热带木犀科常绿植物独占三秋，力压众芳，怒放着暗淡轻黄的柔美，散发着时而远溢、时而绝尘的清香，让人漫无边际地想念起学校来。

正如杨柳偏爱河畔，梧桐偏爱街道，蔷薇偏爱篱笆，爬山虎偏爱墙壁，桂花也偏爱着校园。

对于学生而言，九月才是真正辞旧迎新的分水岭。嗅着桂花的香味，踏步陌生的校园，一切都是崭新的。

院墙封闭了出路，每天过着一种无关人间烟火的生活。而世俗，仅是学校门口一方狭小的饭馆，年轻的两口子热情而麻利，清晨蒸好了热腾腾的包子，晚上张罗着香喷喷的夹馍，一内一外，默契配合。

白天，只管把自己交给书本。桌上，试卷如山，笔芯成捆，一支新摘的桂花插在玻璃瓶里，散发阵阵幽香。窗外，银杏果挂满枝头，退休老教师站在树下，用竹竿将其敲落，一一拾进袋子里。飞鸟拥抱碧云，阳光照亮微尘，岁月如芬芳的梳篦，温温柔柔地梳理着青春华年。

趁着自习课，翻开笔记本，抄写一首徐再思的《折桂令·春情》：“平生不会相思，才会相思，便害相思。身似浮云，心如飞絮，气若游丝。空一缕余香在此，盼千金游子何之。证候来时，正是何时？灯半昏时，月半明时。”

晚自习后，夜静轮圆，丛桂怒放，提着水壶排队打水。锈迹斑斑的水房像是古代遗迹，灯光昏暗，地面湿滑，水龙头破旧不堪，人群如蜂蛹缓缓移动，护着水壶生怕挤碎，好不容易挤进人群，又好不容易才能钻出来。

虽然拥挤，但并不复杂。人与人之间的壁垒很薄，每个人都像一个透明的单细胞动物，喜欢与讨厌都挂在脸上。你之于我，我之于他，不用费力会意。因为，我们终究是不同的人。

身似浮云，心如飞絮，气若游丝，纵然身是禁锢，心却高飞。

烦恼很多，每一种都事关人生大计，但又都登不上台面。所有的诉求，无非是学与不学、爱与被爱、经营人生的自由权。在所谓“为你好”面前，容易激发本能的排斥：我可以因懂事而放弃，交由大人支配，但你们不能无视我的意志。

虽然调皮，贪玩，爱做白日梦，想法稀奇古怪，不喜人情世故，但除了法律之外，请别再给我更多的规定。在这个时期，我还不想做别人眼中的好学生，只想做自己。因为，这世上的聪明人太多，缺少的是有趣的人，真实的人。

牵动内心的，唯父母而已。但是，也请别束缚我。你们要学会适应我不在身边，不主动打电话。未来，我会把衬衣扎进裤子，把东西归于原处，轻声细语，不急不躁，但现在还不想那样。你们要明白，有一种情况叫作破烂但是有格调，冷但是愿意，痛但是无悔。

平生不会相思，才会相思，便害相思。

几场秋雨过后，花事终了，微风过处，金粟满地。欣然揽一捧，小心放入铁盒中，连情书一同藏于抽屉最深处。

灯半昏，月半明。影，自怜；人，神游。敏感的心，看得见秋毫，留得住刹那，渴望更多的勇气，渴望自己的故事，渴望转角遇到爱。害怕被问，又忍不住去想：“喜欢什么样的人？想去什么地方？”

身处锦瑟华年，却是素心素履。邂逅伊，若即若离的感觉，时远时近的距离，让人如登如攀，如坠如陷。尽管答案跃然纸上，居心昭然若揭，却总是胆怯，总是犹豫，惦记还要小心，刻意却作无意。

在朦胧而抽象的思念中，幻想和她一起化身桂树，目睹学子春诵、夏弦、秋学礼、冬读书，共同撑过风雨。

潮有期，花有信。离开校园，几经辗转，和桂花再相见时，花香疏远如故，然而花的讯息早已过期，很多东西都在成长的过程中无疾而终。

当初心心念念的因果，很多都没有变成必然，只能无奈托付于缘分。自己仿佛变成了另一个人，相信遇事勿意，遇理勿必，遇情勿固，遇人勿我，不再自怜，不再神游。

然而，有一部分依旧是曾经的自己。一直心心念念于所遇到的人，所到过的地方，在辗转中不断地回归初心。还是会扪心自问：“喜欢什么样的人？想去什么地方？想要什么样的生活？”

秋风不解花语，答案自在我心。心中一个声音回答着，一切依旧，只是角色有所不同了。

从前，想成为一个有趣的真实的人。现在，不仅要做一个有趣的真实的人，还要肩负起守护这种人的使命，做一个尊重别人的人，值得别人学习和依靠的人。

何须浅碧深红色，自是花中第一流。素心素履，堪折当折，一如既往，一往无前，这就是值得用心书写的折桂令。

枫桥夜泊

1

小时候，站在山底，对山顶上的庙宇和笼罩着黄墙红瓦的具有干预命运、实现果报的超自然力量好奇而崇往。

在庙宇的崇高感映照之下，自己的力量十分单薄。感觉人世中一座座五指山会随时压下，而拯救的希望在于一份虔诚的祷告。幻想中，信念会触动神力，使这不能承受的重山偏离轨道，乃至附赠意外的惊喜。

后来，真当一件件事情如陨石滚滚袭来，只顾闪躲、承受，无暇祈祷，目光也不自觉地由高山落回到人间。

一度，以为这份崇高感已经随着自我认知的提高而消失。命运之塔里，不需要供奉自己之外的主宰，希望之光源自内心的抛却迷惘而选择相信、坚定而不犹豫、坚强而不软弱、坚守而不放弃的自觉。

当与生俱来的犟劲和免疫力消退，这份自觉不知不觉被釜底抽薪，退化成了一种顽固派作风，像龟壳一样厚重而丑陋。崇高倒退回卑微，卑微堕落于沉湎。安稳的岁月里，没有神灵，也没有超人、超我。

2

隆冬腊月，一名贫寒的举子典卖了家当，凑了路费，负笈赶考。

为了渺茫的理想，被迫走出乡里。背井离乡，山水迢迢，奔波，露宿。

从立锥之地强制薅起来，跃出井底，来到穹庐下的野地。原本熟悉的东西都一一远去了，早已沉寂的命运之手，在异乡的云雾里时隐时现，把异乡人推送。

由早至晚，一个人的旅途孤孤单单。傍晚在河岸露宿，点起一盏灯火看书，找点吃的果腹。

月落乌啼霜满天，江枫渔火对愁眠。

听闻远处寒山寺的钟声，又想起了一无所有、一无所知时，在山底仰望庙宇的那些时刻。

此刻如此感性。读过的书全然忘了，平素的自信全无，前途渺茫，仿佛看到自己的结局：饿着肚子赏花，扛着疲劳夜读，清贫地死在理想里，成为填充这个时代的一粒灰尘。

许多被血气、理想压制的念头，一个个地窜出来，不能去细想。一想，像是指甲缝里翘起的皮，以为已经死了，使劲一扯，血肉撕裂，竟疼得大叫。

3

一个人时，只想自己，在人群中所想的显赫的功名成就不重要了。而自己最惦记、最想要、最不舍的，都在与赶考相反的另一条路上。

遂想起，奇珍异宝何足欢喜。打开宝箱时的好奇心，远胜过里面东西的光彩。

遂想起，锦衣华服何足珍惜。那个如今已经穿不了的年龄，才最珍贵。

遂想起，玉案象笏何足炫耀。破庙里的烛火比翰林院的华灯，映照人看了更多的书。

世事繁杂，非只有一种可能。恍惚间，多看了一眼，那摇曳烛光幻化了无数可能，寂静虚无中便多出了无穷多个平行宇宙。

4

张继，唐代，湖北襄阳人。天保年间中进士，当过一些幕僚之类的官职。

学而优则仕，考试，为官，从古至今皆然。对成败的体验是极其个性化的，但失眠、期待是普遍的，所以这首写于羁旅中的《枫桥夜泊》流传下来，引千古之人共鸣。

不过我比较幸运。仿佛过了那一夜的张继，前途未定不再使人恐惧。安稳之中，更多的是体会和书本、理想截然不同的世界，寻找殊途同归的可能性。

但时不时地，也还会记忆起那些荒山野林、披星戴月，以及寒窗苦读、奋笔疾书时所独自经历的风景，并用彼时的一声声钟声，去平复今天的心中涟漪，抚慰无数平行世界里的平生过往。

时间列车

从小一家人，分开天地间。各自成家后，如树木开枝散叶，所目睹的生老病死，即世界赋予的图观，在亲情中所得到的爱恨，即整个世人的宿命。

社会像地球，血缘像月球，人同时受到社会的向下的和血缘的向上的引力，在命运和努力的双重指引下演化潮汐效应。

两代人之间，时间差无法追赶，但都向着终点而去；年代差始终隔阂，但都体会着被潮流冲击和抛弃；认识差碰撞交锋，但共同在现实中改变。但无论时间差、年代差、认识差，抑或时间本身、历史本身、认识本身，都拆不散、打不破血缘联系。

在这趟列车上，怎么上车的早都不记得了，怎么坐下的也不记得了。前面的数座车站，只约略记得些许印象，小小的自己被大人牵着上厕所，穿过人群，牵引向前。周身旁，或有人打招呼，或有叫卖声，或有哭声笑声，或拥挤，或旷然，不知目的地，也不知道路，乘客如高楼林立推不开，世界如多面魔方解不动。只要不迷路，不弄丢，成长自会缓慢地到来。

后来在列车上，有时起身，有时坐下。大多数时候，都有一个位置。环顾四周，都是陌生人，或者熟悉的陌生人。有时候，受到潮汐力牵引，不自觉向前，再穿过人群。不再像以前一样怯懦地死守座位，起身不只为了上厕所，有时候还闲聊、闲转，会遇见列车长、推销员、乘务员，遇见聚散在车上的各地人士，自身也成为一座高楼、一个魔方，有他人穿梭经过身旁。

后一半和前一半最大的不同，在于前面总在寻找自己，寻找潮汐力的来源。后半程，总试图去将自身努力和万有引力融合，在各个地方、各个时间去顺应自然。

但是，这种努力的成效并不大。越努力，才知有的东西越遥远。就像星星，小时候觉得很近，可以通过神话的方式飞过去，也可以通过科学的方式乘坐宇宙飞船到达。但是后来才知道，这些星光可能发射于几十亿年前，在宇宙旅途中如蜗牛般缓慢前行到达眼睛时，它的母星早已不在那里，甚至灰飞烟灭了。

一个母亲，同时可能是奶奶、外婆、儿媳、舅娘、婶婶、姐姐、妹妹。一个父亲，亦同时可能是父母的儿子，一群孩子的长兄，是依靠，也是纽带，是本源，也是枝叶。

从车外到车内，有的东西亦在变远。每次到达原先未到的地方，就会有新的答案与收获。

必须的经历

一代人有一代人的经历。

春节期间，亲戚团聚，闲话家常。羡慕现在的孩子，交通这么方便，每天还有人接送。

从前，上学十分辛苦。四岁多，两里土路，每天四趟，晚上回家直喊脚疼。母亲拿个碗，倒扣过来，在碗底倒点白酒，烧红了火焰，揉揉按按，第二天又继续。

长大了，学校也远了。每次放学，走着走着，天就黑了。途经荒山、老林、土坟，平时不曾想起的念头、画面、情节，都随着风吹草动一一浮现。手中那点微弱的手电光，心中鼓起的那点勇气，不起任何作用，只想尽快赶到人家门口。

到了白天，再路过那段道路，发现石碑上“故显考妣”“万古流芳”“孝子女孙”等熟悉的文字，其实也没有那么恐怖。但是，过了许久，仍然心有余悸。

在我感叹时，更大的感叹还来自父辈。

几十年前，家乡的一位长辈去西安报名上学。没有车，不认得路，背着干粮，仅凭一双脚，翻越秦岭，走到学校。不想承认，却不得不承认，并为之叹服。

一代人有一代人的经历，一代人有一代人的艰辛。幸福的东西必有代价，这个代价不在现在，就在从前。

独特的经历，成就独特的人生。

有一段时间很忙，每天下午下班后，晚上还要继续加班。

中间的两小时，有空就去水库散步，散心。路上经常遇到一个长辈，认识了，便一路同行。夏天的傍晚，钓鱼的人装备齐全，稳坐水边，休闲垂钓。我看了一会儿，羡慕道：“小时候经常在河里逮鱼，但是没有钓过，还挺想试试。”他也钓鱼，介绍道：“钓鱼的人很下力，很多人一钓一个晚上，其中不乏年轻人。”我说：“整夜钓鱼，那多不安全。”他说：“这算啥，我年轻时候，有时候睡在山里，听狼嚎叫一整晚。年轻人，还是要有锐气。不要迷恋钓鱼，要发挥优势，做正经事。”

和很多人一样，我没有见过狼，也没听过狼叫。我们在听电视、听歌、听风、听雨、听海的环境中长大。我很佩服，后来也一直记得他所说的年轻时候该怎么过——不用听狼叫，但要有锐气。

不经一番寒彻骨，怎得梅花扑鼻香。每个人都有自己独特的经历，在经历中能看到不同的风景，体会不一样的人情冷暖。这段经历，就是一种独特的优势，一种说不尽的谈资，一种用不完的底气。

很多亲戚，七八十岁了，还在地里干活。每次回到老家，总劝他们：“少干点活，身体要紧，身体做坏了划不来，挣再多的钱都要拿出来看病。好好歇着，保重身体，身体好了，一样等于把钱赚了。”

但是，却反过来被他们劝着：“怎么敢歇，不歇活都干不完，歇了更干不完。”

农村的活，磕磕绊绊少不了。蹭破皮看都不看，流点血擦下继续，能不去看病就忍着，能不打针就喝药，伤筋动骨也要提前下床。很多人没有选择休息，也不会选择休息，只会拼命干活，挣不了大钱挣小钱。不幸累坏了身体，一场病花完了钱，就更顾不上身体，更加拼命挣钱。

战争，不是等到兵强马壮、占据绝对优势后才开始的，而是在流血的战场上一步步壮大的。高手，总是拖着病体，越战越勇，越战越强。

拿着好牌打不难，把烂牌打好很难。苦是人生的补药。没有基础的幸运，都是镜花水月。与其等待运气，不如把命运之鞭紧握手中，哪怕这条鞭子布满荆棘。

好的经历，坏的经历，不好不坏的经历，都是人生的一部分。做好心灵的功课，比意外曝光、等待他人同情、众筹靠谱多了。

经历是不断积累的分母，幸运是偶然降落的分子。当幸运和经历相遇，数字在分数线上契合，就会完成从 0 到 1 的质变。一帆风顺毕竟少数，胜败乃兵家常事。拿汗水换金钱，拿健康换事业，拿这一代换下一代，做一分算一分，在一日撑一日。累了，秃了，力气空了，睡一觉，仍是再累、再秃、再力尽气空的一日。但有时候，我反而更感激坏的经历，因为它们让人锻炼得更强大。

一切经历都是必需的。懂得了它之必须，用理想指引方向，以希望调和痛苦，调整自己，打下基础，经过历练，最终向更好的自己前行。

人总是会变的

1

人总是会变的，电视里多次听到这句话。

淮海战役前期，张克侠率部起义，并参加淮海战役，为解放战争做出了特殊贡献。对此，毛主席说，人都是在变的。兵无常势，水无常形，敌我转化，在瞬息之间。把握住变化，就能由弱变强，克敌制胜。

埃迪·雷德梅恩饰演过一个学识渊博但不擅长交际的神奇动物学家。影片中，他和女主角相识，互有好感但怯于开口。结尾时，因他曾有喜欢的人，她无法判断两人是否能够建立恋爱关系，离别时有了一段试探性的对白。

她：那位小姐喜欢看书吗？

他：谁？

她：那个你一直带着照片的女孩。

他：我真的不知道她现在喜欢什么。

她：噢。

他：因为，人会变。

她：是啊。

他：我就变了。我想我变了一点点。

故事虽是虚构，却真切地让人想跟着说一句：人，总是会变的。

2

变黑了。

三明从山西壶口到重庆三峡找以前的女人。

那是很多年前的事情了。女人是三明花两千块钱买的，后来公安解救，女人就带着女儿走了。

三明来到三峡，到处打听，得知女人跟着新男人跑船。三明住在三峡，一边在工地干活，一边等女人靠岸。原本计划一个星期，却等了大半年。

见到女人后，三明说，你变黑了。

女人说，也变老了。

弹幕大失所望。许多人疑惑地评论道：就这样？等了十几年就这？

其中一条弹幕说，就这样。

3

变秃了。

琦玉锻炼三年，变成了秃子，也变强了。

这情节太真实了。

一千两百年前，文起八代之衰的韩愈感叹，自己不到四十，视茫茫，发苍苍，齿牙动摇。

一千两百年后，头发成为普遍问题了。各类不到四十的人，从事计算机的、银行的、医护的、搞土木的、教育的、行政的，都在为发量发愁。

4

变凶了。

三五个人，半冷不热，各做各的事。

非必要不出声。手机常年静音，接听随缘。同在一个办公室，背靠背坐着，宁愿微信私聊，也不转过头当面说。

坐到工位，来人办事。不用说话，不用交流，指给他看。

一切都贴在墙上，写在纸上，开在单子上，明码标价，程序规范。

5

变俗了。

往昔所梦想的东西一样样得到，但心底柔情磨灭。

泪点高了，笑点低了。情绪管理越来越好，身材管理越来越差。禁不住闲，耐不住寂寞。喜欢前呼后拥，喜欢紧张刺激，喜欢大气整齐，喜欢精致极致。甘愿在金丝笼子里接受投喂，又羡慕着风霜雨露中的自由。总在自我感动，不肯主动付出。

红眼，不红面。流汗，不流泪。洗脸，洗头，洗澡，洗牙，洗胃，但很难洗本心。

6

变笨了。

只有查看记录，才知道自己干了什么。查不到的，就如同失忆了一般。

总是丢三落四，出门忘记锁没锁门，刚拿的东西忘记放哪里了，电话全靠短号和搜索。

患得患失，左右为难，渴望交流又害怕尴尬。

7

坐地日行八万里，变是绝对。

最初的自己简单纯粹，一切想法不掺杂世俗的利益纠纷。梦想虽远，但自信能到，不怕困难，不惧牺牲。纵然过度喜欢，而不感到负担。无视外界的悲喜，不跟随别人起舞。

不知不觉地，一个周期又一个周期，年复一年地完成了循环。忽然发现，简单纯粹的东西越来越少，都被打上了世俗的标签。念念不忘的回响，得到时如此平淡。

从山川到平原是变，从一座山到另一座山是变，从一个平原到另一个平原是变。本心不变，现状变；性格不变，风格变。

有时是因变。蓬在麻中，不扶自直。白沙在涅，与之俱黑。与善人居，如入芝兰之室，久而不闻其香。与不善人居，如入鲍鱼之肆，久而不闻其臭，亦与之化矣。

有时是自变。穷则思变，变则通，通则久。是以自天佑之，吉无不利。

时间足够的话，水滴石穿，聚沙成塔，山川变沧海，沧海变桑田，来自西伯利亚的北风堆积黄土高原，一只猴子可以偶然敲出莎翁的十四行诗。但这种改变，往往伴随着不断的失去和离别。

要主动求变。去年此日，不同于今时今日。同一件事，在时间、地点、人物、背景等方面，也一定会有不同。高手，高在更能发现这些不同之处。

风生于地，起于青萍之末。改变，不是瞬间面目全非，一夜暴富。从一件件日常小事开始，从一个个想做而未能去做的念头开始，循序渐进，习惯成自然。

做一个懂得变机，循着本心本念而因变求变的人。

与自己和解

1

外公去世，我赶回去时，是第二天。

亲戚早都到了。父亲帮我穿好丧服，磕了头，来到外婆跟前。一切都有人操心，我就随外婆坐着。

外婆说，你也来了。我说，刚下班。外婆说，你还没经历过这种事吧，学着点，以后用得上。我说，嗯。

听着哀乐，想起外公来。半年前，暑假回家，路过外婆家。外公佝偻着腰，问我工作的事，我听得不甚在意。那之后，又路过几回，都没有好好听外公说话。

最后一次见到外公，是大晚上去送鱼。总共买了三条，一条给外公外婆，一条给奶奶，一条带给爸妈。行走在山里，路不好，黑灯瞎火，摔了一跤，丢了一条，也没敢和家里人说。

回过神来，忽然之间，外公就不在了，再想说话都不可能了。

后来，每次想起，都遗憾不已。

2

应了外婆的话，自此，家庭树上，老一辈人如秋叶般纷纷凋零。

过了两年，爷爷身体不好，好不容易熬过了冬天，却没熬过春天。一次回家，爷爷把我叫到床前，喉咙几乎说不出话了，却一直问我的终身大事。

我不表态，也不在意。因为，我不相信命，亦不相信缘，不想太世俗，不愿为了成家而成家，相信一定有一个意中人，让一切成为刚刚好。

爷爷去世后，家里贴了三年的绿对联。一个春节，二姨奶和二姨爹到家里来看望奶奶。聊着聊着，二姨奶对二姨爹说，承蒙你不嫌弃，一起过了这一辈子。

听过许多人在牵手之初说类似的话，但在携手共度一生后这样说，还是第一次。

后来我才知道，二姨婆是二次嫁人，再婚。二姨爹是第一次，初婚。于是，她心里总有一种挥之不去的愧疚。

愧疚几十年，只在即将走完一生时，她才鼓起勇气，把这份心情明明白白地说出来。

3

几年前，一个朋友想辞职，去和异地的对象在一起。朋友父母坚决不同意，要求两人分手。很多个夜晚，朋友哭到失控。

如果是以前，我会很赞同。但是，经历了外公和爷爷的相继去世，我对人生有了新的体悟。

朋友说，我知道他也没办法，他也谈了，可我就是想去找他。

我安慰道，这只是一个阶段，过去了就好了。或者几个月，或者几年，等这个阶段过了，就没有那么痛苦了。

过了大半年，偶然在街上遇到，朋友像变了一个人，完全不同了。

我说，好巧，没有认出来，怎么变了？

朋友说，我每天一早起床，绕着城里跑一圈，一个多月瘦了 20 多斤。现在都好了。

我说，都好了，那就好。

过了几年，朋友忽然说恋爱了。又过了段时间，已经要结婚了。

4

有个大学同学，讲过他的一段经历。

以前，他很喜欢一个女孩，女孩也很喜欢他。但由于很多原因，冷战了一段时间后，他主动提出分手。分手时，他把一切与女孩相关的东西都删掉了，扔掉了。

后来，两人不在一个地方，手机换了，联系不到了，却越发想念她。于是，他想尽一切办法，曲折地问到了号码。

再联系时，朋友满心愧疚地问，你还好吗？

愧疚于心，不曾想过自己会被原谅，但得到的回答是：挺好的，我和自己和解了。

5

是的，有点意外。

你觉得她会责怪你，其实，她责怪的是自己。你觉得自己有愧，其实，你自己最应该被原谅。

爱人与自爱，渡人与自渡，救人与自救，人无时无刻不身处相互关系当中。心善的人，总比别人抱有更多的感恩和愧疚，因而过得太累，太苦，太自抑。

其实，有很多事，可以早早和自己和解。

过去的选择，不以今日的好坏为印证。你被爱而有恃无恐，他在爱和痛中学习宽恕。你行你的路，他行他的路，大家都各自的人生路上体悟和成长。

你，不用觉得自己不够好，不用缅怀，不用道歉，不用遗憾。各自收获，各自幸福，就是人生最好的归宿。

只有时间知道

1

一开始的东西最重要，是一个人的底色。

成长于物质贫乏的年代，扎根最早、最深于潜意识中的，是一个“得”字。为为数不多的所得之物欣然自喜，为幻想中可能得到的奔跑起舞，为得不到的遗憾之物长久缅怀。得到，就快乐；得不到，就郁郁不欢；失去，就难过。喜欢自己没见过的、所缺少的，对不喜欢的就毫不在意。也因此，对于这个世界少了真正客观的体认。

后来，环境慢慢变了，拥有的多了，少年时代在人群时听闻的种种事情，曾引起无限想象的奇妙故事，在分开轨道后，都亲身去踏一遍。但是，根深蒂固的思想却没有改变，仍追求有所得，以所得填补遗憾。

2

经历，是一个求证的过程。什么是对、错？什么是大、小？什么是有、无？什么是好、坏？

千千万万人，悲喜不同，看法不同。每个问题都反求诸己，每个答案都指向内心。

只是，不知道古代朝堂的公卿怎样看待命运起落，官府的书吏如何体味得失，山中的隐士如何保持淡泊，寺庙的僧侣用什么办法平息欲望，亦不能想象掌管生死的阎罗王在审判每一个生命时有无期待、勾销每一笔阳寿时有无惋惜，不能想象灵魂来到奈何桥，饮下孟婆汤时有无不想清除的记忆，不能想象有无操纵宇宙及万物的高等文明以及它们如何看待人类战争和平、生老病死之节目。

不知道是否有一张光盘，可以把自己人生数字化复制过去，做一个电子备份，在主机宕机、损毁时，在不满意当前账号时，重新恢复到一切尚好的还原点；不知道是否有一种格式化，可以让自己以及周边的一切从头开始，重新来过；不知道是否有一种结束，在出现“全剧终”的字幕时，恍然从故事中走出来，发现原来一切都是自己的想象，得以换下一个频道，或者关掉电视，做点看电视之前正要去做的事。

3

跑了好长的时间，走了好远的路，然而还没到达主场。

闲的时候，写写东西，看看电视，慢条斯理地等待灵魂的脚步跟上。相册智能地把人生分类，温馨又残忍地提醒着旧时光之落笔，猝不及防蹦出 3000 多天的字样，让人怅然迷失在转化当中。

海马区激活，许多沉睡的记忆又一闪一闪地亮了起来，如同宇宙大爆炸的余晖。而我，试图从来自遥远过去的光线中，寻找本初的自己。

感动之余，准备好零食，找好位置，翻箱倒柜找到遥控器，然而搜索一番，老电视却找不到想看又能看的剧目，甚至亦不记得曾经看过什么、喜欢过什么。过去和现在之间，仿佛有了悠长的山海之隔。

岁月无言，缄口沉默。连自己都忘记了的时候，唯有时间记得。

萧飒秋色入山城

1

时序的划分，常早于自然的证候和人类的感知。

天气转凉不在一场雨或一阵风的顷刻之间，当第一片树叶因温度的微妙变化而偶然枯黄、坠落于路旁，人仍处在暑气余威的炙烤当中，举目看不出秋的踪迹，屏息听不到秋的呼吸，放怀代不进秋的情感。

一样的蓝天和白云，一样的绿树和蝉鸣，站在时间的分界点上，所看到的是夏与秋同，今朝胜似昨日。偶尔气温下跌，邂逅连绵阴雨，虽短时有感，但天晴的反弹，令认知和环境不能同步，这份秋意也无处寄托。

短袖不褪，银杏不黄，大雁不飞，霜露不降，就感觉秋天还没到来，于是能心安理得地想，还有整整半年时间，未竟之事、所立的决心都还有希望，岁时勃发，不必哀叹，不必慌张。

2

可感知的秋天，是在场场雨水、层层黄叶、阵阵凉风和次次丰收中叠加起来的。

一场稀过一场的雨，并不总是如约。有时也如凶猛野兽狂洒尘寰，令河流奔腾澎湃，但更多的是以肃杀为心，淅淅沥沥霖霖，雨露凋伤，阴气萧森，草拂之而色变，木遭之而叶脱。

一片黄过一片的叶，飘零着惨淡前的惊艳。霜叶辞柯，金菊滴露，最后的陪伴是风中不愿停止的一段舞，最后的使命是在树下为自己寻找一个归处，最美的梦是安静地躺在大山的怀抱，等一个误入森林旅客的脚步和下一个秋雨后的蘑菇。

一阵凉过一阵的风，吹散迷雾。天清淡银河，池枯露水痕，烟霏云敛，可观一年成败。有人百事可乐，意如马，心如猱，壮心如登，慷慨高歌。有人一事未成，泪如涟，足如缠，忧感衰老，动摇其心。

一块空过一块的田，收割着一年到头的汗水。枣子红了，南瓜黄了，栗子裂了，花生炸成油，玉米磨成粉，芝麻做成馅，丝瓜、辣椒、茄子、黄瓜都剥开，预备来年的种子。腾空的地里，没了青蛙、知了的吵闹，也不需再担心野猪、兔子的破坏，暂时按下休止符。

一番一番叠加，不算忙乱的忙乱，不慌张中的慌张，至此，自然年已如树木走向枯萎，只剩余不可使用的时段挂在一年之尾。

3

岁月无声消逝，像极了清代聂继模《给子书》中所言：山僻小县，事简责轻，最足钝人志气。

聂继模给平凡之路的答案是：须时时将此心提醒激发，无事寻出有事，有事终归无事。若因地方偏小，上司或存宽恕，偷安藏拙，日成痿痹，是为世界木偶人，无论将来不克大有所为，无以对此山谷人民，且何以无负师门指授？

聪明的人，一叶落而知天下秋，见帆尖而知航船至。愚笨的人，生憎快马随鞭影，宁作痴人记剑痕。

萧飒秋色入山城时，最让人留恋的是日历上无可回首的时光。虽然生活的脚步并不随着春耕夏耘秋收冬藏的脚步而留止，一年之中的每一月、每一日都是相同的，但仍感觉，秋后的时间和之前并不相同：年初所画的蓝图图穷匕首见，再没有缓冲区、犹豫期，唯有算好时间账，奋然而起，拔剑以刺。

4

时间是有所成就的必要条件，时间也是任何成就的客观标尺。

曹操勉励儿子曹植时说：“吾昔为顿丘令，年二十三。思此时所行，无悔于今。今汝年亦二十三矣，可不勉欤！”

天下父母，也多拿相同的年龄来比较，是以常把一句话挂在嘴边：“我像你这么大时，都……”

年龄相仿的同学、朋友、同事之间，也相互比较，常会不自觉想：“我和他一起读书、工作，现在他如何如何，而我如何如何。”

对时间，每个人有各自的体会和安排。常觉得，时间细碎而易失，别人纵然有所提醒，也只能维持片刻之功；最终要靠自己不停地反思、自省、自勉、行动，方能多抓住一些。多反思一回，就多前进一步；多自勉一次，就多留住一些。有多大用呢，没有用处，但累计起来总有些用。

珍惜时间，利用时间，而不是浪费时间，荒废时间，然后才能谈得上生死有命、无愧于心。

洛南漫记

1

从 2021 年盛夏开始，长住洛南两年了。

工作的地方远离家乡，而洛南更在工作的地方之外。这段经历里，自己仿佛走进一条时光隧道，从洞口驶入，穿过黑乎乎的山腹，一边走着，一边期待着出口处的亮光。然而在其他人眼中，我早已失落在人海中、山川里，消失不见。

而在时光隧道中慢行的自己，如同得到一张体验卡，穿越城市和农村，穿越四季和秋冬，未曾想过的交集在每一天与不同人的相处中发生着。

两年多之于人生很短，之于青春则很长。自己像一条小小的池鱼，在浅浅的池塘里悠然自得，而在池外，很多地方已有翻天覆地之变。

结束之际，写点纪念性的东西，但正如一句话："你要写洛南，就不能只写洛南。"写这里，就要写自己，就要写人生。

2

喜欢一个地方，是自然而然的事。

每一次的开始，都是温热的，一切都想记录下来，一切都想去尝试。见过所有的人，欣赏所有的美景，尝遍所有的美食，走遍山川河流，可称之为圆满。

有人的地方，就有精心营造的风景。一棵树，有春夏秋冬四种美。一个好的地方，随时来，随时有风景，花或早或迟，但都是惊喜。

前行，看见屋前悬挂的成串的玉米、柿子、辣椒，摆在院子的粮食、药材，笼中的白兔，圈里的牛羊，走地的鸡犬，同感收获之喜。

抚摸大树的纹理，为一朵小花所吸引，思考一棵野草的命运，辨识各种不同的花草，无忧无虑，轻松自在，仿佛桃源中人。

一路柳暗花明，享受人生旅途，思考一条条路通往哪里，和什么相连。

走累了，出汗了，下河坐在石头上，凉快地洗把脸。抬起头，山川河流向我走来。不慌不忙，与一切小美好相拥。

3

没见过的，见一见，是新鲜的。虽见过但好久没见，也是新鲜的。此所谓长住的魅力。

但新鲜感的滤镜淡去，才是现实生活的开始。

人和人的相处，逐渐变得回归本来的样子。一方水土养一方人，感受不同风俗、气韵。

弃置的房屋和颓坯的院墙见证着时代的变迁，无人耕种的田地兀自荒芜，老人在自小长大的地方晒太阳，度过人生的后半程，和熟透的果子一样等待落叶归根一刻。

没有了高楼的遮挡，也直面冰雪、洪水、干旱、疫病。在五月的山下烤火，在六七月盖被子午睡。当我在黄河和长江交汇处徒手摘桃、摘杏时，可能也如花石浪的某个远古猿人一个动作吧。

好的人生不需要停顿，但是停顿也是一种人生。慢慢远离喧嚣，获得一份宁静，得以有更多的时间空间感受小我。

在这个时间节点，不知道后面的人生会怎样，但无论如何，有机会享受早餐，静静地喝一碗豆浆，吃两根麻花。有机会从春雷等到霜降，在不同的季节观察同一片土地，在此炎炎夏日的山中，念一首李白的《夏日山中》：懒摇白羽扇，裸体青林中。脱巾挂石壁，漏顶洒松风。

4

一个好的地方，不仅见风景，还要能够见自己。

与生俱来的迷雾最难认清。因为，从未想过它为什么会存在，未曾想过寻常的东西会有什么问题。所以聆听陌生人的意见很重要，因为他们对自己所爱的全然无感，会替你指出头上的金箍。

同一座房子，在外面看和在里面看不同，站着看和坐着看不同，住下来和看一看不同，长期住和住一宿又不同。

见自己，看到昨日之我与今日之我，一脉相承又有所不同。一切经历，在另一个层面去体会。

高峰之上，是俯视的，更有机会和蓝天比肩，看透云雾的本质。低谷之中，是仰视的，更能品尝人间冷暖。一个人的举手之劳，可能是一个人的筋疲力尽，还可能是一个人的束手无策。

身处低处，很多东西流转进来，于是懂得更多。

5

每一段经历都值得珍惜，与在哪无关。这不是什么对错，只是态度。

经历是一种财富，这种财富主要在于内心。经历过与未经历过相比，有些许的不同：譬如一段路途，心里多了一张地图，知道河流流往哪个方向，路的尽头有什么，于是这几十分钟的车程就不同了。

漫长的路，满足小愿望同满足大愿望一样很重要。草链岭，古柏，水渠，谷雨祭祀，伶伦艺术节，河图洛书，仓颉二十八字，未见的比已见的多。

有的路，需要人带。但慢慢地，自己也会走出来，找得到路。一群人里，思考、带路的那个最累。走过之后，累过之后，心里留下对世界的敬畏，得以有所进步，这就是对时光最好的交代。

不着急，踏实走。

6

以一种事物去纪念另一事物，于是万事万物之间便有了无穷的联系。

人不一定能在同一个地方连续看见因果相续。在别的河岸，看到同样扦插的柳枝。在别的山里，听说同样进入秦岭采药。在一个地方，既想到这里，还想到别的地方。在此时此刻，还想到彼时此刻。

不断地与人发生交集，会发现人性并不总如磁石指南。人的变化是最大的变化，人最大的变化是内心的变化。事的变化在末尾标注句号，而人的变化却总在开启新故事。

很多事不一定正确，但是都这么做，做出来的结果也因人而异。也许别人这么做是对的，你做就错。从从众心理里走出来，会发现深层的矛盾是极个体的、私人的，需要一个一个地解决。

抱着的目的不同，一件事就会有不同，这是根本性的不同。在一切目的中，无用的热爱更显示出一个人的底层逻辑。

7

时间易得，心境难得。

要有许多的时间、事情的投入，才能产生一种心境。

从百万富翁到一贫如洗，如过山车般剧烈起伏的经历很少。熵增的世界里，人的生活趋向于一地鸡毛。

难的时候，普遍感觉都难，无论身在何处。年轻时候，只想做一个行动派，用所做所为为这个世界施加影响，带来改变。老了以后，回到田园，走在自己设计的花园、水池、道路旁，像一只老猫歇在门前，不知彼时是否仍会追问，不知道是否会一路追问到这里。

意念像杂草，稍不留神，就野蛮生长。思想是从草丛里长出的一朵花，需时常翻土耕耘，修剪打理。

没有什么功绩，就一束花，敬时光。

革命者永远年轻

1

历史长河，向来稀缺激进的力量。

周武王第一次伐纣时，聚八百诸侯之众，见白鱼入舟却谨慎而返；项羽勇冠天下，还扶持了楚怀王的傀儡；刘备称帝之前，一直以高祖后裔、皇叔自居。刘濞发起“七国之乱”，朱棣发动“靖难之役”，都不直接指向统治者，而称之为“清君侧”。李渊晋阳起兵称“匡复隋室”，梁山好汉口号是“替天行道”，义和团口号为“扶清灭洋”。

几千年的历史斗争，只有少数如陈胜吴广等，直接地喊出“王侯将相，宁有种乎”，勇敢地、赤裸地站在敌人的对立面。

明哲保身，忍辱克制，惯于徐图大计，相信天理报应，是大多数人的生存哲学。

2

纯洁有两种。

一种是天生的纯洁，衣食无忧，备受宠爱保护，不食人间烟火，同时具备了想象的能力和实现愿景的条件，让人感觉到可爱、善良。

另一种，是一个人经历千锤百炼，具备了良好的品质，就像金属在烈火里锤炼一样。他高于那种使人意气消沉的实利主义水准，以人类的利益为重，或以某种良好的愿望为出发点，摆脱个人或者家庭那种烦琐、自私的利害关系去检点自己的行为。此称之为革命者。革命者具有一种献身精神，为了崇高的目标，自觉自愿地冒着牺牲生命和前途的危险。

抗日战争时期，工农学兵商，一齐来救亡。长征路上，风雨浸衣骨更硬，野菜充饥志越坚。建设年代，头顶天山鹅毛雪，面迎戈壁大风沙，嘉陵江边迎朝阳，昆仑山下送晚霞。举杯时，美酒浇旺心头火，燃得斗志永不褪。

如董必武，七十六岁生日，“未因迟暮衰颓感，毛选诸篇读尚勤”。八十岁，“此身不惯闲无着，外语重翻读九评”。八十九岁，“乐观革命非虚语，历史车轮永向前”。九十岁，“遵从马列无不胜，深信前途会伐柯”。

看着他们，就有返老还童之感。

3

一代人的英雄事迹，到下一代人已经无人知晓。

生活在和平岁月、平凡世界里，所图的是温饱、安稳，所看的咫尺、自己，不会把理想定得太远、把目光放得太长、把人生逼得太紧。

大多数人，关注的都是耀眼的明星。各行各业关注的是自己行业内的头部人物。一旦淡忘了历史，就对彻底的革命情怀、纯粹社会真理的向往，慢慢感到难以理解，不做设身处地的联系，会觉得岁月十分缥缈、苍白。

这个时候，经常会看看以前的书籍，学习先辈事迹。县志里，善人李蔚亭因助学受当时教育部嘉奖，戏曲人吕延华庙会一晚上连演三场，进步人士傅杰三为解放军筹粮、掩护伤员，书法家王启智为满街建筑书写招牌，工人张义成受到毛主席接见，余绍松、孔繁儒、周志泰、章功祥等在朝鲜、越南战场上壮烈牺牲的革命烈士，当时无一不是灿烂一时的人物。

离那个远大的、革命的图景越来越远，世俗的喜怒哀乐退化了志气锐气，如今，曾经激情澎湃的岁月都消逝在了历史烟尘当中。

4

不了解，就谈不上相信。不相信，也就谈不上践行。

人是社会的一个个体。年轻时候，为了寻找目标，走南闯北。找定方向后，不自觉地融入一条时代之河，成为某一类人中的一员，随后逐渐开始陈旧。

交通人、水利人、邮政人、医生、教师，有一个共同身份——建设者。卖煎饼油条，卖珠宝首饰，天桥上或者大厦里，做的都是做生意。东西南北、旱田稻田、丘陵平原，都有一个名字——农民。

这些是共性，但还有个性。

没有人永远年轻，但永远有人年轻。流血牺牲已非必要，但永远有人甘愿流血牺牲。人生可以不那么陈旧，不能失去对革命者的纯洁的向往。既要能维持生计，还要有一种高于现实的理想主义，一种永远年轻执拗的青春感，一种不与时俱进的个人情怀。

年轻，纯洁，坦率，无畏。

平安喜乐

小时候，以为爱情是大人特权、成年赠礼。在小孩眼中，爱情不过是花前月下，红纱帐里，打情骂俏，欲拒还迎，卿卿我我，腻腻歪歪。

懵懂时，于书籍、影视中，始知还有坚贞不渝、海枯石烂。嗑 CP，写诗词，听歌，看电影，增加了一些对爱情的憧憬。爱情，是伊的一缕长发、一条小白裙，隐约，模糊，触手可及又遥不可及。

少年时，平生不会相思，才会相思，便害相思。心，不能停止爱，也不能停止痛。经受感情的试炼，作答爱痛的考验。一心一意，又莫名分合，一眼万年，又愁肠百结。

挚爱之刻，情，得以圆满；心，得以安定。经历离别，许多次午夜梦回，希望是：天长地久，朝朝暮暮。侬中有我，我中有侬。更期待是：白日既匿，继以朗月。同乘并载，以游夜园。舆轮徐动，宾从无声。

后来，人慢慢变得物质、物化、异化。没有什么是必须的、不可弃的，白玫瑰与红玫瑰都不再重要。爱情和面包，终究只能选择后者。恍惚之间，不再受到情感波澜的冲击，不会被外界是非所动摇，也不想与人分享，不想和人谈起。所爱之人，如隔山海。所爱之物，纷纷沉寂。

再后来，抛下执念，消除迷惘，以为就不会再有坎坷。谁知，感情里面，还有这么多的磨难，并不如童话般安宁。漫长岁月，有时耳鬓厮磨，有时针尖对麦芒，直至心性彻底磨平，爱情化归亲情，原来的青鸟早已失去踪迹，只在一地鸡毛中留下艳丽片羽。

山海沉积，终会水落石出。流云纷扰，已作窗前微尘。忘了那种感觉，记得那个人——这也许就是对于过去最好的回答。

银烛秋光冷画屏，轻罗小扇扑流萤。天阶夜色凉如水，坐看牵牛织女星。

此刻，只希望，后来的你，平安喜乐，万事顺遂。